逃离纳利德卡

山来东 著　——山来东中篇小说集

山东文艺出版社

图书在版编目（CIP）数据

逃离纳利德卡 / 山来东著 . —济南：山东文艺出版社，2023.1

ISBN 978-7-5329-6729-2

Ⅰ．①逃… Ⅱ．①山… Ⅲ．①中篇小说—小说集—中国—当代 ②短篇小说—小说集—中国—当代 Ⅳ．①I247.7

中国版本图书馆 CIP 数据核字（2022）第 176438 号

逃离纳利德卡
TAOLI NALIDEKA

山来东　著

主管单位	山东出版传媒股份有限公司
出版发行	山东文艺出版社
社　　址	山东省济南市英雄山路 189 号
邮　　编	250002
网　　址	www.sdwypress.com

读者服务	0531-82098776（总编室）
	0531-82098775（市场营销部）
电子邮箱	sdwy@sdpress.com.cn

印　　刷	山东新华印务有限公司
开　　本	710 毫米 ×1000 毫米　1/16
印　　张	16
字　　数	230 千
版　　次	2023 年 1 月第 1 版
印　　次	2023 年 1 月第 1 次印刷
书　　号	ISBN 978-7-5329-6729-2
定　　价	49.00 元

版权专有，侵权必究。如有图书质量问题，请与出版社联系调换。

局与象

——《逃离纳利德卡》序

小山大学毕业了,在等待就业的那段空隙,作家梦又活跃起来,便悄悄投入小说创作。玩伴们知道了,戏谑地劝他"歇歇吧",硬拉他打牌、下棋。小山不想歇,也不想得罪人,就摆出个象棋残局,让他们破,并承诺:若破了这个局,就陪他们玩,否则恕不奉陪。这一招还真管用,懂棋的不懂棋的,全都不打扰他了。

人生于世,总得有那么一招半招的。小山或许很早就这样想啦。

那一回,小山在汽车站等车,那趟车老不来。他见一老者在墙根布出个象棋残局,并摆出一纸声明:能破此局者,赔钱百元;欲知如何破,交费二十。可想而知,这个残局是很难破的。爱下棋的小山面对残局琢磨了很久,手在口袋里拿捏了很久,一狠心交上了学费。

这似乎有点象征意义:你能入什么局,能成什么象?你进得去,出得来否?

山来东大学学的是航运,命运里注定要有一段海员生涯。但他心里早就憋着一股劲:我的未来不在海上。他的理想比较多，那时就立志此生至少要实现三个——成为预测家、作家、企业家。小山野心不小，为自己预设的局与象颇为宏大呢。

2012年，中篇小说《妈祖》发表，次年获首届日照文艺奖，在当地文学圈算略有点动静，仅此而已。直到2021年秋，第五届泰山文艺奖（文学创作奖）公布，长篇小说《彼岸》赫然在五部获奖作品之列，作为作家的山来东，算是真正有了些影响。破圈啦，不但文学圈，就连航贸圈的朋友、客户和联检单位领导也知道他是个作家了。他结束七年海员生涯后，又经营一家船代公司十余年，从未拖欠员工工资，大小也算个企业家了。时至今日，三个理想，"预测家"不知何时早已悄悄放弃，"作家""企业家"应算是初步实现了。70后的小山，亦成老山矣。

山来东已用他的实绩证明，他的未来的确不在海上，却始终与大海、海运密切相关。航海经历及后来的船代公司经理生涯，化入了他文学的局与象。他不断充实丰富他的局与象。

长篇小说《彼岸》以航海为题材，由"德宁轮"的航程为轴，编织成一个流动性与封闭性共在的奇特空间，全球共通的人性善恶、全球共有的文化差异，在此碰撞交织，演绎出一幕幕悲喜剧。作品不乏扣人心弦效果，作为首部长篇，可谓出手不凡。

《彼岸》之外，不少人关心他还有没有其他文学作品。如无其他像样作品，那就差不多可将他归入只能写写类型长篇小说，不写或写不来其他作品的那类作家。他当然有，且水平不低。《逃离纳利德卡》即是。

这是山来东第一个中篇小说集，二十多万字，收入包括上文所提及《妈祖》在内的五个作品全是航贸题材。这五个中篇我从前皆已读过，再读仍时时有惊心动魄令人发指之处。最具典型性的，是《妈祖》《逃离纳利德卡》这两个篇幅较大的中篇，作品所呈现的局与象，与《彼岸》可说高度近似，而表达方式又有明显差异。长篇有较多的回旋余地与遮丑手段，中篇则不能或相应手段要少得多。山来东却能在一个较小的局里，营造出一个较强大、意蕴较深的象。其驾驭各种篇幅尺度作品的能力，是不用怀疑的了。作品皆能实现较好的完成度，矛盾冲突更集中，浑成之感更足。

山来东考大学时进入航海院校实属无奈，不过，年轻时周游列国的海员生涯，无疑重塑了他。老山小我一轮，我已成老牛，老山则是壮年牛。窃以为，五十岁上下是文学创作的黄金时期，老山正处此期。

老山读书不太多，文字火候亦尚有欠缺，需进一步学习锤炼。这不足之处，正是他的成长空间所在。在日照文学圈中，老山形象算不错的，个子高而不肥，面皮黑而透红，笼统一看不乏混沌朴实，泥人土性，感觉可信可靠。可是，细察则二目灼灼有光有神，证明作为小说家企业家所需的心眼亦不少也。其所成之局之象已颇为可观，而其开局成象能力应还有不少存货吧。

缘此，我断定——老山值得期待也。

夏立君 2022 年 2 月 10 日
于日照

（作者系中国作家协会会员，日照市作协主席，曾获鲁迅文艺奖、泰山文艺奖、钟山文学奖等奖项。）

目 录

逃离纳利德卡 …… 001

浮生梦 …… 049

凌　日 …… 092

妈　祖 …… 146

病　毒 …… 205

跋 …… 245

逃离纳利德卡

01

  一身白色连体工作服,外套蓝色军用棉衣的二副杨志远登上船头。甲板上积雪满布,几根粗大的缆绳,像粗壮的手指牢牢抓住码头。杨志远熟练地用脚踩了一下横在甲板上的缆绳,硬邦邦的,太紧了。由于正在卸货又加上涨潮,缆车上的缆绳被勒得紧紧的。他掏出棉衣中的手套,抖了一下,戴上,打开一个刹车,刚一放松,缆绳就橡皮筋似的向外弹去,他急忙刹紧,缆绳瞬间又由曲变直,弹出一阵雪雾。

  杨志远把船头的缆绳调了一遍,甲板上留下了他深浅不一的脚印。自从上月底来到 A 国的纳利德卡港,雪就一直断断续续地下。

  明天就是元宵节了,这航次从泰国来,一路顶风而行,本来半个月的航程跑了近一个月。他原打算这边卸完货,下航次到韩国装货回国内休假,赶回家过年的,结果现在连元宵节也赶不上了。

  港池里海水幽蓝深澈,微波荡漾,水面上不时有一片片浮冰,随波漂荡。一条拖轮悠闲地划破水面向港内驶进。港内码头虽然很多,却只零星靠了几条小船,载重五千吨的"东方"轮在这里已算大船了。自从海参崴军港重新开放后,这里繁忙的景象就成为历史。如今爆发的全球经济危机,更是雪上加霜。

两个高大的岸吊轮番向下卸袋装大米,杨志远向回走时,攀向舱口围,顺便看了看舱底。还剩下几百吨货了,按正常的卸货速度,最快晚上就能完货开航。

回到梯口,杨志远见值班水手满脸忧郁,呆呆地站在那里,就对他说:"老何,下班后不下地打电话了?"

"再去打个……"老何呆滞的目光从远处收了回来,急忙回答。老何满脸沟壑,络腮胡须,一看就是老江湖了。他实际年龄还不到五十岁,却是这船上十个中国船员中年龄最大的,所以大家叫他老何,名副其实。

"要打就赶快去打吧,估计半夜就要开航了。"杨志远很年轻,从他俊秀光润的脸色可以看出。

"终于要离开这个鬼地方了,太冷了!从泰国过来,一路先是夏装,后是春秋装,再是冬装,一个月四季都过完了,这鬼地方真冷呀。"老何说着把值班专用的黄大衣裹得更紧了。

"再不开,下航次的货就要甩了,已经拖这么久了,韩国租家这几天闹得特别厉害,要索赔。"

"听说吃的不多了,喝的也快没了,今晚开航的话,还能坚持到国内。"

俩人正在交谈中,岸吊突然停了下来。俩人疑惑地对视一下,工人们纷纷从前面走来,要下船了。杨志远急忙拦住工头用英语问:"工头,怎么停了?"

"上面让停的,我们不知道什么原因。"工头边下舷梯边回答。

"什么时候复工?"杨志远焦急地追问。

工头耸了耸肩,无可奈何地摇摇头,下去了。杨志远急忙报告船长,船长正在为下航次装期拖延而发愁,听到这消息二话不说马上从楼上跑下来。

船长是印尼人,刚好六十岁,肤色黝黑,头发稍稍卷曲。他已从事海运三十五年了,航行经验比较丰富,但是英语不太好,最会说也最常说的就是"OK"。

正当大家一头雾水时，代理上船来了。他三十岁左右，黑羽绒服，黑牛仔裤，黑皮靴。头发剪得很短，眼里透出一股精明，对船员很不友好，大家都怀疑他是个"光头党"。

这个"光头党"告诉船长，收货人前几天抽样发现货物有霉变，经过化验是由海水造成的，昨天把船东告上法院，申请扣船，船东需交上三十三万美元赔偿款才能开航。而船东却迟迟未答复，所以收货人要求停卸。

"代理，整个航行中，所有的舱都封闭完好，不可能是海水的原因。表层货物的霉变是由汗水造成的。"船长用不太流利的英语解释道。

"海水！收货人已经化验过了，货损是由于承运人的疏忽造成的，所以必须要赔偿收货人的损失。"代理打断船长的话说。现在市场不好，船东为了揽货，不得不用租家指定的代理，他们拿着船东的钱，却不为船东办事。

"从赤道附近炎热的泰国到严寒的 A 国，温差太大，汗水在所难免，造成货物表面的水湿是很正常的。"杨志远分辩说。

"收货人让停卸就停卸！"代理粗鲁地说。

"那要什么时候复工？"船长小心翼翼地问，这些日子他吃够这个"光头党"的苦头了。

"我不知道，你问船东吧。你们什么时候付钱？"代理没好气地说。

船长好似做错了什么事，搓着手不再说什么。杨志远接着说："代理，我们下航次的船期很紧，能不能帮忙协调一下？"

"钱，钱，钱……否则你们只能在这里等。"

"如果等时间长的话，我们希望补充些淡水。"船长望着代理说。

"这个要告诉你们船东，还是钱，钱！到现在港使费还没安排够，让船东抓紧汇钱再说。"代理态度很强硬，对船长没有丝毫尊重，就像狱警对待囚犯一样。

"钱，钱，就知道钱！你是我们的代理，就应该为船方着想，帮船方做事。"杨志远也有些恼火。

"等着吧！"代理没想到杨志远敢冲他发火，没好气地看了他一眼，背着文件包怒气冲冲地走了。

"我说船上有丧门星吧？"大厨不知怎么听到了消息，一手拿着一个刚削好的土豆，一手持一把锋利的菜刀从厨房走出来。

"不是我的事……"老何脸一下红了，别看他年纪大，但在大厨面前一直敢怒不敢言，"丧门星"的绰号就是大厨给他起的。

"老何，你就是个丧门星！今天下午我还在纳闷，这次卸货怎么会这么顺呢，这下总算放下心了。"大厨目若无人地挖苦老何。他是船东的亲戚，兼职管事，就是管理现金、发放工资之类的工作。他个头比较高，脸也比较黑，四十岁的年纪看上去比老何还老成。

"老大，别开玩笑了，不是我的事。"老何讪笑道，船员都称大厨为老大。

"你就行行好抓紧让船开吧，再不走，就没吃的了。"大厨点划着菜刀继续挖苦道。切土豆丝是他的拿手绝活，能把一个土豆转瞬切成一堆细如发丝的土豆丝。

"天天就是土豆，现在放屁也有股土豆味……"老何看到大厨手里拿的土豆，嘴里嘟囔着。

"你这个丧门星，别在这里作法了。再等几天土豆也吃不上了，喝风去吧！"大厨没好气地说，转身又回厨房忙乎去了。

"上午洋葱炒土豆，晚上土豆炒洋葱！"大厨走了，老何才敢放声说话。

船长听不明白大厨他们在说什么，看着代理远去的背影，无奈地回驾驶台向公司汇报去了。

"老何，晚上我请你下去撮一顿吧，改善一下伙食。"经过这么长时间的航行，在泰国供的新鲜蔬菜早就吃完了，大厨又安排回国内上伙食，听说早就私下联系好了。

晚饭后，船员们都陆续下地了。杨志远与老何下班较晚，泊位离港口大门较远，他俩打车出去。找到了一家中餐馆，服务员大部分是A国的，但在遥远的异国他乡能吃上中餐，就有种归家的感觉。

饭馆不大，生意却很红火，除了一两桌有中国人，大部分是Ａ国人。俩人好不容易找了个桌子坐下，要了几盘青菜，对船员来说这比大鱼大肉可口，船上蔬菜短缺，许多船员患上口腔溃疡，不得不服用维生素Ｃ。

四人一组的简易餐桌很洁净。等着上菜的空闲，杨志远欣赏着从身边飘来飞去的Ａ国美女，尽管发色不同，皮肤各异，却都各有千秋，风情万种。

有两个并肩走在一起的少女更是出众。一个穿白色的羽绒服，脸如刚剥壳的鹅蛋，洁白润滑，略带黄色的黑发整齐地披在肩上，一双略带羞涩含笑的眼睛，着实迷人。另一个穿黑色羽绒服，方形脸，亚麻色的头发微微卷曲，略显得大方。

正当杨志远看得出神时，俩人却径直走过来，方形脸的女孩用英语问："对不起，这里有人坐吗？"

"没人，随便坐。"杨志远急忙友好地站起来，示意她们坐下。

"你们是中国人？"黑发女孩用英语问道。她鼻梁高挺，标准的弯月眉，深陷的褐色眼睛，如一汪看不见底的海水，五官组合得很完美，活脱脱一个洋娃娃。

"我们是中国人。你叫什么名字？"杨志远情不自禁地用英语问，或许在国内他不会这么唐突，但在这里人生地不熟的，就少了很多顾虑。

"你好，欢迎来Ａ国，我叫达莉娅，她是我的同学薇拉。"黑发女孩竟用不熟练的汉语说。

"很高兴认识你们，你会说中国话？"杨志远好奇地用汉语问。

"会说一点点。我姐姐嫁到中国去了，我去过几次中国。中国发展真快，中国人真好，中国菜真好吃。"达莉娅笑着用汉语解释。

"中国菜好吃？那今天我请客！"杨志远大方地说。

"那怎么好意思，今天周日，我请薇拉吃拉面。"达莉娅继续笑着说。

薇拉不懂他们说话的意思，就用Ａ国语问达莉娅，知道杨志远要请客，很高兴。杨志远问她们喜欢吃什么，又加了两个菜，听说Ａ国女孩大部分能喝酒，就要了一瓶伏特加。

"你们为什么来 A 国？是做生意的吗？"薇拉用英语问。

"我们是海员，你们知道海员吗？"

"我知道。你们的船叫什么名？在码头上吗？"薇拉饶有兴趣地继续问道。

"东方轮，估计明天就开航了。"

"这么快？"达莉娅显得有些遗憾。

"已经在这里卸了几天了，本来今晚就能开航的，现在停卸了。你们住在附近吗？"

"我们是工商学院的学生，离这里不远，经常到这里吃中餐，本来今天我请客的，谢谢你了。"达莉娅微笑着说。她最初比较拘谨，受到薇拉的带动，也大方地说笑起来。

"在中国男女在一起吃饭，都是男的请客。"杨志远边递给她们餐具边说。

"中国男的真好！我姐夫就很好，不抽烟，不喝酒，不打老婆，不像这边的男的都是酒鬼，脾气也不好。"达莉娅看着杨志远笑着说。

酒菜上来了，杨志远打开酒，先给她们倒，她们只说谢谢，却没拒绝，于是四人各倒了一杯，然后共同举杯："Cheers！"

老何只顾吃，对眼前的美女视若无睹，丝毫没有兴趣。喝了两杯，老何对杨志远说："你们吃着，我出去找电话厅打个电话。"

"如果时间长了，我就先回去了。"杨志远说。他早就知道老何每次下地，不吃，不喝，不玩女人，除了必要的生活用品，也很少买东西，打电话却很多，一打就按小时计算。老何走了，杨志远更无拘无束，发挥得也更好了。

薇拉与达莉娅耳语几句，达莉娅的脸色马上红了。杨志远知道是谈与他有关的事，就好奇地用英语问她们说什么。

薇拉用英语开玩笑说："达莉娅说你长得很帅，想嫁给你，跟你去中国。"

"她胡说！"达莉娅分辩道，故作生气地用小拳头打薇拉，但仍然娇羞地用眼角扫了一下杨志远。

"欢迎来中国！"杨志远知道达莉娅没有真生气，就急忙用英语说。达莉娅除了皮肤白点，鼻子高点，头发黄点，胸脯挺点，其实与中国人差别不很大，而所有这些差别也正是中国人向往的优点。能娶这样美丽的外国女孩不仅他不反对，就是他全家人也不会反对。

有两个美女陪着吃饭，让这顿饭增色不少。三个人汉语、英语、A国语全用上了，谈得很投机。聊了很久，也没见老何回来，薇拉就建议出去逛街。

杨志远抢着付完账，向外走才发现这两个美女都身材高挑，比他矮不了多少。达莉娅穿着紧身的打底裤，黑色长筒皮靴，走起路来，长发飘飘，皮靴击打着路面"咔咔"直响。薇拉穿了条短裙，棕色长筒皮靴，膝部裸露，这么冷的天，不知她怎么能受得了。

路过一座白色的九层大楼，达莉娅说："这边做生意的中国人很多。这是中国人投资建的三星级宾馆，是当地标志性的建筑。"

他们来到一个中国市场，路边结着各种花灯，元宵节还没到，这异域的节日气氛却很浓。路过一个水果店，杨志远听见年轻店主的口音很熟悉，一问竟然是老乡。对方是大学毕业来这边创业的，已在这里生活了三年。

杨志远给达莉娅和薇拉买了些水果，又送她们回学校。她俩共租一个公寓，杨志远与她们聊到很晚才依依不舍地告辞。

薇拉象征性地吻了杨志远一下，就去收拾床铺准备睡了。达莉娅一直把杨志远送到楼下，拉住他的手。他停下来，转过身，达莉娅用手轻轻勾过他的脖子，深深地吻他的唇。他紧紧地拥住她，与她热吻起来。她的樱桃小嘴很性感，凉凉的。她的羽绒服蓬松，领口的绒毛柔软，从脖颈处透出暖暖的体香，让他有些眩晕……

月华如水，达莉娅又陪杨志远走了一段。临上车时，他紧握她的手说："达莉娅，如果明天还不开航，下班后我还会过来找你的。"

达莉娅吻了一下他，递给他一张纸条，上面是她的联系方式。

回船的路上，杨志远正好遇到打电话回来的老何，他本来忧郁的脸更加沉重了，络腮胡好似也比原先长了许多，显得有些疲惫。

"老何怎么回事，家里瘟鸡了？"杨志远开玩笑说。老何每次打电话时间都很长，杨志远总取笑他，问他是不是家里养了很多鸡，每只鸡都起了名字，要不怎么那么多话说呢。

老何苦笑着摇摇头，没说什么。杨志远一直觉得老何这人有些怪，干船员在外面不吃不喝，赚钱为了啥呢？如果不是他请客，老何才舍不得下地吃饭呢。再说普通船员工资本来就低，没有他们高级船员出手大方。

02

元宵节这天，大家一直在等船东保赔协会的保函，有了协会的担保，就可以先卸完货开航，然后再与收货人打官司。因为与欧洲时差的原因，直到晚饭时还没有消息，整个白天都没卸货。

为庆祝元宵节，晚餐每桌凑了六菜一汤，但都是土豆、洋葱、白菜、花生、鸡蛋之类的，没有新鲜青菜的影子。

"东方"轮上共有中国船员十人，除杨志远外都是普通船员。就餐时分两桌，甲板部一桌，轮机部加大厨一桌。

几个年轻船员因为上火长了口疮，水手小赵与机工小郭的火气最大。他俩都是海运院校的实习生，去年刚毕业，赶上航运市场不好，许多船都抛锚了，只剩几个看船的，其余的都回家了。老船员都难上船，别说他们实习生了。为了能上船实习，他们在船上干着水手的活，但只发点劳务费，不但没有工资，还要每月向船员公司交一千元钱的学习费。小赵急着回家相亲，小郭急着回家结婚。他们把不能及时回家的怨气都撒在伙食上，抱怨不在本港补充伙食。

水头与机工长安抚他们说马上就开航了，到国内上货便宜。大家不好再说什么，毕竟水头和机工长是他们的上司，还是"伙委会"成员。他们与大厨的关系密切，自然替大厨说话。

没卸货，也没有人员上下，梯口暂时不用值班，老何收上来舷梯，也到餐厅吃饭，息事宁人地说："吃吧，少说话，实在受不了，自己下去买水果。"

正当大家讨论伙食时，印尼船长走进来。他在另一个餐厅吃饭，那是干部餐厅，高级船员都在那吃。本来杨志远也应在那吃的，可是他不习惯印尼的食物，也不喜欢喝咖喱汤，就主动要求与普通船员在一起吃饭。

船长首先祝中国船员节日快乐，顺便告诉了大家一个好消息，船东刚收到保赔协会的保函，并且发给了代理和收货人，也交给了法院，顺利的话很快就能继续卸货。

知道马上就要开航的消息，大家不再发牢骚了，心情也好了很多，大吃大喝起来。唯独杨志远心里有些失落。他刚剥开一个鸡蛋，感觉不对劲，闻了一下，有异味，就顺口说："臭了！"

另一桌上的大厨警觉地向这边看了一眼，没说什么。饭后，没下地的船员在餐厅看电视。只有靠近岸边时电视机才有信号，大洋航行期间船员们只能看录像。

虽然不懂 A 国语，但是大家大体上都明白电视上播放的新闻内容：美国国务卿希拉里将在近期访华。

金融危机以来，中国购买了大量美国国债，对改善双边关系有很大帮助。去年奥巴马又当选为美国总统，元月二十日走马上任，中国人对这位非洲裔总统改善中美关系寄予很大希望。现在希拉里又来访华，让船员们感到中美关系的暖春就要到来了。

大家闲聊着时下的新闻。大厨炫耀地说："你们看看，那么多人都抓不到这只鸽子，最后让我抓到了。抓鸽子要有耐心，下手要狠、准！

站在雪地里半个多小时一动不动,你们能做得到吗?"

杨志远记得这只鸽子,在台湾海峡时就在船上,他曾用望远镜看过,有腿箍,是信鸽。船员们纷纷去捉它的时候,他曾用汽笛吓唬过它,希望它能飞走,免得成为他们的盘中餐。这只鸽子几次飞走,但每次飞了一大圈又飞回来,好似受了伤。这只鸽子机灵得很,不管白天晚上,一旦有人靠近,就飞得远远的。前段日子这只鸽子一直没出现,大家都以为它飞走了,没想到还在船上,最终还是难逃一劫。

"这是一只信鸽,腿箍上面还有字母,很值钱的。"大厨继续吹嘘道,"谁给我十美元,我就让他到我房间看鸽子。"

杨志远吃完饭刚要走,却被等在那里的大厨叫到一边,示意他到游戏桌旁坐下,一脸严肃地问他:"你说鸡蛋臭了?"

"嗯,有些变味了。"杨志远如实说。

"这都是我选出来的!"大厨加重语气说,"我知道你是二副,second officer!年轻人,可别忘了你是怎么干上二副的!"

杨志远满脸茫然,他弄不明白,鸡蛋臭了与他怎么干上二副有什么关系。是的,这条船他是第一次做二副,上条船三副刚干满期就换出二副证书,接着就上这船接了二副。虽是拿着三副的工资,但在原海运公司,他还要干很长时间三副才能晋升二副。能上这条船也是因为船东为了省钱。

前几年航运市场好,许多船东疯狂地买船、造船,船厂的订单如雪片一样应接不暇。"东方"轮就是那时造的,最初跑国内航线,结果经营不善。为了经营方便,节省费用,换上方便旗,改了船级社,由香港华兴公司接管。虽说是香港公司,其实也是在国内办公。为了避税,许多大陆船东采用这种国外注册公司、国内经营的办法。

现在航运市场不好,船东想方设法降低成本。船员工资就是船东一笔很大的开销。这条船除了高级船员杨志远是中国人外,其他的都是印尼人。普通船员,除了水头与机工长是老船员外,大部分是实习生,好多人第一次上船。为了能上船,有的船员还得交给船员管理公司"好处费"。只有老何是老手,他九死一生的传奇经历,在航运界很出名。他上哪条船哪条船就出事,还都不是小事。有人说他命大,有人说他是"丧门星",大公司为了图吉利,都不想用他。这个船东因为船员大部分是新手,所以必须有这么个老手带。

"我只是说鸡蛋臭了,没有别的意思。"杨志远弄明白大厨是什么意思了,他怀疑自己故意在船员面前揭他的短。最近船员们都怪伙食不好,大厨想拿他开刀,杀鸡给猴看呢。

"年轻人,我在公司那边说句好话不管用,但说句坏话还是管用的。"大厨的这番话意味深长。

"我真是没有别的意思。"杨志远有些急了,还急着下地约会呢,没想到大厨对他无意中说的话会上纲上线。

"最好是没有别的意思。"大厨站起来,又冲大家说,"谁给我十美元,我就让他到我房间看鸽子。"

大厨走出餐厅,回房间弄他的鸽子去了。杨志远被莫名其妙地说了一通,觉得不是回事,就帮大厨做广告说:"谁给大厨十美元,就可以到他房间看他的鸟!"

正在看电视的船员,听了杨志远的广告,都笑了。几个年轻的船员马上嚷嚷着,去大厨房间看他的鸟去了。

杨志远和老何交完班后,一起下地。老何今天带了只小凳子,这是他下地的主要装备。他是老寒腿,站着打电话时间长了受不了,站着打累了就坐着,坐着打累了再站着。今天老何带着凳子,肯定要给他家"那群鸡"挨个训话了。

杨志远很纳闷,到底有什么事好说,自己到哪里,只打电话给父母报个平安,三言两语就搞定了。看来结婚与没结婚,差别真是大呀。对有家庭的海员来说,与家人相互牵挂,真是辛苦。

空中纷纷扬扬地飘着雪,市区不时有焰火升上空中。历史上,这里华人曾几度兴衰过。现在当地华人又多了起来,他们正庆祝中国传统节日。

在船边等出租车时，老何突然说："那个叫什么娅的女孩对你有意思。"

"你怎么看出来的？"杨志远吃惊地看着老何。在他印象中，与达莉娅在一起时，老何除了吃，根本就没在意别的。

"反正有意思，我能看出来。"老何脸上难得地绽出笑容。

"也许吧。"杨志远下意识地按了按口袋，担心老何会发现里面的秘密。

进了市区，各处弥漫着烟火味。老何看到一个电话亭，就打电话去了。杨志远打出租径直来到达莉娅的学校。

杨志远找到达莉娅的宿舍，轻轻地敲敲门。开门的是达莉娅，身穿灰色的毛衣，看到杨志远，惊喜地扑上来，吻一下说："我以为你们今天开航了呢！"

"纠纷还没处理好，估计开航要等明天了。"杨志远解释说，"不过现在我舍不得开航了，薇拉呢？"

"与男朋友约会去了。"

"那你呢？"

"我当然没有男朋友了，不过现在可能有了。"达莉娅露出迷人的微笑。

杨志远从口袋里掏出一个精致小盒子，递给达莉娅："这是我上航次买的，送给我未来妻子的，不过我感觉你戴上会很漂亮。"

"送给我？"达莉娅接过来，急忙打开，是一条精致的项链，呼道，"太漂亮了！"

达莉娅把脖子上的东正教十字项坠解下来，系到他的脖子上。他也把项链系在她美丽光洁的颈上。她转过身，四目相对，俩人吻在一起。

房间的取暖设备太好了，暖烘烘的，让杨志远有些燥热不安。他早听说 A 国女孩比较开放，不像中国女孩那么含蓄，今日一见果然如此。俩人紧紧相拥，他能感觉到达莉娅的胸部，很柔软，富有弹性。

她的腰纤细，却有肉感，手摸上去很舒服。达莉娅也热烈地迎合着，她外表虽似中国人，但性格还是比较开放的，好似有种欲望在心底驱使着她。

两人终于倒在床上滚在一起……杨志远拥着她睡在床上，碰巧薇拉回来，这让他很尴尬。薇拉看到床上的杨志远并没有吃惊，洗漱完就独自睡了。

杨志远临走时，达莉娅有些依依不舍，或许这是最后一次见面了。达莉娅深情地吻他，又拿起他脖子上的十字架，吻了下说："愿主保佑你平安！"

杨志远回船，正赶上接班。老何早就回来了，表情有些好转。看来他家"那群鸡"经过他挨个训话后，情绪都稳定下来。

"老何，没什么事，把梯子收起来到外舷去钓鱼吧。"杨志远与达莉娅幽会回来，心情特别好。与老何一个班，吃了不少他钓的鱼，他做鱼的手艺也很好。

"那好，有事叫我。"老何把本来就升起来的舷梯又向上绞了绞，然后就钓鱼去了。

杨志远在驾驶台修改了一会儿海图，有些饿了，就到甲板上看老何的战果如何。老何从鱼身上割下一片鱼肉当钓饵，熟练地挂在鱼钩上，把渔线甩出去。钓得正欢，连杨志远走到身后都丝毫没有察觉。

在船上钓鱼根本就用不着鱼竿，把渔线直接下到底，铁坠子在最下面，鱼钩在铁坠上面，把线拉紧，只要鱼一上钩，线就会抖动，然后像拔河一样，一气把鱼拉上来，栏杆上的油漆往往会被鱼线拉出一道浅沟。

杨志远见甲板上有几条大小不一的鱼，知道晚上够吃的了。老何还在目视星空钓鱼，杨志远悄悄走到他后面，弯下腰，猛地一拽他的鱼线。老何急忙向上提线，再向上拉才知上了当，逗得杨志远大笑起来，说："老何，先煮上吧，有点饿了。"

老何把渔线绑在栏杆上，收起鱼走进餐厅。餐厅在船尾主甲板的左侧，右侧是厨房，经一个道门直通船尾，现在厨房的门已经锁了。餐厅最后面有洗刷用的两个水池，台子上有个电磁炉，是专门用来为零点到四点值班人员做面条的，台子上面的墙上有一个热水炉。水池前面有三排长长的桌子，每排桌子两边都有两排座椅，都牢牢地固定在地面上，这样就算有风浪也不会乱动。靠餐厅前面是一张方桌，还有沙发，是船员饭后用来休息的。

老何熟练地用刀背把鱼鳞打掉，然后破肚清理，再用刀把鱼斜切成一片片，刚好切到鱼刺，然后再翻转过来切另一面……没多长时间一锅鱼就煮上了。

煮好鱼，老何先给杨志远盛上，然后又做面条。航行时二副值零点到四点的班，靠泊时值零点到六点的班。中国船员有个不成文的习惯，值这个班的人可以吃顿面条，每人一个鸡蛋，这样下班时就可以直接睡觉，不用吃早餐了。

"这鸡蛋怎么这么小？"杨志远无意中看到桌子上的两个鸡蛋，比鸽子蛋大不了多少。

老何本想遮住鸡蛋，但还是晚了，只好说："老大给的。"

"从哪里找到这么小的鸡蛋？"杨志远知道是白天的话无意中得罪了大厨，才给他穿小鞋的。为了这么点事，有必要这么计较吗？

"最近大家都嚷嚷着在这边上伙食，老大以为你是故意给他难堪呢。"

"鸡蛋确实臭了！又不是他自己下的，他怎么知道哪个臭没臭？本来就该在这边上伙食的，都拖这么多天了，为什么一定等到国内上？"

"大厨早就联系好他国内一个亲戚了，肯定有回扣的。在这边上伙食，他就发不了财了。"

"伙委会的人为什么不提意见？让大厨为所欲为。"

"伙委会几个人，大副、老轨是印尼的，说了也不算。水头与机工长天天和大厨混在一起吃喝，早被收买了。"

"如果今天再不开航，必须要上伙食，我找大厨理论去。"杨志远愤愤不平地说。

03

中午杨志远起来洗漱,水龙头没水了,打电话问值班三副,才知道到十二点才能来水。船上为了节水,前几天就把冲厕所用的水换成海水了。现在日常用水也开始控制了。

杨志远只好拿盆子到厨房接水。走到餐厅,见黑板上果然写着节水通知,每天集中放水三次,每次半小时。

大厨以为杨志远提前吃饭,就没正眼看他,还满脸不屑,这让杨志远一下想起昨晚那两个小鸡蛋。杨志远没理他,低头向脸盆放水。

"这是饮用水!"大厨突然大声说。在船上日用柜和饮水柜是分开的,其实都是一样的水。

"昨天没通知,接点水洗洗脸。"杨志远解释说。

这时老何也进来打饭,零到四点的班中午要早吃饭接班。大厨问道:"丧门星,昨天吃的鸡蛋臭没臭?"

"没臭,老大亲自选的蛋怎么会臭。"老何不紧不慢地说。

杨志远知道大厨故意气他,就针锋相对地说:"鸡蛋都变成了鸽子蛋了,看来是该供伙食了。"

"供不供伙食,伙委会讨论决定!"大厨不耐烦地说。

"我也是伙委会成员,每次除了签字,怎么就没让我讨论过?"杨志远反问道。

大厨没想到杨志远敢顶撞他,一时没回过神。杨志远走出餐厅,大厨才气急败坏地说:"你小子,走着瞧!"

杨志远接班时,仍然没开始卸货。收货人对保赔协会的保函不认可,必须让船东提供现金担保。船东通过各种途径积极协调,一直没什么结果。保赔协会委托取样的商检人员也一直没来。他们从海参崴过来,按说是很快的，不知为什么却迟迟不来。

杨志远在驾驶台修改海图。按要求，每航次所用的海图，都要根据航海通告修正到最新，所以二副在船上大部分时间用来改海图。下个航次，跑韩国到中国的航线，早就有新版海图了，他也申请了，却没上新的，只好修改旧海图继续用。这样虽能省钱，但工作量会增加不少。现在航运业不景气，船东处处省钱，许多申请的物料都被砍了。

杨志远满脑子都是达莉娅。他甚至庆幸发生了这次货损事件，开航时间一拖再拖，可以和达莉娅多相处些日子。达莉娅是个美丽女孩，他决心说服家人娶她。想到达莉娅的许多好处，他甜蜜地笑了。他拿起胸前的十字架吻了下。上帝，今晚又能见面了。

控制面板上的电话响了，沉浸在对达莉娅思念中的杨志远收回思绪。电话是水头打的，让他到餐厅开伙委会会议。他是职务最高的中国船员，也是伙委会成员，但从来没参加过这样的会议。最近为伙食的事，水手和机工们都怨声载道，希望补充些新鲜蔬菜。大厨他们却一直拖着，执意到国内上，这正好是提意见的机会。

杨志远来到餐厅，见大厨、水头、机工长、大副、老轨早就坐在那里。大副、老轨是印尼人，缩在角落里没有说话。虽然他们职位都比杨志远高，但工资并不高，在船上的地位也比杨志远低。这似乎让他们在人格上也矮了一截，在伙委会上也就没了发言权。大厨和水头、机工长穿一条裤子。所谓的伙委会，其实是大厨一个人的意见。

大家都沉默着，或许是早有定论了，杨志远开口就问："要不要在这边补充伙食？"

"大家的意见是马上就可能开航了，到国内再上。"水头看了眼大厨说。

"伙委会应该多听取下面的声音。再不开航，必须在本港补充一部分伙食！"

"伙食坚持到国内没问题，在这边上伙食费用高，国内省钱。"大厨没好气地说。

"这不是钱不钱的事,大家出门在外,吃不好,营养不良,挣再多的钱有什么意思?"杨志远扫视了大家一遍说,"实在不行就只上一部分蔬菜。"

大厨铁青着脸,一句话也没说,本来到国内上伙食达成一致意见了,杨志远这么一搅和,大厨觉得很没面子。他愤然站起来一声不响地走进厨房。没多久又接着从里面出来,手放在背后,一直走到杨志远面前说:"妈的!你是不是成心与我作对?!"

大厨从身后亮出一把锋利的菜刀,突然向杨志远砍去。杨志远急忙躲闪,坐在大厨身边的机工长一把拉住大厨,水头也站起来抱住大厨。大厨更恼怒了,猛地挣扎,硬向前冲。水头一下没抱住,挣脱开的大厨顿时一阵乱砍。

菜刀一下砍在机工长的腿上,牛仔裤顿时裂出一道口子,露出黑色的毛裤,幸亏穿的衣服厚,没伤到皮肉。大厨像疯了一般乱跳乱骂:"妈的,你小子,我非杀了你不可!"

"谁不知道,你想到国内上伙食,吃回扣!"杨志远不示弱地说。他知道大厨不敢真砍,只是想吓唬他。他比大厨长得高大,又天天锻炼身体,很壮实。大厨也掂量不是他的对手,才到厨房拿菜刀壮胆的。

大副与机工长急忙把杨志远向外拉。杨志远被拉到大副的房间,先躲了起来。大厨找不到杨志远,在走廊里拿着菜刀,来回走着大骂。船长在房间听到餐厅吵闹,就想下来看看发生了什么事。从楼梯上还没下来,见大厨手持菜刀站在走廊里,马上缩回去了。大厨看到他,接着跟到他房间,拿着菜刀,站在门口,像个看门神,什么也没说。

僵持了大约十多分钟,船长见没动静,以为大厨走了,抬头瞄了一眼,见大厨如金刚怒目圆睁,赶忙又把头缩回来,本来装作写字的笔,掉在桌子上,又跌落地上。他匆忙捡起来,很狼狈。大厨差一点没忍住笑,知道船长是怕了,就回到楼下继续大骂起来。

杨志远找到船长说:"船长,您告诉公司,必须马上安排我休假。在船上我人身安全没有保障。"

"随时可能开航，换班来不及了，你回去，船就不适航了。"船长想了想说。

"要么就让大厨走，要么就让我走，我俩必须走一个。"杨志远坚决地说。

大厨平时在船上骄横惯了，现在又在船上耍菜刀，更让船员不平。平时大家敢怒不敢言，现在杨志远站出来替大家说话，大家当然感激。为了声援杨志远，几个水手与机工都没吃晚饭。

在船上打架斗殴是公司明令禁止的，更何况动菜刀。大厨太放肆了，不炒他鱿鱼不能平民愤。船长向公司发报，乘机把大厨的恶行添油加醋地渲染一番。公司为了节省费用，不影响航行，再三考虑，决定让大厨回国。

别看大厨平时在船上神气，在船员面前耀武扬威，真通知他回家了，一下慌了。打电话给公司领导，挨了顿臭骂。但总算还有一丝希望，得到答复说只要船上同意，他还可以留下来。大厨急忙带着老轨、水头、机工长找船长求情。

"船长，我错了，都怪我喝了酒。您与公司说说，别让我回家了。"大厨英语不太好，水头又重复了一遍。

船长平时就受过大厨不少气。别的事还好说，最令他气愤的是，大厨为了省力，欺负印尼船员，船长说过几次，大厨依仗自己是船东代表，爱答不理的……船长忍气吞声惯了，这次总算有机会把这个瘟神送走了，怎能留他？就安慰他说："在船上干太辛苦，像你这样的头脑，回家干点什么生意都行。"

"我回家就失业了。"大厨知道在陆上不好混，就是因为不好混才到船上混的。

"公司已经决定了，你抓紧收拾回家吧。厨房的业务先交给水头与老何。"一向很好说话的船长，语气突然变得很坚决。

大厨一看要没戏，"扑通"一声给船长跪下了，满脸鼻涕眼泪地说："船长，您就饶了我吧。我当时喝醉了，不该动菜刀，以后再不敢了。"

船长还是没松口。老轨、水头、机工长都替他求情。船长没办法，就对几个人说："就算我答应大厨留下，二副也不会答应。你们去问二副，他同意再说。"

"我马上去给二副赔罪道歉。"大厨见船长这关过了，急忙抹干眼泪，站起来说。

杨志远早下地了，手机也关了。大厨急忙发动水头他们下地找。他们平时得到大厨的不少好处，现在大厨有难，不好袖手旁观，都陪他一起下地找人。

空中飘着雪花，地上一片洁白，冷风刺骨。开始几个人分头找，后来陪大厨一块找。大厨的热情一直很高，一个个叫宾馆的门……眼看着希望越来越小了，大厨无望地拍一所宾馆门时，没有叫开，回头看水头他们，都用异样的眼光看他。这么冷的天，他们早想回船了。

大厨知道他们都累了，承诺回船请他们喝酒。一直找到半夜，所有的宾馆、酒店都找遍了，也没找到杨志远，只好回船。

杨志远此时正在达莉娅那里。晚上薇拉约会没回来，也可能是故意给达莉娅提供方便吧。达莉娅对杨志远的处境很担心。杨志远双手交叉着放在脑后，倚在床头上，一脸凝重。达莉娅用手轻抚着他的胸脯，空前的温柔。达莉娅请求杨志远晚上住在她那里，等大厨休假再回船。

杨志远知道就算晚上开始卸货，一晚也卸不完，最快明天上午才能开航。不卸货时值班也没什么事，就答应留下来。

"你的指甲长了。"达莉娅温柔地握着杨志远的手说，急忙站起来去找指甲刀。

"还不是很长。"杨志远顺从地把手伸给达莉娅。突然想起小时候，母亲给他剪指甲的情景，他总是躲避着不剪，现在他一点也不想躲避。

灯光下，达莉娅好美呀。母亲见了她一定会喜欢。没想到Ａ国男人那么粗鲁，女人却这般温柔。

达莉娅耐心给杨志远剪完指甲，又一个个地打磨光滑。杨志远拿过达莉娅的手，慢慢地展开，让他没想到的是她也有清晰的手纹，更让他难以置信的是，她的手纹竟和他的走势一样，正好是两个相似形。他把两手贴在一起，纹路基本吻合。

他们彼此看着笑了，他说："这是缘分！"

"缘分！缘分！"达莉娅兴奋地重复道。

大厨回到船上，招呼水头他们到房间喝酒。大厨的房间和其他船员的布局差不多，唯一不同的是，桌子上有一只新做的金属鸟笼，很精致，笼子里装着刚捉的信鸽。

酒菜也丰盛，冷库里有很多东西，普通船员吃不上的，这几人也要吃上。几个人都喝得很凶，喝到最后就有种生离死别的味道。水头几个也惺惺相惜，毕竟大厨走了，他们的伙食就得不到优待了，当然也会有些伤感。

"妈的，这个王八蛋藏哪个老鼠洞去了？"大厨气急败坏地大骂起来，又开始迁怒于杨志远了。

"老大，不是我说你，没事你动什么菜刀？这下叫人抓住把柄了吧。"水头挖苦道。

"当时真想杀了他，哪想那么多？"大厨说，"明天大家还得辛苦一下，再下去帮着找找，只要找到他就好说了，我给他下跪也行。"

"是不是船员公司说了不算呀？"水头问道。

"其实船员公司、船东还有租船人都是一家的，都是我表哥的公司。狡兔三窟嘛，船员出事了，就用船员公司来解决，航运出事了，就用租家来处理。其实是一套班子。"大厨解释说。

喝完酒，已经是凌晨两点了，水头他们回去睡了。大厨睡不着，独自走到梯口。

一直没卸货，商检取样的也一直没来。据说，取样的人不会来了，收货人威胁说，如果商检敢去取样的话，人身安全他们不负责。只能按他们提供的化验指标，就是这个指标含盐量也只有百分之零点零几，不能算是海水。

老何在梯口值班，大厨走上前问："老何，老二回来没有？"

"还没回来。"老何急忙坐直回答。大厨第一次不叫自己丧门星,让他有些不习惯。

"大哥,如果老二回来,麻烦你通知我声。"

"好的,老大。"老何有些起鸡皮疙瘩了。

大厨一晚没睡觉。先收拾行礼,然后做早餐。没找到杨志远,只能做两手准备。一大早他就到船长房间汇报,船长无奈地摊开手说:"找不到二副,那没办法,你还是抓紧收拾一下准备回家吧。"

公司也在着手办理大厨休假手续,并让大厨把现金账目交给机工长保管,当然也是船东的亲戚。

吃完早饭,大厨又叫人下地找杨志远。大家都不积极了,几个铁哥们昨晚睡得较晚,其他人都盼着他早点回家。再说公司早就决定了,徒劳无益。

大厨找不到人,只好敲老何的门,边敲边说:"大哥,别睡了,帮我下地找找老二吧。"

老何睡眼蒙眬地打开门,昨晚他值零到四点的班,睡得正香。见大厨可怜兮兮地站在门口,顿时有了恻隐之心,就答应帮他找。

印尼三副在梯口值班,满腹牢骚。二副的班没人值,一些事都要他处理。大厨与老何刚要下地,却见工人们上船了,工头说接着卸货。

还剩几百吨货了,按正常卸货速度,下午或晚上就能完货。也就是说留给大厨的时间已经不多了,必须马上找到杨志远才行,否则他只能回家。

雪停了,风很大,地上白雪皑皑。大厨一想到马上就要回家,离开这条船,或许从此永远告别航海生涯了,顿时有种悲凉,后悔过去在船上的骄横跋扈。

大厨与老何分头找人。老何估计杨志远准是去找达莉娅了,这是他俩的秘密。但是他不知道达莉娅具体住在哪里,再说他也没真心要帮大厨,只是下地应付一下。他先找了个电话厅打了半小时的电话,然后到小张的水果店买了些水果。大厨这么一闹,伙食没上成,马上开航了,个人必须补充点水果才行。到了店里，恰巧杨志远与达莉娅也在买水果。

"老二，你还在这里，大厨到处找你，找不到都急哭了。"老何见到杨志远急忙奔上去说。

"他太过分，太嚣张了，这次不是炒他鱿鱼就是我回家。"杨志远愤愤地说。

"我下船时，就开始卸货了，估计下午就卸完了，开航前你得回去啊。"老何关心地说。

"所以大厨再找不到我，就只能就回家了，等到他走了，你再来找我吧。"杨志远边说着，边问小张要了纸笔，给老何留了地址。

"到时你来找我就行，我带你去找，我知道她们学校。"小张热情地建议道。

找了一上午也没见杨志远的踪影，大厨知道他肯定是藏起来了，只好悻悻地回船，准备回家。

代理收的遣返手续费很高，简直是宰人。再加上办签证也需要一些时间，现在好容易开始卸货，公司担心节外生枝，决定不安排大厨休假了。

下午杨志远的手机能打通了，公司领导亲自给他打电话，说大厨一时冲动，现在知道错了，让杨志远大人不计小人过，顾全大局，先回船开航。并向他保证，一到国内，就把大厨开除。

杨志远知道大厨确实怕了，也不想太过分，就告别达莉娅回船。

04

晚上十点钟卸完货。代理上船来办理出口手续，还是那个"光头党"，态度非常友好，把海员证和登陆证装进文件包时，竟然对船长微微一笑。船长对这笑不太适应，也讪讪地笑了。

通常办理离港手续只需要两小时，为了节约时间，船长早就备好车等着开航。但是一直等到凌晨两点代理还没回来。这也难怪，A国这些官方老爷架子本来就大，办事效率也不敢恭维，现在又是夜间，少不了四五个小时。

一直备车等到三点多，代理还没回来，引水也没上船。船长实在耐不住性子，让杨志远给代理打电话。响了好久，代理才接通电话，杨志远问："代理，出口手续什么时候能办好？"

代理显然早睡了，不耐烦地说："出口手续？今晚办不了出口手续，也不能开航。货损的事还没解决，明天再等进一步消息。"

船长这才明白代理来拿海员证根本不是为了办手续，而是担心他们偷跑了。代理也真是太小心了，国际航行船舶，不办出口手续谁敢私自逃跑？以后还做不做船了？真是以小人之心度君子之腹。船长只好通知机舱停车，并让杨志远发报通知公司。

老何一直在梯口等代理回船，等来等去，等来杨志远的电话，才知道代理不回来了，让他把舷梯升高，去做面条。

老何掂着两个沉甸甸的鸡蛋，忍不住笑了。今天大厨给的鸡蛋特别大，看来是精心挑选的。没想到大厨向来这么横，也有怕事的时候。

船长下去睡了，杨志远独自在驾驶台，又想起了达莉娅。她的音容笑貌，她的举手投足，那么清晰地浮现在眼前……

驾驶台的电话突然响了，深更半夜的铃声很惊人，没有急事这会儿一般不打电话。杨志远急忙接起来，却是忙音，以为是电话出了故障。刚放下没多久，铃声又响了，他又急忙接起来，对方却许久没有说话，他只好挂了。刚挂断，铃声又响起来，杨志远接起来，没有说话，仔细听了好久，隐约有鸽子的咕咕叫声。

杨志远急忙挂上电话，打给大厨，果然是忙音。知道他是故意骚扰自己，还在为差点被炒鱿鱼的事耿耿于怀。

早饭时，许多船员满脸倦意，骂声不绝。大厨骂得最厉害，船长虽没骂，接得电话却最多，本来就因为不能开航而苦恼，现在又多了这神秘的电话，反复折腾几次，一晚上没睡好。

直到中午，也没见代理的影子。引水却上船来了，让船长备车。船长说："现在不能开航，代理办手续还没回来，海员证都在他那里。"

引水诡秘地说："船长，代理不回来了，不是开航，是移锚地。"

船长以为公司都协调好了，原来被扣船了。船长只好通知机舱备车，移至锚地。

淡水一直没加上，伙食也没补充，满打满算淡水支撑到韩国没问题，伙食也能坚持到国内。现在就很难说了，也不知要扣留多少天。伙食还好说，虽然没有新鲜蔬菜，吃饱倒没问题。可是淡水只能坚持几天了，别说生活用水，就是喝水也很成问题。

预报夜间有暴雪，船长就让船员清扫甲板，收集雪水。清扫甲板也是个大工程，除了值班人员，全部上阵了。船员们边清扫甲板边发牢骚，怪船东不及时付港使费，以便让代理安排加水。

机工小郭牢骚最厉害，他急着回家结婚，不知拖到什么时候，实在不能再拖了。他去年七月上船，现在快七个月了。眼看他女朋友的肚子越来越大了，不能让她带着孩子过门。都怪自己临走那天不小心，让女朋友怀孕了，否则也不用这么着急上火，真是一失足成千古恨。自己倒无所谓，女孩子的脸往哪搁呀。

老何昨晚没能下地打电话，好似憋屈得很厉害，一句话也不说，只顾埋头猛地清扫积雪。

清洗完甲板，又把甲板上的下水孔都用木楔塞住。这些木楔本来是用于防止溢油的，正好派上用场。

船舶每停留一天，都会产生各种额外费用，最重要的是下航次的合同，如果违约，赔偿数额是巨大的。

下午船公司给船长多次打电话。接完电话，船长表情有些沉重。

晚饭时，船长突然向大家宣布，半夜前后开航，不去韩国装货了，直接回国。一个令人激动的消息！这些天缺吃少喝，零下十多度，大家早就受够了。

小赵与小郭听说马上就可以回国，相亲的马上就能相亲，结婚的马上就能结婚,情不自禁地击手相庆。老何一直阴沉的脸,竟然展露出难得的笑容,叼着烟卷自言自语地说:"嘿嘿,总算是可以开了。"

晚上十一点半,起锚开航。杨志远接班时,船长还在驾驶台,一个劲打电话要求机舱加速。杨志远感到奇怪,正常航行都用经济速度,没必要加速。这样不但费油,还损坏船体设备。

加速,再加速……转速表指数慢慢地增加,主机在轰鸣,船体在剧烈地震动,螺旋桨不断搅起白色泡沫,向后抛去,形成一条洁白的丝带。"东方"轮像一条巨鲨,劈开海水向大洋奔去。

杨志远看着船舷向后驰去的波浪,达莉娅的一颦一笑,又浮现在眼前。离她越来越远了,不知何时才能相见?

船长一直在驾驶台,神色凝重。两点半左右,船长用 GPS 在海图定了个位,用分规量了量离岸距离,长舒了一口气,又叮嘱杨志远不要减速,交班下去一直这样跑,才下去休息。

船长下去,杨志远也到海图室量了量船位,离 A 国海岸线只有十多海里,按领海十二海里计算,现在刚出 A 国领海。杨志远有些纳闷,为什么要一直加速?难道是偷跑的吗?没见代理上船,没有离港证、海员证到国内怎么办手续?

驶入大洋,换上自动舵,老何没事一直盯着转速表,大家急着回国,没有人比他更急。大洋航行,驾驶台值班人员很轻松,就是瞭望。说是瞭望,其实就是在驾驶台来回漫步,偶尔抬头看看前方。在大洋上很少有幸遇上过路船,有时一个班都看不到条船。

杨志远边踱步边说:"老何,你每次下地打那么长时间电话,到底聊什么?"

"就是问问家中情况。"老何把目光从转速表上收回来说,"老二,这次回国把那个什么娅娶回家吧!"

"达莉娅今年才毕业呢,不过你觉得她怎么样?"杨志远试探地问。

"长得漂亮,也很温顺,娶回家保证人见人夸。"

杨志远转个话题:"老何,听说你工作过的好几条船都出过事,是真的吗?"

"常在河边走,哪有不湿鞋呀!不是我的事……正好让我赶上罢了。"

"没事讲讲听吧,以后给你写个传奇故事。"杨志远开玩笑说。

"也没什么传奇,都是死里逃生。反正什么倒霉的事都遇上了,触礁的,停机的,失火的,沉船的……哎,都过去了,不想再提了,想起来就后怕。我是个水手,又不能左右什么,出事了,活下来就是胜利呗。"

"都是什么船?"杨志远穷追不舍。

"我跑的船多了,有国内的,有外派的,船名都不太好记。第一条船是外派欧洲的,船长是个白头发白胡子的希腊老头。那次船底被礁石划破进水了,眼看就要沉没,船长下了弃船令,大家都登上了救生艇,船长却一直站在高高翘起的船头,不肯下来。这个老头也太较真了,船在人在,其实完全可以到救生艇上等,如果船沉不了再回去就行。两条救生艇在船头等着,船长一直不下来,就这样等……突然船尾'咔嚓'一声巨响,估计船要沉了,船长'扑通'一声跳进水里,大家急忙把他救上来。正值隆冬,冷水刺骨,船长冻得直打哆嗦。大家赶忙给他换上衣服,结果那船还没沉。船长又执意让大家送他回船。他身体笨重,努力地爬上船头,威严地坚守在那里。直到第二天救援船到了,大家才得救,这船除了船长有轻微冻伤外,没有人员伤亡。"

杨志远听得津津有味,老何一下打开话匣子:"第二条船在东南亚遇上台风,主机突然停了,船被风浪推到一个岛上,船触礁石上,马上就要翻了,大家纷纷弃船爬到岛上,清点了一下,多数人都在。那岛上荒无人烟,没吃没喝的,在岛上坚持了一整天才得救。还有一条机舱失火的,虽然用大型二氧化碳灭了火,船却没动力了,漂在海上两天,才被拖轮拖回。"

杨志远没想到老何身上竟然有这么多故事,不用任何加工就可以写一部惊险小说。为了鼓励他继续讲,主动向他杯子加了点水。

老何握着水杯接着说:"还有次拉镍矿,跑到台湾海峡,快过年了,赶上西北风，跑不动。大晚上，船底突然掉了。"

"船底怎么会掉？"杨志远不解地问。

"可能是裂了个大口子吧，大家都这么说，反正船很快就沉了。当时大副让我与木匠到前面量水，还没到船头，海浪就没到甲板，眼看着船一个猛子扎进海里。情急之下我抱紧一块木板，也不知被漩涡拉下去多深，总算是浮上来了。当时只有一个信念，一定要活下去，为家人活下去。我死死地抱住木板，胳膊上的肉都磨烂了，我一直没松手。这样漂了半天，才被救上来。幸亏在南方，水不很冷，要是这里的海水，早就冻成冰棍了。救上来时，我昏迷了……那条船只活了五个。"

"你说的这条船我知道，原来你也在上面呀，原先只觉得是新闻报道，离自己很遥远，现在却遇到了真实的幸存者。"

"每次都是死里逃生，总算保住了性命。每次事故过后，我都发誓再也不干船了。"老何感慨地说。

"为什么现在还要跑船？"杨志远有些好奇。

"没办法呀，地都没了，也没什么手艺，陆上挣钱也不容易。在船上收入总算高些。我儿子得了尿毒症，每个星期都要透析两次，花费很高。透析也不是长久办法，时好时坏的，说不定哪天就不行了。医生说只有换肾。换肾不但手术费高，还要有合适的肾源。现在去哪找合适的肾呀？好在经过配型，我的肾正合适……这航次回去，手术费就够了，我再也不用干海员了。"老何伤感地说。

"你儿子现在病情怎么样？"杨志远关心地问。他一下子对老何肃然起敬，没想到这么平凡的水手，为了孩子，却有如此崇高的想法。难怪他每次都打几个小时的电话，原来是惦念他有病的儿子。

"前些日子有些恶化，这几天好点了。每听到儿子的声音，我的心就像针扎一样……"老何说，"我必须马上赶回去，再这样拖下去我就疯了。"

"好在不去韩国装货了，直接回国，马上就回国了。"杨志远安慰他说。

整个班都加速跑，交班时杨志远让大副继续加速。

老何刚躺下没多久，就听大厨气急败坏地敲门说："你这个丧门星，睡得像个猪似的，A国军舰追上来了。"

"军舰追上来干吗？"老何很纳闷。

"干吗？起来看看就知道了。就知道睡，死都不知怎么死的。"大厨没好气地说。

老何急忙穿好衣服，走出生活区看看情况。天稍微放亮，海上雾茫茫一片，一条浅灰色的军舰像幽灵一样尾随着"东方"轮。并且不停地向这边喊话，听不清喊什么。

军舰像狮子一样死死盯住猎物，一会儿在后方，一会儿赶到船中，但不敢超前，毕竟军舰的吨位太小，担心被撞翻。

军舰一直跟着"东方"轮，直到吃早饭时也没停下。船员们都站在甲板上指手画脚，很多船员还是第一次这么近距离地看到军舰。

看得久了，就没什么意思了，吃过早饭，便各忙各的去了。大约九点钟，又有一艘大的军舰赶上来。

A国军舰一直在喊话，要船停下来。船长却充耳不闻。有条军舰发过来信号弹，在船舱上面炸开，发出刺眼的强光。

船长根本没有停下的意思，继续向前航行。大厨站在船长身边，犹如一尊门神，显然是得到了船东某种指示，督促船长执行。船长大气都不敢喘一下。这次大厨没能在A国提前回国，真是后患无穷。

船长让机舱再加速，好似与两艘军舰赛跑，现在虽然已出了A国领海，但还在二百海里专属经济区内。

05

海上浓雾漫漫，两艘军舰死死地咬住"东方"轮不放，不断用16频道喊话："东方轮，东方轮，马上停下接受检查……"

16 频道是国际通用频道。船舶航行时都会收听这个频道。尽管军舰不断重复呼喊,"东方"轮却一直没有应答。

印尼船长紧握卫星通信电话,像个犯错的孩子战战兢兢地听公司领导训话。高频的噪音太大,大厨走过去把音量调低些,坚定地判断:"他们不敢开火,这是中国船。"

可能军舰以为这边没人收听,就用话筒向这边喊。船长放下卫星通信电话,从三副手里夺过望远镜,快步走到驾驶台边翼。两艘军舰相距仅有几百米,不用望远镜也能看清上面的人,甚至能听到他们的说笑与咒骂声。两艘军舰一左一右紧紧跟随,有时与驾驶台持平。

船长走进驾驶室,神色有些慌张,大厨安慰他说:"他们不敢开火,这是中国船!这里是公海。"

船长又在海图上定了个位,用分规量了下,确保航行在公海。给机舱集控室打电话,再次要求加速。转速早就达到极限报警了,再加速会给主机造成很大伤害。机舱人员也意识到问题的严重性,很配合。刚放下电话,驾驶室前的转速指示表马上加了几转,船体也随之剧烈震动起来。

"东方轮船长请注意,请停下,请停下,否则我们将开火!"好似察觉到"东方"轮在加速,高频中的喊话突然加重语气。

大厨再次把声音调小,安慰大家说:"这是威胁!每年都有很多船跑路,还从没听说有军舰开炮的。"

船长用望远镜看了看那艘大一点的军舰,炮管虽然在不断转动,确实没有开炮的意思。

军舰也加速了,离"东方"轮越来越近,并且逐渐靠上来,要强行登轮。船长急忙让小刘换手操舵,右转向,船尾接着向左甩去,把军舰一下甩去好远。军舰又调整航向,继续向这边逼近,眼看就要贴上了,船长又左转向,船尾直压向军舰,军舰急忙躲避,总算勉强错过,最近相差不过十米……

尽管货船速度慢,操纵也没有军舰灵活,但印尼船长三十多年的航海经验是他们无法相比的。几个回合下来,军舰再不敢强行登轮了。

"再不停我们就开火了!"军舰好似被激怒了。紧接着传来一阵机枪声,船上没丝毫损坏,显然是在示警。

这是和平年代,又是在公海。虽然船上挂着塞拉利昂旗,但是代理与收货人都知道真正的船东是中国人。他们不可能不通知军舰。

大家料想军舰不会真开火。果然鸣完枪后,还是远远跟着。眼看这场赛跑会一直无结果地持续下去,大厨安心地下去做饭了。

因为直接回国,船员们都归心似箭。各部门都没安排干活,就算安排了,人心惶惶的,也没心思干。大家聚在餐厅,有的打扑克,有的看电视,有说有笑等着吃午饭。

离岸比较近,还能收到电视信号,尽管听不懂他们的语言,但总比看录像有趣。水头开小郭的玩笑:"小郭,你每天着魔似的念叨回国,托你的福,总算灵验了,可以赶到孩子出生前结婚了。"

小郭不好意思地搔搔头说:"这两艘军舰总是跟着我们干什么?都好几个小时了,难道怀疑我们船上有走私或偷渡的?"

"谁晓得,可能是送行吧。"有船员漫不经心地回答。

"总算是开航了,再不开航,我真担心老婆会走错门,去了别人家,那就麻烦了。"一直急着回家相亲的小赵说。

正在大家说笑时,突然一阵呼啸声,掩盖了所有的声音。这声音好似电视发出的,只有战争片才有。紧接着船体剧烈颤动,就像卸货时,岸吊重重地碰在舱壁上,但这种碰撞更密集,伴随着震耳欲聋的爆炸声。机枪也在扫射,子弹"啪啪"地打在船壳上。

坐在餐厅的船员们都怔住了,本能地往餐桌下面躲,一个个吓得脸色苍白,大声咒骂:"真开火了!军舰怎么可以打货船?还是在公海,真是无法无天了。"

"这么多炮弹,要打沉我们吗?我们犯了什么法呀?"

"抓紧回去穿救生衣!"不知谁提醒了一句。

大家纷纷向房间跑。小郭却坐在那里动弹不得,腿吓软了。

杨志远正在洗漱，准备提前吃午饭接班。房间突然剧烈晃动起来，透过舷窗，船头硝烟弥漫，好似军事演习，炮弹如震天雷似的一个个炸响。

杨志远急忙躲进卫生间，他更确信了自己的猜想，离港手续肯定没办好。难怪没见代理上船，难怪要直接回国内，没有海员证怎么靠韩国港口？

现在大多数船员都蒙在鼓里，都以为是办好手续，正常开航的。可能只有船长与大厨知情。这简直是胡闹，是挑衅Ａ国。作为一船之长，不应该只是盲目服从船东的命令，而置别国的法律不顾。如果真出问题，船长要负直接责任，难道船长不明白这些？他可是个老船长。

炮弹的呼啸声和爆炸声，让杨志远头皮一阵阵发麻。危急关头，杨志远竟然想到了达莉娅，他捧起胸前的十字架，虔诚地祈祷起来，他本无信仰，此刻，他突然信了。他相信达莉娅一直在牵挂着他，默默为他祈祷。

炮弹持续不断地打在船体上，不知打了多少发，不知熬过了多久。大家都断定Ａ国要击沉这条船，否则没必要这么"阔绰"地打这么多炮弹。大家都穿好救生衣，等着船沉。

大厨正在厨房做饭，听到爆炸声，慌作一团，咒骂着跑回房间。信鸽在笼子里惊慌失措地来回跳动，急于突破牢笼，飞出去。大厨哪顾上管它，穿上救生衣，打开保险柜，把里面的几摞美元都装进口袋里。

炮击总算停止了。杨志远急忙跑到驾驶台找船长。船长不在，三副和水手小刘瑟缩在卫生间里，见杨志远上来，才知道炮击结束了。小刘想从卫生间出来，却怎么也迈不动步，裤子润湿了一大片……

杨志远来到船长房间，敲门进去，见船长带着几个印尼船员正匍匐在地祈祷。杨志远耐心地等他们忙完，就问船长："是不是出口手续没办？"

"没办，船东命令开航的。"

"这是违法的！船长您是要负责任的。"

"我知道是违法的，我有船东代表大厨的保证书。"船长边说边从抽屉里找出一张纸，递给杨志远看。

杨志远接过来看了看，苦笑着说："确实是大厨写的保证书，但后面落款是'船长'你呀。"

船长的脸色一下变得铁青。他不认识汉字，竟把这保证书奉若至宝了。船长拿着保证书去找大厨，刚到门口，见大厨从驾驶台跑下来，手里拿着国旗。船长拉住他想理论一番。大厨不耐烦地一把甩开他，跑下去了。

大厨以为A国人不知道这是中国人的船，从驾驶台国旗柜中找出中国旗，跑到船尾。从国旗箱里拉出绿白蓝三色旗，胡乱地解下来，换上五星红旗，升了起来。他知道中国与A国友好，国旗就是护身符。看到国旗，他们肯定不会开火了。

船长与杨志远走上驾驶台，三副与小刘已从卫生间出来。船还一直航行，高频中传来叽里呱啦的叫喊声。好在炮弹全部打在船头，人员没有伤亡。

船长与公司通话，要求停船接受检查。船东说回去不但要受到收货人的勒索，还会因私自离境面临罚款，船长肯定也要受到处分。

一想到私自离境，船长犹豫了。如果返航，他肯定要受到调查，说不定证书会被吊销，从此航海生涯就结束了。

杨志远接过电话，公司那头是个女的。原先公司的资深船长离职了，现在公司只剩下几个没有航海经验的女学生。这么大的事，让她们决策能行吗？

杨志远说："军舰一直跟着，恐怕不返航，他们不会罢休的。"

"A国在公海公然开炮是违犯国际法的，只打船头说明他们有顾虑。要不惜一切代价跑回国内，如果停船接受检查，会有很大麻烦。你是二副，在船上要服从船长与大厨的。大厨在吧？让他接电话。"

大厨升完国旗上来，杨志远不情愿地把话筒递给他。大厨边接电话，边用冷酷的眼光扫视了一遍驾驶台上的几个人，最后把目光停留在船长身上，狠狠地回答："是！是！保证完成任务！"

大厨临危受命，腰杆一下硬起来，这不是船长炒他鱿鱼的时候了。

关键时候还是亲戚管用呀。

大厨刚放下电话，就用蹩脚的英语命令船长："不要停下，不要返航，加速！"

"OK，OK……"船长连忙应诺。他知道这是船东的意思，作为雇员，他一直很服从船东的命令。印尼船员服从意识强，又便宜，所以船东才喜欢用他们。

A国人还在用高频叫骂，但是船长一直用沉默来回答。海上的雾更浓了，这有利于"东方"轮逃离。

杨志远用望远镜看了下右舷平行航行的军舰。他是个军事迷，当初报考军校，高考时没发挥好，结果去了海运学院。他在中学与大学都参加过军训，颇有军人气质，也略懂些军事知识。杨志远知道这是条武装拖船，上面有两门速射炮，能发射三十毫米的破甲弹，单炮每分钟能发射两千发，两门同时发射就能达到四千发，几秒钟就会发射上百发，好在船上下浮动，雾又很大，打得不很准，否则刚才那一阵炮轰，"东方"轮早吃不消了。

刚稍微有些平静，又一阵呼啸声传来，炮弹还打在船头。这一次炮击大家没有第一次那么害怕了，但是出人意料，机枪扫射到生活区，子弹啪啪地打在船板上。子弹不长眼，打着谁都不是好玩的。大厨一看危险，率先跑了下去。船长见大厨跑了，和其他人随后撤下驾驶台。

显然国旗没起什么作用。A国人办事真是让人难以捉摸，不计后果，如果把船打沉了，他们怎么向中国交代，怎么向世界交代？

下午一点多，A国军舰的炮火停下来。军艇逐渐远去，船员们终于舒了一口气，庆幸脱离了险境。

杨志远值班期间，发现两艘军舰像两头捉弄受伤猎物的狮子，一直傲慢地、远远地跟着，任猎物奔突、流血，直至奄奄一息。危险根本就没有解除，船长再次打电话与船公司联系，公司人员还是让加速航行。

这简直是草菅人命，挑战A国，船长也犹豫起来。大厨跑了上来，手里拿着菜刀，不知是干什么用的。船长本来就对凶神恶煞的大厨惧怕三分，加上这把菜刀，更觉得他穷凶恶极了。船长有些后悔，当初不管船东花多少钱，都该让他从 A 国回家。

大厨拿着菜刀更加耀武扬威，以为 A 国没再开炮是国旗的作用，暗自为他的创意洋洋自得。

"老何，你果然是个丧门星，你看看什么事也让我们摊上了。你下去与水头准备晚饭。我在这边盯着。"大厨对交完班要下去的老何说。

"老大，不是我的事……"老何讪讪地说。

杨志远刚回房间，炮击又开始了。这次炮弹好似就在身边爆炸，舷窗敦厚的玻璃竟然被震碎了。每一枚炮弹爆炸时，耳朵就嗡嗡轰响。这次炮弹显然没打在船头，而是打在生活区。

杨志远本能地想找个地方躲藏起来，可是哪里安全呢？整个房间都在爆炸声中颤抖。他跑进卫生间，那地方相对狭小，应该更安全些。每一声爆炸都让他胆战心惊，每一声爆炸都可能夺去他的生命，他仿佛置身硝烟弥漫的战场。炮弹不断在他周围爆炸，他不知哪里更安全。尤其是两颗炮弹爆炸的间隙，周围死一般寂静，他的心脏几乎就要跳出胸膛。他掩住耳朵，仿佛小时候点燃一个奇大无比的爆竹，等待它的爆炸。

时间一分一秒地过去了，分分秒秒都那么煎熬。炮弹很紧密，简直不给人喘息的时间，A 国人真舍得炮弹呀，他们是想彻底打烂这条船吗？

炮击终于停止了，杨志远看了看表，正好是五点半。他跑上驾驶台，船长、大厨、大副、小刘都抱头躲在狭窄的卫生间里，一个个脸色苍白，惊魂未定。

杨志远厉声说："船长，赶快停下吧，否则我们会被击沉的。"

船长支吾地看了看大厨，大厨拿着菜刀挺直胸膛说："不能停！听我指挥，一切由我负责。"

A 国军舰又在高频中喊话，船长调高声音："东方轮船长，马上停下来，马上停下来，否则击沉你轮！"

船长知道是在叫他，他是船上最关键的人物，船上的一切都由他决定，结果也将由他负责。他害怕了，犹豫起来……

又一阵炮弹的呼啸声传来,一颗炮弹在驾驶台顶上炸响,震耳欲聋。另一颗炸在驾驶台边翼上,炸碎几页钢化玻璃。站在近处的大副应声倒下。大厨扔下电话,跑进卫生间。杨志远见大副倒了,不顾安危跑过去,扶起他,一股鲜血从大副前额冒了出来……

杨志远猛摇着他的身体:"Chief officer! Chief officer!(大副!大副)"

大副慢慢地苏醒过来,晃了晃脑袋,然后摸摸前额,显然刚才是被震晕了,额头被玻璃碎片划破了。

这次只打了几炮就停了。大厨以为海上雾大,能见度不好,A国人没看清五星红旗,又跑到船尾展开让海雾打湿后更加鲜艳的国旗,不断向军舰打手势,直到军舰上有人用望远镜向这边看,他才放心地回到驾驶台。

卫星通信电话又响了,船长缩在角落里,犹豫着没接。大厨跑过去接起来,刚说几句,就让船长接电话,船长没理会他。

船继续航行,A国军舰没再开炮,一直尾随着,看样子不"护送"出经济专属区不罢休。

船长拿起机舱的电话,让机舱减速,并让小赵换手操舵,果断地说:"Port ten!(右舵10!)"

大厨见船开始掉头,急了,持着菜刀走到船长身边,威胁说:"船长,不能掉头,否则解雇你!"

船长不屑地看了看他说:"我要对船员的生命负责,这样坚持下去,我轮肯定被击沉。"

杨志远扶起大副,快步走到大厨身边,怒目圆睁。大厨倒退了一步,故作镇定地说:"谁不服从命令,就解雇谁!"

杨志远不屑于这种为虎作伥的小人,想起他的一贯做法,现在还这么猖狂,忍无可忍,一巴掌打在他的脸上,骂道:"妈的,你想让大家跟你一块送死吗?"

菜刀"当啷"掉在地上,大厨摸着脸,畏畏缩缩地说:"这是船东的命令。"

"去你妈的船东命令，简直是草菅人命！"杨志远接着骂道。

船长没再理会大厨，继续掉头。大厨呆呆地看着船长与杨志远，被他们的气势镇住了。

"反了？你们等着瞧……"大厨摸起地上的菜刀，捂着红肿的腮帮，灰溜溜跑了下去。

06

"东方"轮像一头受伤的鲸鱼，被驱赶着向纳利德卡港返航，顶风顶浪，航行艰难。两条军舰不疾不徐地紧紧跟着，担心她会随时逃掉。

炮击彻底停止了，船员们从惊慌失措中回过神来，走出各自藏身之处，哭笑着互相拍打，庆幸彼此还活着。

各部门分头检查损失。甲板上满目狼藉。洁白的栏杆被烟灰熏成黑色，许多地方断了，有的扭曲变形。生活区的白色墙壁上布满乌黑的弹孔。救生艇上布满大大小小的窟窿，支架也变了形。船壳上有许多弹孔，有的如篮球般大小，水线以下也有，弄不清具体有多少。

机舱被炮弹炸得遍体鳞伤，船板有的地方撕裂了，裂开一条条口子。地板上到处布满被炮弹摧毁的碎片。主机也被炸坏了，不停地报警。

"东方"轮在风浪中痛苦地航行，风力六七级，海面上许多白浪，船首不时溅起浪花，落在甲板上，很快结成冰。

今天是西方的情人节。凌晨杨志远值班时，就在心中默默思念着达莉娅。虽然现在海上没信号，他还是给她发了条短信，祝福她。他知道这短信她早晚会收到的。

杨志远下班时，发现船稍微有些倾斜，立刻报告了船长。船长让杨志远与老何到船头查看。

甲板灯都打开了，甲板被照亮了，在漫无边际的黑暗中，这光亮似乎有些阴森，让人毛骨悚然。夜风很冷，不时有浪花溅上甲板。杨志远与老何拿着防爆手电，带着对讲机，一前一后走向船头。

船首遭炮击厉害，估计进水了。走到一舱时，舱内果然有哗哗的水声。俩人打开下水井，下去看个究竟。舱内进水三四十公分深，随着船体晃动，舱底的水来回流动击打着舱壁。

杨志远急忙向驾驶台报告。船长通知机舱排水。可污水井盖是关闭的，根本排不出去，要想排水，必须要打开污水井盖，而井盖早就没在冰冷的海水中了。

杨志远争着下水。老何拉住他说："老二，水太凉了，我下去吧。"

"老何，还是我下吧，你有关节炎呀！"杨志远还是要争着下。

老何找了把铲刀，边下梯边说："我这双老腿已经这样了，再坏能坏到哪里去？你还没结婚，冻坏了，就不打种了。"

杨志远急忙用手电筒照明，眼睛突然有些湿润了。老何虽然平时不说不笑，对他们年轻船员一直很关心照顾。

老何的脚伸进冰冷的水中，哆嗦了一下，停了会儿，又慢慢地触到舱底，海水来回流动，浸湿了他的裤子。他拖着沉重的脚步，走到污水井处，慢慢弯下腰，找到污水井盖，吃力地用铲刀撬开，然后把井盖掀到一边，又向另一舷走去……

两个污水井盖都打开了，可以正常排水了，水线很快下去了一截。按这样的排水速度，用不多久就能排空舱内的水。

上午七点钟，一舱进水突然加快，水位不但没降，反而上升了不少。船长一直要求机舱加速，却总是加不上去，风很大，螺旋桨好似也被打坏了。到下午杨志远当班时，水线还在不断上涨，差不多有一人多高了。海水随着船的摇晃来回流动，形成自由液面，这样很危险。一舱不是压载水舱，舱壁强度不行，随着压力加大很可能会压破与二舱间的舱壁，冲入二舱，这样船就有沉没的危险。

排水，抓紧排水！船员们都意识到问题的严重性。齐心协力地组织排水，但大部分船员是新手，不知道该做什么。大厨在现场督促着做这做那，催促机舱排水。污水井好似堵了，排水更加困难。大家从机舱调水泵排水，舱盖的拉链被炮弹炸断了，开不了，大家只好把水泵从下水井抬下去……

排水能力仍然不足，眼看着水位慢慢上涨，却毫无办法。船身倾斜得越来越厉害，右倾十五六度。这时风浪更大了，加快货舱进水的速度。

船舱的水位越来越高，就像吹气球，气球在无限膨胀，说不定什么时候就破裂，一旦破裂，船将面临沉没的危险。

船长让机舱降速，向Ａ国军舰请求救援。军舰回复说"东方"轮航行正常，让加速继续航行。

船员们恰如置身于一个随时爆炸的炮弹上，想尽各种办法堵漏排水。15日凌晨，主机突然失灵，排水彻底不行了。船舶没了动力，不能顶风顶浪，船晃得很厉害。大舱进水越来越深，船右倾二十多度。船长用高频呼叫Ａ国军舰救援，军舰还是置之不理。

离纳利德卡港还有五十海里。船长急忙联系船东，让代理安排拖轮，救助"东方"轮返港。八点钟，船长再次呼叫Ａ国军舰未果，船倾斜得更厉害，随着船的摇晃，甲板不时没入海水中。

大厨早早收拾好东西，把现金扎在腰中，这么多现金，又是非常时期，说不定哪个船员会有歹心。他想了想，到厨房拿把菜刀，抄在手里。

平时船长就管不了大厨，现在他更不听船长的了，逃命要紧。他叫上水头、机工长跑到救生甲板上去了。

船长还没下弃船令，大厨就在指挥放救生艇，支架被打坏了，无法放下。大厨又去找水手老何和小赵帮忙，还是放不下。两舷的救生艇都放不下，就是放下也可能漏水。

幸亏左右两舷还各有一个救生筏，船右倾很厉害，左舷的救生筏从救生甲板放下去，只能落到下层甲板上，根本落不到水中。大厨就指挥着放右舷的。救生筏比救生艇容易操作，水头一拉出下面的销子，救生筏就在重力的作用下，落入海水中。水头边拉充气拉索，边指挥老何与小赵去放引水梯。

在船上每月都搞一次救生演习，弃船时每个人的职责都很明确，每个人的艇位也都是分配好的。按照应变部署表，大厨与水头应该在左舷的救生筏。可那仅仅是演习，现在是实战呀。外国军队讲究演习就是实战，实战就是演习。可在大厨看来演习就是演习，实战还是实战，是截然不同的。

救生筏很快打开了，引水梯也放好了，大家争相下去，谁也不让谁。

"妈的，都别抢！给老子闪开！"大厨举起菜刀大声吆喝道。

大家都被震住了，大厨走到引水梯边，掉过头，扶着把手，用脚踩着踏板试了试，很结实，率先下去了。他刚上筏子，就用菜刀指点着水头和机工长先上。

水头、机工长都是部门小头目，又是大厨点名让他们先上，没人敢与他们争，两个人先下去了。

老轨从机舱出来，见大厨他们上了救生筏，以为弃船了，不顾一切地跑到引水梯边，抢先下去。他是机舱最高领导，大家都让着他。

正在驾驶台当班的水手小刘，见大家都逃跑了，早就沉不住气，与杨志远打了个招呼，不管船长的反对，到房间匆匆收拾了一下，也跑到甲板上。

"我先上吧……我还要急着回家结婚。"小郭红着脸与甲板上的几个人说。两个机工先后下去了。在船上有什么事，都是甲板部让着轮机部，这好似是一种惯例，甲板部的恰似男人，轮机部的是女人，男人让着女人是天经地义的事。

老何见大家都下去了，正要下去，小刘捷足先登，抢先下去了。救生筏额定乘员八人，在场的却是九人。

老何与小赵负责放引水梯，理所当然地走在后面。只剩下他俩了，俩人互相看了眼。老何说："小赵，对不起了，我必须回去，我儿子还在家里等着我换肾呢。"

另一个救生筏放不下去，留在船上意味着什么，小赵很清楚。想起老何对他一直以来的关心。刚上船时，他晕船，吐得厉害，老何什么话也没说，给他向房间送苹果。在船上，特别长航线航行，水果是一种珍贵资源。老何还时常告诫他工作中的危险，教导他怎样与船员相处。想着想着，小赵的眼泪流出来了，说："老何，你多保重！"

老何刚上引水梯，大厨就在下面急了，挥舞着菜刀说："你这个丧门星，别下来！"

老何还是继续向下走，大厨说："老何，你要下来，我就砍你，信不信？"

"不是我的事……"老何哀求说，"我儿子得了尿毒症，等着我回去换肾，老大您就行行好吧。"

大厨竟然心软了，把菜刀放下。老何上了筏子，坐下来，叹口气说："我真是个丧门星！"

小赵也从引水梯上下来，一只脚刚触到筏子，大厨就嚷嚷说："人满了，上那个筏子吧！"

大家都知道，那个筏子能不能放下还是个未知数。小赵见大厨凶神恶煞般地拿着刀，急忙把脚缩了回去。

老何拉住大厨说："老大，让小赵上来吧，不差这么一个人。"

"不行！要不你就上去！"大厨边说，边用菜刀把与大船相连的绳索砍断。

"别砍！"老何急忙阻止道，但已经来不及了，救生筏没了绳索的约束，像断了线的风筝一样，被风吹向远方。

一个大浪打来，手持菜刀的大厨一个趔趄，差一点掉入水中。情急之下，他急忙抓救生筏顶篷，锋利的菜刀在充气顶篷割了个口子，顶篷像泄了气的气球，一下塌了下来。

好在救生筏是两上下部分。但没有顶篷的保护，船员们都暴露在救生筏上，一个巨浪打来，冰冷的海水溅进筏子里，差一点把人打进大海。

眼看着小赵趴在引水梯上的影子越来越小，老何大呼："小赵！小赵……"

没逃跑的大部分是高级船员，都聚在驾驶台上，等待船长进一步命令。

船长看了下倾斜仪，右倾三十多度，最厉害时到了四十度。

一舱进水速度更快了，船随时会沉没。如果不及时撤离，船沉没时，会产生巨大的漩涡，把人都带进去。

两艘军舰还是不紧不慢地跟着，尽管这边喊破嗓子，他们也不靠上来施救。船长可能受到大厨他们逃跑的刺激，也慌了，只好下令弃船，让几个驾驶员发送各种救生信号……

小赵爬回甲板，看着救生筏向远方漂去，一条军舰迎了上去，相距只有十多米，军舰只要放下一根绳索就能把他们救上去。又一个巨浪打来，把筏子整个盖住了，浪花过后，筏子仍出没在海浪中。零下十几度的海水，筏上的人很快就会冻僵的。小赵想到这里，心里打了个寒战。

船上响起警铃声，七短一长，平时演习时，这信号很熟悉，此时小赵感到非常刺耳。这是弃船信号，伴随着弃船广播声。小赵感到头皮发麻，不敢再犹豫，急忙向左舷救生甲板跑去。

杨志远回到房间套上两件毛衣，在这样的环境中，最大的考验，就是寒冷。他本想穿防水服，但想到登筏不方便，就只穿救生衣，把防水服抓在手里。

船体倾斜得厉害，行进困难，杨志远走到大厨房间，见门开着，里面保险柜的门也开着，房间空荡荡的。鸟笼子里的鸽子还在上下跳着，好似也预知到面临的危险。

杨志远打开鸟笼，跑到救生甲板，把鸽子放飞了。鸽子一脱离杨志远的手，在空中盘旋了一阵，直向远方飞去。他又想起了达莉娅，如果这鸽子能给她送封信该多好呀？她不知道自己现在的处境，否则不知会多么着急。

杨志远又回到走廊，挨着每个房间又叫了一遍。船员们都走了，生死关头，谁还在房间等死呢。

走到机工小胡的房间，里面传来喊杀声。推开门，小胡头戴耳机，游戏打得正热闹。他完全沉浸在自己的世界里，外面发生什么事，根本就不知道。杨志远一下把耳机摔在桌上，说："弃船了，快穿救生衣！

什么时候了还玩,以后别上船了,在家好好玩吧!"

小胡懒洋洋地站起来,以为又搞演习,满脸不情愿的样子。杨志远厉声说:"这次是真的,不是演习!"

小胡这才发现船倾斜得厉害,知道玩真的了,才害怕起来,急忙穿救生衣,收拾东西,慌作一团。

左舷是上风,风高浪急,甲板上站不住脚。留在船上的除了杨志远、小赵、小胡三个中国人外,其余人都是印尼高级船员,他们相对来说服从意识较强,团结在船长身边,等他调遣。

大家分头协作,几个船员把救生筏从架上卸下,从救生甲板小心翼翼地抬到主甲板,然后抛进水里,打开,几个船员抬过引水梯,放好。

船员们陆续下到救生筏,杨志远带着防水服,下船很不方便,就把防水服先扔了下去,本想到筏子上用,却被风刮出老远。

橘红色的防水服在水中漂荡。船用防水服是连体的,防水防寒效果都很好,在这种严寒的天气很适用,就是穿上行动不便,别说还要下引水梯,就是走路也很困难。

杨志远爬上摇摇晃晃的引水梯,尽管戴着手套,冰冷的麻绳直冷到心。大船在摇晃,救生筏贴着船舷上下起伏,在海水中漂漂荡荡。杨志远瞅准时机,一下跳到救生筏上,突然有种孤苦无依的感觉。

船长最后一个登筏,清点了人数,准备撤离。救生筏被风吹着紧紧地贴在大船上,怎么也脱离不开。此时大船倾斜得更厉害,随时会沉没。救生筏一直脱离不开,很危险,大船沉没会把他们拉入水下。

大家齐心协力用手推大船,救生筏一点点向船尾滑去。船壳冷冰冰的,海水不时溅湿手套,没多久就结了冰。

救生筏终于移到船尾,强烈的海风一下把救生筏吹到另一舷。船壳上有几个篮球大小的弹孔,螺旋桨露在水面上,也被炮弹炸坏了。

救生筏像浮萍一样在海面上漂荡,风浪很大,海水冰冷,衣服不时被海水溅湿,很快就结成冰。杨志远庆幸自己穿得多,并没感觉受不了,但他的心是冷的,感到人生无常、前途迷茫。

这样在海上能坚持多久？谁来拯救自己？A国人见死不救，似乎想灭口，不知能不能逃过一劫。

他想到了自己年迈的父母，如果他这么没了，他们会多么难过。他还想到达莉娅，或许再也见不到她了，多么美丽的A国女孩，她的同胞为什么这么凶残？

救生筏在海上漂了大约半个小时，这是杨志远一生中最漫长、最无助的半小时。救生筏漂到军舰旁边，船员们大声向军舰呼救。

军舰抛下一根绳子，这样救生筏就不会被风刮走了。又等了十多分钟，救生筏被军舰吊到甲板上。

获救船员被带到餐厅，大家安全了，才想起另一条救生筏的去向。A方舰长和他们的大厨英语都不太好，但是配合着手势，他们的意思大家都明白了。另一艘救生筏的人全死了，有三个人跳下海，想游向军舰，结果冻死了，另外五个人救上来也冻死了。

大家都不相信，小赵更不相信，因为他眼看着有条军舰上去救他们了，要求看救上来的尸体。舰长又改口说，三个人被海浪打入海水中，失踪了，另外五个人在起吊过程中，发生倾斜，全部掉入水中失踪了……

A国舰长的描述前后矛盾，让船员们更加怀疑。即使船员掉入海中，都穿着救生衣，也不会沉没的。如果A方真正救助了，尸体呢？怎么没见一具尸体？船员们怀疑，自己同胞被灭口了。

在餐厅没多久，船长就被单独带走了。其余船员集中在会议室，手机都被没收了。几个荷枪实弹的大兵，如临大敌，严密地监视他们，严禁大家交流。

杨志远担心起来，A国人会不会对他们这些船员也灭口。大家与外界根本联系不上，死活没有人能知道。完全可以凭他们喜好来处理。

下午四点，船长才回到会议室，告诉大家另一条救生筏上的八名船员全部遇难。听到这个消息，小胡突然"哇"地率先哭了，紧接着大家都哭了，是悲愤、恐惧、无助……

生死原来这么接近。想起朝夕相处的同伴，突然间就这么没有了。

尤其是老何，平时沉默寡言，对大家都很照顾，一直惦记他有病的儿子，还要回家换肾呢，怎么说死就死了？还有小郭，他未婚先孕的女朋友一直等他回家，马上临产，听到这个噩耗怎么办？

小赵哭得最伤心，他把机会让给老何，眼看着他们就能获救了，怎么说死就死了？自己也差一点进了鬼门关，想想真是后怕。

船员们哭得很伤心，虽然他们现在还活着，但大家都不知道将面临怎样的命运，能不能安全回家？

回家，回家，回家……此时大家只有这一个念头。人在无助时，或许总会想到家，想到自己的亲人。

晚上大家挤在沙发上，和衣而眠。杨志远没有睡，那个Ａ国大兵一直警惕地盯着他，他只好闭上眼睛装睡。那个大兵关了灯，锁上门走了。

达莉娅，如果她知道他们船失事，她将多么担心。怎么才能尽快告诉她他还活着，别让她担心。

一个不眠之夜……

07

2月15日，Ａ国海上协调救助中心发表声明：Ａ国边防巡逻舰当天救助了一艘在日本海因天气原因遇险的塞拉利昂籍货轮"东方"轮，并成功救出八名外籍船员。其余的八名船员失踪，至今下落不明。

香港华兴海运公司随即公布事实真相，说Ａ国边防巡逻舰正是此次事故的肇事元凶，并发表严正声明。一石激起千层浪，全国人民对Ａ国的粗暴行径同仇敌忾。

15日深夜，获救船员返回纳利德卡锚地，却迟迟没上岸。这种拖延让大家担心，不知Ａ国人怎么处理他们。他们被严密监视着，与外界完全隔绝，真是叫天天不应，叫地地不灵。

次日，获救船员终于上岸了。中国领事馆的工作人员不知怎么得到了消息，早就等在那里。见到使馆的人，大家总算放心了。使馆工作人员给他们每人发了一套羽绒服，他们倍感温暖。在异国他乡，任人宰割，多么无助，能见到中国人，特别是使馆派来的人，他们感动得热泪盈眶。只要祖国知道他们还活着，肯定会营救他们。

他们被带到一座九层的白色大楼。杨志远与达莉娅曾从这里走过，知道这是远东大厦，是中国人开的宾馆。达莉娅学校离这里不远。

船员们被安排在七楼五个房间。船长与杨志远单住一个房间。小赵与小胡一个房间。电话线早就被拔掉了，几个身着深绿色军装的士兵在过道里来回走动。

宾馆服务员在士兵的严密监视下，每天送两餐，第一餐下午两点，第二餐下午五点。每餐只有两小片面包，还有一点米饭，一块鸡腿或鱼肉，偶尔还会有杯饮料，根本就吃不饱。杨志远不明白A国人本就是这种生活习惯，还是对他们"特殊照顾"。船员们都要求加餐，最后面包加到三片，但还是吃不饱。

使馆人员得知消息后，给他们送来牛奶、果汁、面包、香肠、方便面等食物和其他生活必需品。

大家被一个个单独问话。问杨志远的是两个军官和一个翻译。首先问他叫什么名字。翻译水平太差了，把出生在哪年说成生存在哪年。翻译问他看到了什么？这更让杨志远怀疑他们别有用心，就回答了他们希望他该看到的东西。

"你知不知道离港是违法的？"翻译又问。

"不知道，我以为是正常开航。后来军舰追上来，才怀疑手续没办好。但是不管办没办好，只要船长让开航，大家都要服从，船长也没必要告知大家关于手续的事。"

"在船上谁最大？是船长下命令还是谁下命令？"那翻译用差劲的汉语问。

"应该是船长。"杨志远想起了大厨，人都没了，还与他计较什么。

再说不服从船长命令，本来就是一件不可思议的事，也是件丢人的事。

问话持续约两小时，问得很详细，一个军官一直用电脑做记录。船员们挨个被问了一遍。

这次问话以后，生怕有的船员透露出不利信息，走廊的大兵又增加了几个，每半小时清点一下人数，送饭也完全由大兵代替了。大家被监视得更严了，领事馆的人也见不到了，让大家有一种不祥的感觉。

A国方面一直对外宣称获救船员都不同程度冻伤，正在医院接受治疗。其实船员们一直被监控在宾馆中，健康状况都很好。唯一出过一次宾馆，就是到交通法院问话。

2月18日，中国外交部网站公布消息，一艘中国货船14日在A国海域遇险，船上十名中国船员中有三人获救，其余七人失踪。中国驻A国总领事馆办公室有关官员已前往事发地探望中国获救船员，并协助有关公司处理善后事宜。

同日，A方官员表示，事发时"东方"轮位于A国海域内，A方在其不听从停船警告并接到联邦安全局命令之后才开火的。

获救船员被严密监视着，除了小胡戴着耳机，打开电脑，马上进入他自己的世界外，其他获救船员都很沉默。大家最大的希望就是让亲人知道自己的消息，知道自己还活着。

杨志远不但想到家中父母盼儿归的焦急，还不时想起达莉娅。这里离她不远，她会不会得到他的消息，会不会着急。

他感到房间内空气有些压抑，让他崩溃，于是打开窗子透透气。许多人站在楼下的广场上，手里举着标语，大部分是中国人，其中还有A国人。他认出来了，达莉娅和薇拉也在其中。他高兴地向她们挥手。

A国大兵从门口闯进来，把杨志远强行拉回房间，趴在窗子上向外看看，关上了窗子。大兵站在房间里，更加严密地监视他。

19日，外交部副部长紧急约见A国驻华大使，就A国军舰炮击挂塞拉利昂旗的"东方"轮，致使该船沉没、七名中国籍船员失踪之事进行交涉，表明中国政府对这一事件的关切立场，强烈要求A方尽快全面彻底查清事实，给中方一个负责任的交代。

19日晚，A国外交部发表声明，承认了向"东方"轮开炮的事实，但同时强调A国边防军是被迫向中国货船"东方"轮开火的。货轮沉没并致多名中国船员遇难的责任全应由其船长承担。

"东方"轮遇险后，中方强烈要求A方对失踪船员全力搜救。A方派搜救船到达失事海域，搜救未果，于19日19时25分做出决定，停止搜寻活动，A方搜救船正在返回基地途中。在整个搜寻过程中，没有发现任何船员和船艇的踪迹。

20日，中国外交部欧亚司司长A国驻华使馆公使衔参赞提出交涉，表示中方对A国外交部发言人就"东方"轮事件的表态"无法理解、不能接受"，并再次强调中方的各项有关要求。

24日，A方调查结束。检方认为，包括被救三名中国船员在内的"东方"轮人员没有触犯A国海上运输法律，正式结案后，可以返乡。船长并非罪魁祸首，擅自离港是接到香港船务公司的命令，并受到船东代表的胁迫才开航的。A国对中方海运公司漠视国际法感到吃惊。印尼船长将以组织非法越境罪被起诉。

A国大兵撤走了，达莉娅与薇拉手捧鲜花冲进杨志远的房间。卖水果的小张与几位中国商人，也提着水果过来看望他。达莉娅一头扑进杨志远的怀里，哇哇地大哭起来。此时杨志远却好似麻木一样，机械地拍了拍达莉娅的肩安慰她。

达莉娅哭了会儿，对杨志远说："我已经和家人说过了，他们答应我们的事了，今年毕业后就到中国找你。"

"这是我连日来听到的最好消息。"杨志远吻了一下达莉娅说。

"老二，抓紧给家里报个平安吧。"小赵递给杨志远一个手机说。

拨通家中电话，父亲那熟悉的声音传来："喂，小远，小远，真是你吗？为什么不向家中打电话？自从你们船出事后，你妈几晚都没合眼，一直盯着电视想看到你的消息。这几天我天天到村头，等你回来。我们真担心你回不来了，你要是真回不来了，我和你妈可怎么活呀……"

电话那边呜咽了，杨志远第一次听父亲哭，急忙安慰道："爸，您放心吧。我马上就回家了。这次不但你儿子回来了，还给您带回个 A 国儿媳妇。"

达莉娅的脸顿时红了。小赵与小胡催促杨志远赶快去办签证，争取下班前办出来。在各方面的督促和努力下，三个中国人终于在 A 国有关部门下班前五分钟拿到签证。

晚上，杨志远请达莉娅与薇拉到中餐馆吃饭。想到前些日子与老何一起吃饭的情景，杨志远不免难过起来。他敬重地用筷子夹起饭菜，轻轻地放在桌面上说："老何，您一路走好，我一定找到您的家人……"

达莉娅一直陪着杨志远，又一个不眠之夜。凌晨，总领事馆人员亲自驾车送杨志远他们到机场。2 点 45 分，三名获救船员登上归国飞机，上午 9 时左右，顺利抵达北京。

许多记者早就等在机场采访他们。小赵情绪激动地说："我们三个大难不死当然高兴。可是想起命丧异国的同伴，我心里很难过……"

杨志远对记者说："只有远离祖国，才真正理解祖国的含义。这次能得到驻外领事馆工作人员无微不至的关怀，内心非常温暖，第一次感到祖国母亲离自己这么近。作为一名中国人，我们感到自豪和骄傲！"

"请问您现在最大的心愿是什么？"

"回家！马上回家……"

（本小说故事虚构，如有雷同，纯属巧合。）

浮生梦

01

　　海涛是海员,二十八岁了还没找到对象。并不是他的长相或者其他方面有什么问题,正相反,一米八的个头,相貌英俊,身体也很棒。终身大事拖到今天,是因为他太相信盘龙山那个道士的话。盘龙山距海涛家百里之遥,那年暑假,他慕名而去。那道士一看他的手相就说他以后会做海员,还说他能走十九个国家。将来能走多少国家暂且不说,单凭算出他未来的职业是海员这点,海涛就感到不可思议,因为那时他还是海运学院的一名学生。道士又说他将来的对象是教师,这更让他深信不疑,因为他一直希望找个教师做女朋友。

　　海涛毕业后努力找教师为伴,找来找去,找了几年却没结果。于是,他就怀疑那位道士的话了。

　　这次休假回来,海涛最初还是非教师不看,非教师不娶。但是几个月过去了,马上要上船了,还是没找到心仪的女教师。他再上盘龙山,那道士显然不认识他了,一看他的手还是一口咬定说他未来的伴侣是教师。海涛被误导了这么多年,本想兴师问罪的,这下算是彻底服了,服了道士的执着,如此执着地忽悠他只好败兴而归,再也不敢相信道士的话了。

　　公司连发几次调令催他上船,他找借口没走。形势所迫,海涛不敢再按图索骥只找教师，选择范围也一下大了起来。

空旷的夜空高悬一轮明月，一个长裙广袖的仙子从月上飘然而下，月下一湖泊，湖中一乌篷船，那仙女刚落定船头，船即向岸边驶来。岸上祥云缭绕，假山怪石林立，海涛恰好迎在岸边，那仙女是来赴约的。俩人绕湖而行，如故知重逢，好不高兴……海涛一觉醒来，却是南柯一梦。

今天这一轮相亲先后安排了五个。海涛感觉昨晚的梦似是吉兆，信心满满地骑着摩托车疾驰在相亲路上，结果一口气相了四个对象，都不太理想。

只剩下最后一个了，约好晚上见面。女方在水利局工作，介绍人是他姑妈的同学的姐姐的闺女，论辈分海涛叫她吴姐。谁知打电话给吴姐，她却说那个水利局的一直没有音信，不过她同事的朋友的表妹有个女儿，是教师，仍待字闺中，问他行不行。海涛听说是教师，又触动了某根神经，呼道："教师最好！"心中暗道若与这个女的成了，可谓千里姻缘一线牵呀。当即约定晚上去吴姐家见面。

去吴姐家的路上，海涛又想起盘龙山那位道士。马上就要上船了，眼看这轮相亲就剩这一个，又是位教师，还是市级优秀教师，他又有些相信道士的话了。

到了吴姐家，开门的是吴姐的对象周哥。一进门就见那女的坐在沙发上，还好，她齐耳短发，中等身材，上穿粉红色高领毛衣，下穿蓝色牛仔裤，更让海涛惊喜的是这个女的并不难看，方圆形脸上五官都很标致，符合他择偶的标准——顺眼。

那女的名叫韩瑜，起身打过招呼，就安静地坐在沙发上，两只胳膊搭在膝上，手自然地垂下，专心听着吴姐夫妇与海涛交谈，偶尔也搭上几句，一副教师所特有的不怒而威的气质。海涛向来很尊敬教师，这气势更让他肃然起敬。

真是"踏破铁鞋无觅处，得来全不费工夫"，海涛庆幸今天精心打扮过，黑皮鞋、黑腰带、黑西装、红条纹领带。他尽量挺直脊背，想抬头仔细看看韩瑜，却发现她也正偷偷看自己，四目相对，火花飞溅，他如遭电击般垂下头。

　　吴姐让他俩出去走走。韩瑜站起来穿上外套。海涛随她出门，突然想起赵本山的小品，就开玩笑说："这地方我不太熟，你可不要'卖拐'呀！"

　　她也笑笑说："拐能拐你这样的？"

　　他们边说边下楼，她家也在这个小区，对这一带非常熟悉，俩人来到市府前的广场。新建的市府大楼巍峨高耸，像一只展翅的雄鹰，用它有力的双翼拥抱着市直生活区。

　　他们边走边聊，海涛感觉这次实在找对人了。不但她是个教师，她爸爸也是个教师。

　　市府前的广场很空阔，夜风有些凉，海涛只穿一条西裤，还能受得了，韩瑜穿着毛衣，却直打寒战。

　　海涛顿生怜惜，小声问她："冷吗？"

　　"有点，我最怕冷了……"她双臂拥在一起笑道。

　　"今天我忙乎一天，到现在还没吃饭呢，你陪我吃个饭吧？"

　　"我们小区东边有个饺子城，饺子做得很好，我带你去尝尝吧。"她建议道。

　　"好呀，我最爱吃饺子了。"

　　到了饺子城，果然生意红火，人多得就像下锅的饺子，你推我搡，熙来攘往。俩人找张桌子坐下，服务员走过来，递上菜单。他让她点菜，她执意让他点，于是他就点了两个菜，要了两盘水饺。服务员问要什么酒水。海涛本想只吃饭的，见服务员这样问就看了一眼菜单，开玩笑问韩瑜："来瓶二锅头？"她却毫不客气地说："来就来！"那服务员记下了。他以为她也在开玩笑，想让服务员划去，见她没反应，又试探着问："真来？"她说："真来就真来！"他一拍大腿说："好！那就来瓶二锅头。"

　　服务员走了，海涛这才得以仔细观察她的面容，她不但顺眼，而且漂亮，面色微红，朱唇皓齿，两条柳叶眉，一双丹凤眼……这时他突然想到一句话"粉面含春威不露"。再仔细看她时，她的面容恰似那梦中相会的仙女,难道她真是应梦女孩吗?

酒送来了,他拧开瓶盖,往她杯里猛倒,没想到女的初次见面会喝白酒,真是豪爽,就想与她"大碗喝酒,大块吃肉"。

谁知刚喝了一小杯她就说不喝了,他看着她变得绯红的脸笑道:"你喝点酒更漂亮了,你比较适合喝白酒。"

"喝白酒身体会暖和。"她边说边给他杯中加水,她的手指纤细,肌肤白嫩。

"那就多喝点。"他又想向她杯里倒。

她急忙阻止说:"不喝了,真不喝了,明天听我的课,校领导也去,晚上还得回去准备。"

"听哪一篇课文?"

"《愚公移山》。"

"愚公在这个社会就是个傻瓜。"他说,他其实不是在说愚公,而是在说自己。

"不能这么说,学的是他的精神,山代表困难。"她一本正经地解释。

"哦,山代表困难呀!"他急忙自我解嘲道,"我上学时没学好,让韩老师您这么一讲我总算明白了。"

"我这人就是好为人师……"她一笑起来就露出两个小酒窝,煞是好看。

"本来就是老师嘛。"他说,"不瞒你说,我一直想找个教师。"

"肯定看了不少吧?"

"嗯,全市只要嫁不出去的教师我基本都看了。"他自我打趣道。

"谁嫁不出去了?"她嗔怪道。

"没说你。"他笑道,"缘分啊,缘分不到想嫁也嫁不出去,走错了门就麻烦了。"

"难怪你到现在还找不到对象呢,生源越来越少了,咱市好多年几乎没进新教师了。各乡镇都在合校,我们明年也要合,教师会越来越少。"

"误入歧途!"他装出一副悔不当初的样子。

俩人一见如故，谈得很投机，大有相见恨晚之意。直到九点多，她看看表说该回去了，他送至她家楼下，她说："我家很好记，楼下有个小卖部。"

他心领神会："如此说来，我们还能见面啦，我的手机号码你记一下吧。"

"没带笔呢。"

"我说一下，你背下来吧。"他一字一顿地说了一遍他的手机号码。

"我都喝醉了，试试吧。"她边说边往楼上走。

他又说了一遍手机号码，附带一句："记着给我打电话呀！"

他刚到姑妈家，悦耳的手机铃便响了。他急忙接起来，是她打的。她说没事，试试号码对不对。他心里甜甜的……

02

过了几天，海涛骑车到她学校。将近中午放学，他才打她办公室电话，先是她一个女同事接的，后叫她过来接电话，她有些惊喜地说："是你呀……"

"途经贵校，与君小叙可否？"

"你现在在哪儿？"

"在学校北面的小公园。"

她带他到学校附近的德玉饭店坐下。照例是他点菜，点好后又问她喝什么，她说："先来瓶兰陵大曲！"

他担心地说："那样会喝醉的，你还要上课……"

"没事，下午我没课，时间够用，今天一定试试你的酒量！"她接过服务员手中的酒瓶，向桌子上一顿说。

他一听心里就没底了，估计她肯定能喝。如果两个人平均喝，这一瓶他是没问题的，再多喝就很难说了，自己是大老爷们不能丢面子，就痛快地说："好，我喝多少你喝多少，行吧？"

"那不是欺负女的吗？"

"你是地主嘛，要尽地主之谊。"

"行！"她毫不示弱地说。

菜上来，酒倒上，两个玻璃杯碰在一起，发出清脆的声响。他说："来，干了！"边说边把头一仰，二两半的酒杯登时底朝天了。

"啊呀，这么喝呀？不敢与你喝了。"她只轻抿了一口。

"哎，不能耍赖，说好我喝多少你就喝多少的。"

"海员真是海量呀，你在船上是不是经常喝酒？"

"在船上每到星期六都会加餐，每人分两瓶啤酒。按公司规定喝酒不能超过酒量的三分之二，其实这很难把握，靠个人自觉吧，不出事为原则。但我在船上一般不喝。"他夹菜给她说，"知道为什么吧？有一次我晚上当班，有个船员下地喝醉了，上舷梯时滚进海里，没了。从那以后我就不喝酒了，最多也就喝半瓶啤酒，其余的都送给别人了。"

"我其实不能喝，只是想陪你喝点。不过酒品如人品，从喝酒也能看出人的性格。"

"你是想让我喝醉，出洋相呀。其实我也不能喝，是故意吓唬你的，不过这第一杯无论分几口喝，我都没问题。"他拿着空酒杯晃晃说，"你们中文系的，是不是写作都很好？"

"有句话怎么说来？'中文系培养不出作家'。学中文并不一定写作好，不过能提高文学鉴赏能力。"她解释道。

"那样正好，我虽然是学理的，但对文学一直很感兴趣，不瞒你说，我在船上闲时写了一本小说，还从没拿给别人看过，有机会您给指点一下呀。"

"是嘛？什么时候我能拜读呢？"她底气十足地说，"在我们班里，我的文学鉴赏能力还算不错的，就是眼高手低。"

"你一定读过很多书吧？中外名著什么的。"他好奇地问。

"读过一些，有些是导师要求读的，但是我个人比较喜欢中国古典文学，特别是周易，是我毕业论文选的课题。"

"就是算命的是不是？"他笑着问。

"不是，易经为五经之首，文学价值也很高的，我现在还能背下一些段落呢。"

"是嘛?！我在学校时也看过，也能记下些，要不你背段听听。"

"坤：元，亨，利牝马之贞。君子有攸往，先迷后得主，利西南得朋，东北丧朋……"她一字一句，脱口而出。

没等她背完，他倏地跳起来说："来，干杯！真是没想到呀，没想到，今天总算是找到知己了！周易是我大学的'专业'呀，周易分义理和数理，我是研究数理的，就是算命的。我一直想弄明白到底有没有命运这个东西，所以在这方面用功比较多。"

她不好意思地笑道："那我献丑了。你是学什么专业的？"

"我是航海系船舶驾驶专业。"

"航海系，真是太浪漫了！到过世界那么多地方，肯定见过许多名胜古迹。"她有点激动地问。

"是的，可再好的美景独自一个人欣赏也只徒增感慨。我专门买了一台相机，把见过的美景都拍了下来，有许多海上日出日落的壮丽景色，回来一洗出来就让他们抢了。"他有些吹嘘地说。

"在海上生活枯燥吗？"她又问。

"我觉得很适合现在的我，因为我还需要一段孤独的时间，不过以后就不敢说了。但是可以肯定，我的未来并不在海上。"

"你说话很有诗意呀，写的东西肯定也不错，早一点拿给我看看。"

"如果我们有缘，早晚会给你看的，不过我还要修改一遍。"他说，"你知道吗？海员家属中很大比例是当教师的，可能是这两种职业有某种关联吧。"

"是嘛？"她有些不相信的样子。

"每条船二十多人，差不多都有五六个教师家属。海员四处漂泊，都希望有个固定的家庭。"

"教师工作太固定了，可能心底更期望浪漫一些吧。"

"或许是吧。"他试探着问。"有个事请教一下，最近买商品房合适吧？我想在海天园定套房子。"

"商品房太贵了，最好买单位自己建的那种，或者房改房，相对便宜些。"

"我们这种人没有好单位，也没有什么关系，只能买商品房了。"他无奈地说。

"我爸爸单位还有，先等等再说吧。"她略有所思道。

"那好，听你的，一般人的话我是不听的。"他微笑着说。

"你这个人是不是很难管？"

"就看谁来管了，只要我愿意被她管，我就会听话的。"

"你说我能不能管得了你？"她有些挑衅地问。

他故作认真地上下打量她，说："我看行！"

她笑了，他也笑了……酒没喝多少，话却谈了不少，谈天说地，谈人生，谈理想……无所不谈，越谈越投机，越谈越想谈。

下午她正好没有课，饭后俩人到小公园散步。公园不大，但是假山，池塘，小亭，石拱桥，应有尽有。

风比较大，有些冷，她瑟瑟发抖。他急忙脱下外套递给她："你真是怕冻，快穿上，别冻坏了。"

她见他也穿得不多，执意不穿。他也不穿。后来实在受不了，她才把外套披上，坐在摩托车座上问："这摩托车是你的吗？"

"你没看见是女式的吗？还没找到主人呢，不过我看你骑倒是挺合适。你会骑摩托车吗？"

"还不会！"她不好意思地说。

"那我也可以当老师了，有时间我教你呀。别动，你坐在车上这个姿势不错，我给你拍张照吧。"他边说边拿出照相机来。

"别，别，我最不上相了。"她急忙说，看他执意要照，就急忙用手

整理一下头发。

"美女一般都不上相,不过我是'专业'摄影师,保证照得让你上相。"他边说边按下快门。

她坐在车上,扶着车把。他立着,蹲着,跪着,从不同角度给她拍,又让她立在小桥上照了几张。拍照时为了多看她几眼,他故意让她在那里多站会儿,从相机里看看,再拿开相机看看,直到看得她不好意思了,再按下快门。

马上就要立冬了,天黑的好快。这时风更大、更冷了,她说:"这么大的风,你路上不冷吗?"

"没事,我这个人怕热不怕冷,有时热了反而容易感冒。"他安慰她说,"可能因为海上空气好吧,不管在船上工作几个月,我还从没感冒过。"

"整天站在甲板上,看着日出,吹着海风,很惬意吧?"

"确实过瘾,但常会有种莫名的孤独涌上心头。可能就像船,经历风浪久了,总要回到憩息的港湾。"

"军人家属可以随军,你们海员的家属可以随船吧?我好想到船上。"

"船靠泊国内港口,海员家属可以上船探亲,一则共叙相思之苦,再则拿钱回家,他们都笑称家属去收公粮。船上每人一个房间,这时就会成为夫妻俩的天堂。"

"我是说长期随船。"

"按规定好像可以,1993年,美国谎称'银河'轮载有违禁化学品,百般刁难,该轮的中国海员不屈不挠,很大程度上维护了祖国荣誉和民族尊严,立了大功,由此交通部特许中远集团的船长、轮机长、大副、大管轮的家属可以随船。但是,只让船上'四巨头'享受特权,普通船员的家属不能随船。容易造成船上管理混乱。就算让你随船,你能去吗?不教学了?"

"可我担心到时候舍不得你离开。"

"两情若是久长时,又岂在朝朝暮暮。"

深秋季节，明显能觉出昼短夜长。俩人谈笑间，时光飞逝。韩瑜脱下外套催促他说："你早点走吧，天黑了会更冷的。"

"你先穿着吧！"

"路上骑车太冷了，你不听我话了？"她身躯直立，向左微斜着头，像面对一位不听话的学生，既有耐心又不容反驳。

"我听话！"他乖乖地穿上衣服走了。

03

白色头盔，黑色风衣，海涛俨然一位骑士，把车停在韩瑜家楼下的小卖部。韩瑜下来，提着大小两个包，他开玩笑说："怎么？私奔呀？"

她提高手中的包看了看，不由得"噗嗤"笑了，说："下午玩会儿接着回校。"

"你会呼风唤雨呀？一出门，这不，天就晴了。"

上午还下小雨，下午天公作美，雨过天晴，白云满天，一片清新。她斜跨上后车座，双手紧握他的衣角，身体尽量远离他的后背。他说这样不安全，故意把车身晃了一下，她尖叫一声，抱紧他的腰。他乘机用戴着手套的大手按在她的手上。她轻微地挣扎一下，他按得更紧了。她没再试图抽开，尽情地感受着他掌心的温暖。

驶至一条宽阔的新路，行人稀少，海涛停下车。她问："怎么不走了？"他不容置疑地说："上课！"

他先教她支摩托车大撑，示范了一下，用左脚踩着大撑，左手扶车把，右手猛一提后座的把手，车就撑起来了。她接过车，试着支一下，车太重，她又不会用力，差一点把车弄倒，不敢再试了。他又手把手地给她示范。她试了几次，总算一下撑了起来，她似取得了什么重大胜利，兴奋地拍手跳了起来。再试一次，又撑了起来……

然后他又教她骑车,让她坐在前面,他坐在后面指导。他闻到她的体香,有些迷乱。他想起老水手的话:不要总把女的当女神,不要总是太尊重她们,该出手时要出手。一时间他真想出手,但还是忍住了。

在他的指导下,她很快就能独自驾驶了。他担心她随时会摔倒,仍坐在后座上。车座向前微倾,他的身体不由自主地紧贴在她的后背上,他感到就要窒息了,用手轻轻地拥了她一下,她顿时手忙脚乱地说:"不要分散我注意力!"

他急忙放开手,觉得老水手的教导有些轻浮,担心她会生气。她却并没有生气的意思,好像刚才的事从没发生过……

学完车,俩人来到市府前的人工湖。这湖在本市两条主干道的交界处,原先是个大采石场,自从市府搬到新市区后,这里被建成人工湖。湖水很深,湖面宽阔,湖水清澈,环湖有一条弯弯曲曲的小径,小径一边有木桩和铁链构成的围栏,另一边是假山奇石,宽敞处则是树木草坪。

他把车放好,拿出相机,想多给她拍几张相片。她背着书包与他沿着湖边小径漫步。此情此景,忽然让他回忆起梦中的湖,还有与他沿湖漫步的仙女,难道她就是上天赐给他的仙女吗?

围栏刚建成不久,铁链上的油漆乌黑发亮,上面锁着几把青铜锁,她嘴里念念有词:"青铜锁,情同锁……"

他试探地问:"我们也锁上个吧?"

她不置可否,继续向前走。他给她拍照,经过上次的拍照锻炼,她在相机面前更加自信了,或颦或笑,或坐或立,各具情态。小径迂回蜿蜒,高低不平,走到一个僻静处,见一条石凳,她要坐下。他急忙从口袋掏纸帮她擦凳子,没有纸了,情急之下用手擦拭几下。她赞许地点头,坐下。他与她并肩而坐。

她从包中取出一本书,翻阅着说:"这本书是我上大学时,在小摊上买的,很好看,你有时间也看看吧。"

书很薄,印刷得也很粗糙,一看就是很早的印刷品,书皮上印着《浮生六记》。

她翻开书，深情地读了一段。他靠在她身旁一块看，几个中学生从小径走过，见他俩依偎在一起，很惬意的样子，开玩笑说："再靠近点！"

她的脸一下红了。他趁机对学生说："这位同学，麻烦你给我们拍张合影吧。"

那位学生大方地走向前给他们拍照。海涛大方地用胳膊轻拥着韩瑜，装作与她熟悉的样子。她没反对，继续认真地读书。那学生调皮地说："抬头，再近点！笑一个！"俩人都被逗笑了，快门恰在这时按下了。那学生把相机递给他，做了个鬼脸走了。

湖面上一艘艘游艇驶过，艇上不时传来欢笑声。海涛建议一起划舟，还专门要了一条木桨船。作为海员，艇筏操纵是必修课，他想乘机露一手。

他娴熟地划着小舟，长长的船桨有节奏地击打着水面，或快或慢，或进或退，在湖面上任意驰骋，惹来许多游人的叫好声。

她站在船头，看着荡漾的湖水，情不自禁地朗诵毛主席诗词《沁园春·雪》，"北国风光，千里冰封，万里雪飘。望长城内外，惟余莽莽；大河上下，顿失滔滔……"

他悠闲地划着船。她佩服地看着他。他划得更有力了，说："我又可以当你老师了。"

他让她坐在身前学划桨。船桨又长又重，她根本就压不起来。他一松手，小船就在原地打起旋。他急忙又帮她划起来。

小舟通过一个狭窄的桥洞，海涛口称："顺桨！"身体后仰，桨叶紧贴舟身，疾速穿过桥洞，前面显出一片僻静的水面。海涛又喊："桨挡水！"双桨平伸，插入水中，舟速立即减慢下来。海涛又"平桨""立桨"表演一遍，像举行盛大节日，接受观众的检阅，而观众只有韩瑜一人。

桥侧青岩如城墙一般陡立，但这城墙是由一整块岩石构成的，没有凸起，没有凹陷，没有缝隙，岩边上还雕有花边，扮作人工垒成的样子。其实这完全是多余的，无论多么精美的堆砌，远没有浑然一体的巨石令人震撼。

小舟停泊在芦苇荡边，此时芦叶干枯，芦茎挺直，芦花洁白，飘飘洒洒，好似专候他俩的到来，为他们遮护。

"海涛，以后长期两地分居，我身体不好，你又照顾不上，我父母很担心……"

"我不是和你说了吗？我的未来并不在海上！但是你一定要给我点时间。以后船员的各种待遇会越来越高，或许会像欧洲一样，两三个月就可以休假，出趟海就像旅游一样，很快就能回来了，小别胜新婚嘛。"

"那你在船上每天都要给我写一封信，这样我在家里就可以天天有事干了。"

"这个没问题，在船上有的是空闲时间，就是你不让我写，我还不同意呢，闲着干吗？"

"还有吴姐给我瞒了一岁，我不是属龙的，是属兔的。"

"属什么还不一样？见面前或许在乎很多，真见到合适的人就什么也不在乎了。"

"我父母长年有病，我们家外面看似风光，其实很穷的。"

"过去穷是父辈们的事，现在我们长大了，工作了，幸福要靠自己创造。要发挥愚公移山的精神，没有克服不了的困难！"

"还有，现在调动，其实很难的。"

"你就是一辈子在乡镇也没问题，你在哪里，家就在哪里，再说以后的事谁能说得清，说不定哪天会突然调到城里呢。"他说，"这么好的美景，不要说这些了。告诉你个好消息，周六集团总公司有个英语竞赛，每个公司派三个人，我有幸被选上了。"

"你英语这么好？"

"Just so so！（一般！）"他得意地说。

人工湖环境幽雅，处处充满情趣，俩人玩得很开心。回校时已暮霭四合，冷风骤起，他知道她怕冷，给她戴上头盔，帮她扣系带时，她乖乖地怔在那里，像个听话的孩子。他把风衣脱给她，她无论如何也不要，说他坐在前面可以为她挡风。他说不穿也可以，要抱紧他。她点头同意了。

路上风更大了，冷得厉害，他让她抱紧些，再抱紧些。她听话地用手牢牢地抱住他。他感到异常温馨。但是这样她的手却露在风里,他把她的手塞进自己的外套,然后用一只戴手套的大手,紧紧地把她那柔软的小手按在身上。

到了学校,俩人先在德玉饭店吃了水饺。海涛又到校门口的小卖部买瓜子和水果,一只精致的木制小船摆在那里,船壳上印有"深海情缘"四个字,恰似梦中的乌篷船。他觉得这木船是专门为他俩做的。虽然与韩瑜相处不久,但好似已经结识了许多年,五百年修得今世回眸一笑,难道自己在与她赴前世之约吗?

他高兴地买下小木船,带回学校。今天周日,老师大都没来。俩人径直来到韩瑜宿舍。宿舍都是平房,铁门铁窗,有些旧了。宿舍里比较简陋,两张床,一张桌子,几把椅子,还有煤气灶,锅碗瓢盆之类的餐具。窗户和门上都糊了纸。靠西边的那张床是她的,上面有她叠得整整齐齐的衣服,还有大小两三床被子,看来她确实非常怕冷。

她把小木船摆在窗台上。让他躺在床上休息,又给他倒水,像照顾小宝宝一样给他盖被子。然后拿起一本杂志,坐在他旁边读文章给他听:"看山是山,看水是水;看山不是山,看水不是水;看山就是山,看水就是水……"

她普通话说得非常标准,声音很轻柔,有些沙哑,却充满磁性。他躺在柔软的床上,沉浸在这磁性的声音中。

墙上贴有明星照,下面的月历划了一些记号。他对正在读文章的她说:"我知道你划的记号是什么意思。"

"你说。"她停下来,不相信的样子。

"女孩子的事……"

他还没说完,脸上就"啪"地挨了记响亮的小耳光。他下意识地摸了摸腮帮,说:"说错就说错了嘛,干吗打人呀?"

过了会儿,她红着脸说:"我出去趟,你把脸转过去,不许看!"

"不就是要这个吗?"他掏出床头的一个纸包递给她。

她面色绯红,接过纸包出去了。一会儿回来,对他笑道:"你很聪明,让你猜对了。"

"我当年生理卫生学得最好了。"他大大咧咧地吹嘘。

"外面的风很大,你穿得太少了,晚上不要走了,住刘老师家吧。他是我爸爸的老同事。我爸爸前些年调到城里,我恰好又分配到这所学校,刘老师待我像亲闺女一样。"

晚上,先到刘老师家安排好床铺,她又带他到操场散步。月朗星稀,冷风未息,俩人沿着跑道漫步,走至旗杆下,不约而同地停了下来。他握起她的手,好凉!见她怕冷的样子,不自觉地把她轻拥在怀里。她像只受惊的小兔子,终于逃进一处庇护所,目光烁烁,惊疑不定地注视着他,期待着他的更多庇护。他拥得更紧了,可她的身体仍在颤抖。他把外套的衣扣解开,把她裹进外套中。她温顺地依偎在他的怀里,这时他才感到她的娇小,完全不似一个教师的样子,而是一个女人,一个柔情似水的女人。

她昂起头,静静地看着他。他轻吻了一下她光洁的额头,冰凉冰凉的。他想给她更多的温暖,又吻了她的鼻子、唇……俩人吻在一起。

许久,她不好意思地说:"我这两天不能太激动。"

"又考我生理卫生知识?"这个答案他知道。

"你很体贴人,能遇上你是我今生的福分!"

"怎么体贴了?"他有些不解地问。

"你用手给我擦凳子那一刻,我就被你感动了。"

"这么容易感动?其实这没什么,每个男的对喜欢的女孩都会这样吧?"

"许多细节,都能体现你的善解人意,你自己可能觉察不到。"

"这些也可以故意表现的。"

她抚摸着他的胸脯说:"你的胸脯真暖和,真想多待会儿……"

"如果你愿意,你就一直待在里面好了。"

他们相拥着,谈到九点多钟,估计刘老师该睡了,才从操场回来。床早铺好了,韩瑜又亲自整理一遍,像对待一个不能自理的孩子。铺好床,她又回到宿舍抱过一床被子。他急忙阻止说:"你想压死我呀,我不怕冷,你多盖些吧!"

"我舍友最近没来,我可以盖她的,今晚太冷了。"

晚上,不知是因为两床被子太重,还是被上存有她的气息,他一夜没睡好。这晚他又梦到那个湖泊。他与韩瑜绕湖散步,这湖泊他既熟悉又陌生,他仔细辨认了下四周,不是人工湖,却胜似人工湖。湖水清澈,波光荡漾,岸边云霭弥漫。俩人并肩前行,突然从假山后蹿出一条狼狗,咬住韩瑜衣服不放,直向假山拖。韩瑜大声呼救。他急忙抓住她的胳膊用力拉。狗的力气很大,互相拉扯,海涛眼看拉不住……顿时惊醒了。

莫名其妙地做了个梦,海涛有些纳闷。五点多,海涛就醒了。见刘老师夫妇还没起床,就一直躺在那里,六点左右,听到刘老师夫妇起床了,他也起来洗漱,然后到她宿舍。

韩瑜刚从操场跑步回来,与他进了宿舍。她的好友焦蓉过来吃饭。焦蓉的男朋友是军官,两地分居,饱尝相思之苦,所以极力反对韩瑜找海员。

海涛不敢怠慢,百般殷勤。焦蓉打量他一番,趁韩瑜不在时对他说:"说实在的,我原先是反对你们的,不过见了你后,我放心了。韩瑜很优秀,是个好女孩,你要好好珍惜。"

"我会珍惜的,你有机会也多为我美言几句呀。"海涛讨好地说。

"那你以后要多买好吃的'贿赂'一下我。"

韩瑜进来了,说:"你们聊什么呢?这么开心?"

焦蓉对海涛说:"韩瑜今早五点就起来做饭了,她煮的稀饭是我们学校最好吃的,你真是有福气呀。"

他喝了一口,稀饭果然可口,看看韩瑜说:"我真希望以后能天天吃上你煮的稀饭。"

04

英语竞赛过程中,海涛公司的三人发挥得都很出色,海涛更是思路敏捷,舌战群儒,最终他们获得了冠军。

海涛一大早就乘车向回赶,车慢得像蜗牛,到车站时已近中午。他一下车,韩瑜便手捧鲜花迎上前,像迎接凯旋的勇士。

她把花递给他,他接过,嗅了嗅说:"真香!"韩瑜建议到百货大楼吃快餐。他却拉她到大楼旁边一家生意兴隆的饺子城,要好好庆祝一番。

菜上来了,她端坐在那里说:"你吃吧,我不饿。"

他没吃,而是从上衣口袋掏出一个精致的礼盒说:"这是用比赛的奖金给你买的白金项链,你戴上试试?"

"不用了。"她边说边从上衣口袋里掏出一张纸条和一卷钱递给他,然后起身就走。

他粗略地看了一下纸条,想分手的意思,匆忙追上去,把钱塞给她,装作满不在乎地说:"好聚好散,认识这长时间了,总算有些缘分,再聊聊吧。"

"你怎么没拿项链?"

"本来就是特地为你选的,你不要就用不着了。"

"你傻呀?我在这里等你,你快回去拿!"她焦急地说。

"说话算话!"他跑回去拿了项链,又顺手抄起花,跑出来。他递给她花,她不接,说:"到海边走走吧。"她上了公交车,帮他刷了卡。他急忙跟上去,觉得手里握着花挺别扭,随手递给路边卖烤地瓜的,说:"给你的!"那人接过花,愣住了……

他转身上车,她已坐下了,他站在她身旁,像个护花使者。她看到前面有空位,示意他过去坐下。他没有动,如座小山一样伫立那里,面色凝重,目光坚毅地看向窗外,每当航行遇上大风浪,他脸上总会显出这种表情。

公交车驶到人工湖,她改变了主意,下了车。他急忙跟上。她在草坪上坐下,他也乖乖地坐在她身边说:"不同意也没什么,说说到底是什么原因嘛?让我也学点经验。"

她叹口气,欲言又止,脸红红的。他安慰说:"我经历的大风大浪多了,有话你尽管说,我能承受住!"

她坐在那里,脸变得更红了,嗫嚅地问:"你是不是和人同居过?"

"你怎么会这样想?我说没有你信吧?"

"听说海员作风都不好。"她红着脸说。

"不管生活环境,还是收入水平,海员确实都有条件作风不好,但事实上绝大多数海员是好的,有个别不好的,全船都知道,都嗤之以鼻。如今的海员大多海运院校毕业,整体素质很高。"

"谁敢保证你在外面不做坏事?"她顾虑重重地说。

"在船上工作之余,我大部分时间都在自己房间看书学习。每条船上的政委都想吸收我入党呢。"

"这样的职业,这样的工作环境,容易让人学坏。"

"我这个人有一定的抗体,想学坏早就学坏了。再说作风好不好与职业无关,陆上工作的人就好了吗?如果他们有海员这种条件,说不定更经受不住考验,看一个人会不会学坏,不是看他穷的时候,而是看他有钱的时候,我们海员起码还算有钱的,也是经受过考验的。"

"是呀,现在的人,一有钱就学坏了。"她赞同地说。

"我就是将来很有钱,也不会变坏的。"

"我相信你是好的!"她的态度明显有所好转。

他这才松下一口气,怪道:"你这又是听谁说的?总是道听途说,你就没有脑子!你这样,我得整天看着你,累不累?"他边说边掏出她写的那张纸条一字一顿地读道,"认识你是我今生最大的幸运,你很优秀,可惜我们今生无缘相守……"

她急忙夺他手中的纸条，说："给我，你给我！"

他紧握在手中说："留着做个纪念吧，我刚离开两天，一回来，你就给我这么张纸条。假如哪天我上船休假回来，你一下掏出这么张纸条，我找谁哭去？你心目中的白马王子到底是什么样子？"

"就你这样。"她笑了，腮上露出两个小酒窝。

"你这不是叶公好龙吗？整天喊着喜欢龙，喜欢龙，真见到龙了，又吓跑了。"他顿了顿又说，"这就像你买衣服，不管买不买，你将来都会后悔的。"

"你就是职业不好。"

"又想这方面好，又想那方面好，你需要的白马王子要到上帝那里定做！你别为难上帝了好不好？"他苦笑道。

"你能不能为了我放弃你的职业？"

"现在肯定不行，但是请相信我，不管将来我干不干海员，我都会让你幸福的。"他坚定地说。

"我的父母都很担心，担心你将来照顾不了我。"

"都说'宁拆十座庙，不毁一桩婚'，我就弄不明白你父母为什么一定要棒打鸳鸯？"他故作气愤地说。

"他们也是为了我好嘛。"

"这些长辈口口声声为了子女好，不做深入调查，只凭主观臆断，不知道拆散了多少好姻缘！"

她彻底被他说服了，拉过他的手说："你伸开，我看看你的手相。"

他握紧拳头说："不给你看，命运掌握在我自己手里。"

"不让看，我就走。"她撒娇说。

她站起来，真走了。他没追，乘车到了姑妈家。姑妈正在吃饭，知道他正与韩瑜恋爱，就问他谈得怎么样了。他开玩笑说："刚谈好，分手了。"

韩瑜恰好打来电话。他没接，一直让手机响。她连续打了几次，铃声催得让他心烦,他才接起来,不耐烦地问:"还有什么事?"

"你还在人工湖吗?"她柔声问。

"走了!大冷天的我还在那里干吗?"他没好气地说。

"没地方吃饭就到我家。"

"到我姑家了,以后没事少打骚扰电话。"他边说边挂了电话。

她又打过来,说:"你到新市府这边,我给你一样东西。"

"我不要!"

"你不要会后悔的,一件特殊的礼物,你肯定喜欢。"

"什么礼物我也不要了。"

"不要我也给你,你到新市府等我!"她又在给他下命令。

"我真不要了!要不你送到华联超市吧。"他知道她后悔了。

"好的,我到了给你打电话。"

没过多久,他的手机就响了,知道她到了,就没接,手机连响了三遍,他还是没接。姑妈急了,催他赶快接。他一边擦着皮鞋,一边听着悦耳的铃声说:"先让她等会儿吧,太气人了!"

他擦完皮鞋,又等了一会儿,才慢慢地走出去。她正趴在电话亭里拨号,一脸无助,甚是可怜。他心想何苦呢,悄悄走上去,站在她身后良久,她都没觉察到,只是一个劲地拨号。他的手机又响了。她才发觉他,冲上去,牢牢地拽住他的胳膊,像抓住了一根救命稻草。他奋力甩开她的手说:"大庭广众之下,注意点影响!既然走了,你还回来干什么?"

"我以为你会追我,你怎么也不追呀?真让人没面子。"

"都走了,我还追什么?"他没好气地说。

"我们一块到海边走走吧!"她又拉起他的胳膊,恳求说。

"我晚上还要相亲,有事快说,没事我走了。"他边说边看看表,做出欲走的样子。

她急忙拉住他说:"不行!晚上陪我!"

"那好,陪你到五点吧,别拉拉扯扯的,影响不好。"

"走,带我去看海吧!"

"我宁愿去厕所蹲着,也不想看海了,实在是看够了。"

"在陆上看海与在海上看感觉不一样,海上有美女陪你吗?"

韩瑜大献殷勤,拉他不行就推着,推他不行再拉着。海涛装作要逃走的样子。她急忙追上,抱住他不放,嬉笑着说:"幸亏我天天练跑步,否则就追不上你了。你不知道吧,我是校运会的跑步冠军呢。"

他急忙推开她说:"何必这么辛苦?好马不吃回头草。"

"我不是好马!"她满不在乎地说。

他半开玩笑说:"恬不知耻,韩老师,你给解释一下'恬不知耻'什么意思?"

"不要脸!"

"对,不要脸!"他接着说,"我们在一起你不会幸福的,我职业不好,又不会做饭,还不能照顾你。"

"不要紧,我会做饭,在学校里,她们都夸我做饭好吃呢。"她晃着他胳膊说,"我饿了,请我吃饭!"

"我为什么要请你?"

"那好,我请你,可以吧?"她还是抱住他,一个劲地吻他。

他思考了一会儿说:"也好,就请你吃顿散伙饭吧。"

进了一家小店,她点了一盘土豆丝,要了两大碗拉面。他吃了一会儿,放下筷子,给吴姐打电话,故意吓唬韩瑜说:"吴姐,我与韩瑜分手了……性格不合。不过还是谢谢您了……"

韩瑜脸色顿时变了,说:"我不吃完这碗面条就不姓韩!"边说边"咕咚、咕咚"地向碗里倒醋,说,"能喝酒就能吃醋!"

他坐在那里,看着她果然把一大碗面全吃了,又向碗里倒醋,要把汤也全喝了。他见她真生气了,真害怕了,有些心软了,急忙说:"别吃了,我是吓唬你的。"

她半信半疑地说:"那你送我回家,晚上睡在我家。"

"你自己打车回去吧,再说住你家,我就说不明白了,我这个人比较注重名声。"他故作认真地说。

他过去付了钱，出了饭店，又对她说："我刚才与吴姐说的，你都听见了，就这么定了。"

她心里又没底了，拉住他的手说："你送我回家，送我回家……晚上住下。"

"好吧，我还是把你安全送回家吧，真丢了，你父母向我要女儿，我可赔不起。"他边说边伸手招呼出租车。

到了她家，正好有客人在。海涛玩了一会儿就要走。韩瑜一直送到楼下，依依不舍地说："明天，去我们学校吧。"

"我再看几个对象，如果没有合适的，就去找你。"他一本正经地说。

"那不行！"她撒娇说。

第二天海涛回老家，想顺路带她回学校。早六点半，就给韩瑜打电话，韩瑜说天太冷了，不用他送了。他怀疑她又变卦了，执意要送。不到七点就到她家楼下等她。七点多，她走下来，让他送到车站就行了。

到了车站他没停，加速向前跑。她急得在后面大叫，用小拳头捶他。

一直送到学校门口旁边的德玉饭店，她直接去了办公室，扔下他待在那里。他想回家，又担心她再有事找他，于是就想到刘老师家等等。刚到门口，见里面有许多人，急忙退了出来。来到小花园，连日奔波，昨晚又没睡好，又累又困，就躺在假山的枯草上睡了。

海涛做了一个奇怪的梦：一片茂密的竹林，林中有一块空地，一只鸟在空中飞来飞去，他拿着一根长长的竹竿在林中来回追打。那鸟好似是猫头鹰，被他打了下来，竟变成了两只。空中有个声音说"这样就可以永远在一起了"。他走过去，用手指弹了下一只鸟的头顶，那鸟当场昏死过去，仔细一看，却是两只鸳鸯。

海涛正沉浸在梦乡，手机响了，是韩瑜在刘老师家打的，问他在哪里。他说还在附近。她说刚刚与她爸爸通话了，彻底不同意了。他问到底是她爸爸不同意，还是她不同意，让她自己一定考虑好。她说已经考虑好了，她爸爸完全代表她。他说把头盔什么的还给她，她让他到刘老师家。他骑车到德玉饭店门口，步行进去，在刘老师家门口遇见她，把头盔递给她。

她让他进去，他不进，转身欲走。她急忙拉住他。他哽咽地说："韩瑜，我真的喜欢你，保重！"

她紧拉着他的手。他怕再停留一会儿，眼泪就会掉下来，于是猛地甩开她，急急向外走。她在后面追。他跑出饭店，摩托车还没熄火，他一下跨上去，刚要走，她奔了上来，一下跳到车后座，脸红红的，怔在那里，傻了一样。他叫她下去，她却一下抱紧他，让他到小公园。僵持了一会儿，他猛地加大油门，飞快地驶到小公园，掏出刚洗的相片，"唰唰"地分开，说："合影你就别要了，我留着做个纪念吧。"

"我刚才是试探你的，你真生气了？"

他一听就气坏了，说："爱情是不能试探的，把金子放在火里烧，验证是真金了，也会失去原来的光泽。"

"我知道错了，以后再也不敢了，行吧？"她讨好地说。

"这事到底谁说了算？你爸爸还是你？"他没好气地问。

"我说了算，我说了算！"她笑着说，"将就这件衣服不换了。"

"你整天这样，让人太累了。吃不好，睡不好，跑长途，经年征尘满征衣……我刚才躺在这里一下就睡过去了。"他苦笑着说。

"真可怜，都怪我不好，到我宿舍睡吧。"

"我不去！"他故作生气地说。

她急忙拉他，哄他，一定让他去。他只好又随她回到学校。

韩瑜安排他躺在床上，上课去了。海涛哪里睡得着，想起韩瑜的反反复复真是费解，于是打电话给吴姐说："韩瑜今天同意，明天又不同意，反反复复，不知什么意思。我父母说都老大不小了，同意的话赶快定下来，不同意就别相互耽误。"

吴姐说："晚上我和你哥到她家玩玩，与他们商量一下，看看他们什么意思？"

过了几天，韩瑜主动打电话给海涛，邀请他到学校玩。他估计吴姐去过她家了，就说："如果不成的话，我就不去了，再见面还有什么意义？"

"那就对不起了……"

他顿时又掉进冰窖一般，喃喃地说："我早料到会这样……"

她突然"咯咯"地笑了，说："你来玩吧！"

他这才知道她又开玩笑，真弄不清她哪句话是真的，哪句话是假的，就生气地说："你不要总是这样折腾好不好？"

"你原先说在船上写过小说，是不是骗人的？"她忽然问。

"真的！"他急了，以为她在怀疑自己的人品。

"那你一块带来我看看！"

"我还要修改，现在给你看不合适。"

"不行！我必须要看。"她又撒娇说，"反正你必须把草稿带来。"

他高兴地穿上刚干洗过的西装，买了一束鲜花，乘汽车到学校。一路上心颇忐忑，至德玉饭店下车。韩瑜站在校门口相迎，一见到他就赞道："好帅呀，花好漂亮！"

他总觉得她在抱着玩的态度，就装作冷漠的样子，随她到了宿舍。她插好花，放在窗台小木船旁边，见他还气呼呼的，就讨好似的过来吻他。他一把推开她说："先说清楚，我不是没教养的人！"

她讨了个没趣，也装作生气的样子，但马上又转好了，上去吻他，然后读她写的日记："他转身走了，眼里含着泪花，他是真心爱我的，我突然觉得，失去他，或许就失去了我今生的幸福，我不顾一切地奔了上去，难道这就是命吗？唉，苦就苦吧！"

"写得好感人呀。"他不屑地说。

"东西带来了？"她抬头突然问道。

"没有，我原先是骗你的。"他也想捉弄她一下。

"我不相信，你肯定写过。"

"难道有这么重要吗？"他边说边取出草稿。

她惊喜地接过，高兴地吻了他一下，然后看了起来。过了一会儿，她说："我原先以为很了解你，其实并不了解……"

"看山是山，看水是水；看山不是山，看水不是水；看山就是山，看水就是水……"他说出她曾读的文章。

"写得很好，我要好好看看。"

"现在不要看，怪不好意思的。"他有些难为情地说。

"我给你买了一条毛裤，你试试行不行？"她收起草稿，拿出一条黑色的毛裤递给他说，"天冷了，你穿这么少，冻出关节炎来，还得人家伺候。"

"不怕关节炎，就怕'妻管严'。"他笑着拿过毛裤，见裆处有一个小洞，试探着把食指从里面伸出来，故意问道："喂，这是干什么的？"

"滚！"她用手推了他一下说，"我饿了，能不能给我做饭吃？"

"出去吃吧。"他建议道。

"我让你自己做，出去吃太浪费了。"

他一下高兴起来，说："呵呵，你还没当家，就舍不得我花钱了？不过我听你的，有什么菜？"

"你看看会做什么吧？"她指着纸箱中的菜说。

"西红柿炒蛋吧！然后再下个面条。"他边说着，就动起手来。

"行，你先做着，我回办公室趟，出来时间长了，担心被教导处抓到。"

没多久，饭做好了，她正好回来了，尝了尝说："你炒的菜真有味，你不是说不会做饭吗？"

"我就会做这个！"他明白又上了她的圈套，但是这样的圈套他愿意上。

"不过你做饭这方面很有天分，以后我要好好培养你，做个名厨。"

05

星期天上午，海涛备好各种礼品，到了韩瑜家。韩瑜妈挥舞着菜刀，忙不迭地剁馅。海涛一见要包水饺就乐了，说："大姨，我最喜欢吃水饺了！"

"俺家韩瑜也最喜欢吃呢！"

"难怪天天陪我吃水饺呢，原来你也喜欢吃呀。"他冲她笑道，"以后我们在一起了，天天包水饺吃！"

海涛放下东西，急忙过去拿起擀面杖，帮着擀皮。韩瑜也凑上前帮忙。她妈准备好材料，坐在一边，拿起茶几上的烟盒，弹出一支烟，两根手指娴熟地夹起，点上，半昂着头，吞云吐雾起来。海涛向来看不惯女的抽烟，但知道她妈身体不好，也许抽烟为了缓解病痛，心下早已原谅了这位抽烟的准丈母娘。

韩瑜妈微闭着眼，透过烟雾看着韩瑜在忙乎，摇头笑道："可怜，什么也不会做的手，还得当老师。我们韩瑜在家可从没受过委屈。"

"大姨您放心，将来我们在一起了，保证也不会让她受半点委屈！"他停下来，挺直胸脯承诺说。

"那可不敢说，要看你以后的实际表现。"她妈不苟言笑地说。

海涛擀了会儿面皮，见韩瑜包水饺跟不上，就帮她包。她妈夸奖说："咦，比我闺女包得还好呢！在家经常做？"

"我在家有姐妹，根本用不上我。但在船上包水饺，大家都要动手。起初我只会擀皮，这活最累了,两三个人擀，全船人包。于是我就想包水饺，可大家都夸我擀皮好，不同意我换。有一次我故意去得晚点，果然擀皮的满人了，我就坐下学着包水饺，可刚包了没几个，就被船长拎了起来，说我包的水饺一个长一个样，又推我擀面皮去了。我急着说：以后我打光棍了，你们想让我天天吃馄饨呀？"海涛边包水饺边讲自己船上的经历，逗得韩瑜母女都笑了，海涛接着说，"现在看来不会包水饺也没问题了，我擀皮，韩瑜包，可以天天包……"

午饭异常丰盛，韩瑜爸爸看着满桌的菜，满桌的人，一高兴就开了瓶"今生缘"白酒。这是海涛第一次在韩瑜家吃饭，有一种回到家的感觉。

傍晚，俩人又骑车来到人工湖，在东边假山处停下。只见湖水如镜，对面路上的灯光倒映在湖水中，犹如一根根长长的烛光，把整个湖面都点燃了。波光荡漾，烛光闪烁，异常绚丽。韩瑜情不自禁地说："这么美的景色，让我们对着湖水起个誓吧！"

"好的，你先说。"

"你先说！"她又如训诫学生。

他想了想，干咳了两下，忍住笑说："我俩不能同年同月生，但求同年同月死！"

"正经点，你以为是结拜兄弟呀？"

"还是你先说吧。"他还是不好意思说。

"湖水为证：'山无棱，江水为竭，冬雷震震，夏雨雪，天地合，乃敢与君绝！'"她面色凝重地对着湖面说完，然后转过头，注视着他。

他又想了会儿，突然想起什么，让她等一下，从车上取回两个小纸盒。打开一个，是把铜锁，俩人一起把铜锁锁在铁链上。他顺手把钥匙抛进湖水中，说："青铜锁，情同锁。愿我俩的爱情就像这青铜锁一样，今生今世，千生万世永远锁在一起！"

另一个盒子是白金项链，他小心翼翼地给她戴上，说："有这条链子拴着，就不怕你跑了。"

她深情地看着他，像期待着什么。他知道湖水太冷了，她一定是冻坏了，就把她拥在怀里，不知为什么她悄然流出泪水。他急忙吻她，她的脸冰凉冰凉的，她的泪咸咸的。

她瑟缩着说："就这样抱紧我吧，真怕会失去你！"

"怕什么？我们会永远在一起，永不分离！"他说着，更加激烈地吻她，好想吻暖她冰冷的面颊。

"你写的小说我看完了，写得真好。我选了些精彩的段落在班上读，学生们都说怎么写得这么好呀！我说只要你们好好写日记，将来也会写这么好的。"

"多提宝贵意见呀。"他不好意思地挠挠头说。

整个城市沉寂下来，偶尔有辆汽车从对面宽敞的马路疾驰而过。深夜的风更冷了，他担心她受不了，就送她回家。

按原定计划，第二个周日俩人去海涛家，这样就算把事定下了。周六晚上，海涛提前去韩瑜家商量回家事宜，韩瑜却无论如何也不去。她父母轮番苦口婆心地劝她，她还是不同意。最后她爸爸让海涛第二天尽管过去接她，他会劝好她的。

次日一大早，韩瑜果真打来电话同意去他家，但说只能他俩人偷偷回去，不能请客，只是玩玩，没有别的意思。

偷偷回去？又不是做贼，这是光明正大的事呀，海涛一下犯难了。吴姐昨天就说可以用周哥单位的车，她与姑妈一块回去，父母也希望韩瑜父母一起去，打算商量结婚的事。

海涛到韩瑜家，经过几番交涉，她依然态度坚决，说不同意她的要求，就不回去。没办法，海涛只好通知家里不要准备。吴姐说韩瑜父母不去，她们也不去了。

出发时已经晚了，韩瑜又到百货大楼买衣服，老毛病又犯了，挑来挑去，好容易才买上一件绒衣，又在踌躇。海涛鼓励说："丑媳妇总要见婆婆，见了婆婆，只要叫一声就能得个大红包。"

出了大楼，海涛见时间太晚了，想让周哥送，刚拿出手机，就被她一把夺去。俩人只好乘公交车去车站。到车站已近中午，还要等二十多分钟才能发车，海涛坐在车上，急得不行。恰在这时吴姐打来电话，连响了几遍，韩瑜只好让他接。吴姐问他到哪里了，他说还在车站等车。吴姐让他们到车站门口，她与周哥一会儿到。

他们走到车站门口，没多久吴姐夫妇来了，海涛的姑妈也坐在车中。他俩上了车，一起向家赶。

海涛原本想按照韩瑜的意思不请客的，可到家一看，家里大摆宴席，来往客人络绎不绝，有刚到的，有还在路上的，有说刚接到通知的，有埋怨不给消息的……原来海涛姑妈早通知他们了。

客人陆续来了，虽然时间仓促，仍来了很多亲戚。韩瑜好似被这场面吓蒙了。海涛不好意思地说："我也没想这样，只能顺其自然了。"

菜一道道上，酒一杯杯喝。韩瑜吃了会儿，就再也坐不住了，走到院子与海涛的小外甥婷婷玩。婷婷刚三岁，大家让她叫韩瑜舅妈，她怯生生地不敢叫。但是没多久就与韩瑜玩在一起，她是教师，哄孩子还真有一套。

海涛母亲把韩瑜叫到一边，塞给她一个红包，她无论如何也不要。海涛母亲说这是见面礼，是一种礼仪，不要不好，她才勉强收下。

临走时，按照本地习俗，又给她家带回好多东西。到了韩瑜家，她父母都不在，她打开地下室，让他把东西搬进去，说完就红着脸、怒气冲冲地走了。海涛把东西胡乱扔进地下室，快步跟上她。

她一直走到人工湖畔，连连跺脚，气呼呼地一屁股坐草坪上说："谁让你这样安排的？"

他双手一摊，满脸无辜地说："真是冤枉！我打电话时你就在旁边，后来你一直拿着我的手机。你这样整天摇摆不定，我也不想张扬。不同意就算了，影响不好的是我，我们那里没有人认识你。"他边说边转身欲走。

她急忙拉他，让他坐下，哭笑不得地说："我没寻思会是这样呀！"

"你这是什么胡话？！没寻思这样就结婚了，没寻思这样就生出孩子了，都是水到渠成的事，不是按你寻思的。"

她拿出衣袋里的钱数了一下，笑道："哼，也不错，几个月的工资呢。"

"还是见钱眼开吧！"

晚上回她家吃饭，她父母知道事定下来了，都很满意。她妈炒了几个菜，她爸叫他陪着喝几杯。没多久，吴姐打他家电话，说散步顺便过来。

吴姐一坐下来就对韩瑜父母说："海涛父母都希望一起坐坐。既然你们没去，我还是把他们的意思带来了。虽然海涛与韩瑜认识时间不长，但很谈得来。俩人年龄也都可以了，如果双方都觉得合适的话年前就结婚吧。"

她爸的脸顿时涌上酒，脸红了，扫一眼韩瑜，支吾说："时间太急了吧……还是要看孩子们的意见。"

她妈骂道："你真是个呆子！早点结婚了，也少了些心事！"

于是大家都看韩瑜，她一副正襟危坐的样子，用教师讲课的语速，不慌不忙地说："急什么？还是过完年再说吧，才这么短时间，彼此应该多加深了解。"

吴姐说："海涛这个职业，说不定哪天就来调令，一出海就半年，还是早把事办了好，这样双方老的就放心了。"

海涛看着她全家人的表现，心里很纳闷，到现在了还犹豫什么？如果是自己配不上她吧，她不该与自己继续交往；如果是她玩弄感情吧，她不能不顾及她家的声誉。

吴姐表达完海涛父母的意思，又坐了会儿，就走了。晚上韩瑜的弟弟不在家，韩瑜让海涛睡她弟弟的房间。她父母早早回卧室了。韩瑜走进她房间，故意装作关门的样子，探出头对他说："不要进来！"

"这么早就睡？"

她又伸出头说："你不是想知道我梦中的白马王子是什么样吗？让你看看我写的日记吧。"她叫他进了房间，找出一本日记本，翻给他看。

他接过日记，那是九八年写的：他不需要有多帅，只要长得像男子汉，让人感受到山的稳健；他不需要多么体贴，只需要有责任感，把我的冷暖放在心上；他不需要多么聪明超群，只需要有上进心，有毅力；他不需要多有钱，只需一句关心的话语，一个含情脉脉的眼神……

她铺好床，听他读完，拿过日记撕下几页，递给他说："给你布置个作业，写一份感受交给我。"

他小心地把"作业"放好。她含情脉脉地注视着他，说："天好冷呀，你抱下我吧。"

她第一次这么主动，让他受宠若惊，急忙伸手抱起她。她身材娇小，像个孩子一样躺在他怀中，紧搂他的脖子，微闭双目，两行泪水在脸上漫延。她用力吻他，他的嘴唇被吮疼了。她从没这么投入过，从没这么热烈过，也从没这么持久过……

俩人久久地吻在一起，他说："我们结婚吧！"

她的身体一颤，仿佛从梦中惊醒一般，紧搂他脖子的手悄然松开，问道:"海涛,如果我们分手了,你会不会痛苦?"

"痛苦!"

"如果得到我再分手呢?"

"更痛苦!不要再开这种玩笑了!"他停了会儿说,"我的心会痛的。"

"我配不上你。"她自言自语地说。

"你不是处女吗?"他放下她问道。

"想哪去了,我是那种人吗?"

"我真弄不明白,到现在了,你为什么还这样犹豫?"

她停了一会儿说:"我们结婚那天,或许就是我们分手的日子。"

"恋爱的目的就是为了结婚,如果是为了最终分手,还有什么意思?你是不是有什么顾虑?"他不解地问。

她犹豫了一会儿说:"算命的说我们会在结婚前分手……"

"你用别的忽悠我,我都信,就是用算命先生的话忽悠我不好使。我是干什么的?我是专门研究算命的。经过我的研究,大部分算命是不准的,就是真准也不能全信。命运是什么?是谁给我们安排的命运?既然有力量安排这种命运,就有力量改变这种命运。"

"有时候命运是很难改变的。"她喃喃地说。

"命运是可以改变的!只要你去争取。一头狮子追赶一只羚羊,假如你是这只羚羊,你跑不跑?"

"有时跑也是没用的。"她苦笑着说。

"上帝本想让你跑的,挣脱死亡的命运,可是你却在等,你这是在为难上帝,这样太消极了!难怪你总是犹豫,原来是这样。如果你真相信命运,我带你去盘龙山算算。真如你说的样,那么就让我们共赴这种命运吧!"他气愤地说。

她急忙拥抱他,亲吻他,讨好地说:"别生气,我是开玩笑的。"

她的房间很洁净,有一种沁人心脾的清香,让他陶醉。床铺很柔软,有一种温馨的感觉,她的脸红扑扑的,像初次见面喝酒的样子,高领粉色毛衣勾勒出优美的曲线，脖颈的肌肤越发细嫩……

他沉睡了将近三十年的躯体觉醒了，激动了，爆炸了，一下扑向她，狂吻起来，她热烈地迎合着，这更刺激了他，鼓励了他，他喘着粗气，笨拙地扯她的衣服，吻她……

他突然停了下来。她有些纳闷地说："这身体早晚也是你的，想要你就要吧。就是我俩不能在一起，也不会给别人了。"

"想要，但不是现在，这么多年都等了，还差这么点时间吗？"他知道爱她就要尊重她，更何况她一直怀疑海员作风不好呢。

他坐了会儿，站起来，轻轻给她闭上门，回到她弟弟的房间，躺在床上，辗转反侧，她的躯体，她的柔情，久久地徘徊他脑海中。他甚至有些后悔，后悔没听老水手的话，不要对女的太尊重。

不知什么时候，他进入梦乡，又梦到那个湖泊，还有湖上的乌篷船，他熟睡在船舱中，忽然听到有人轻呼他的名字。他知道肯定是那仙女在唤他，就努力地睁开眼，想看看她到底像不像韩瑜。

昏暗中，这张脸太像了，定睛一看，原来就是韩瑜，他这时才意识到不是在船上，而是在韩瑜的家里。韩瑜穿着睡衣瑟缩地站在床边，肯定冻坏了，他急忙把她拉进被窝，紧紧地拥着她，吻她。

他不想再等了，一分一秒也不想等了……

06

转眼间，海涛与韩瑜认识一个月了，时间虽短，却历经周折，颇有纪念之必要。海涛买了九朵玫瑰骑车来到学校。快到校时，见路边摊上的沙梨水灵灵的，煞是新鲜，就买了一些，又买了些橘子，他知道韩瑜最喜欢吃水果。

刚到韩瑜宿舍，便遇到焦蓉，她开玩笑问："海涛，带什么好吃的？"

"给你买的梨！快过来吃呀。"他笑道。焦蓉没客气，上前抓起一个梨子，就忙去了。

韩瑜从宿舍出来，问："那给我买的什么？"

他把水果提起来说："给你买的橘子！"

进了韩瑜宿舍，她看了看水果，责怪道："你怎么买梨呀？"

"你看这梨多好！"他边说边把水果放下，忽然想到了什么，又说："我刚才不是说了嘛，梨是给焦蓉买的。"

"梨就是离的意思！"她喃喃地说。

"别迷信了！"他说，又从车厢取出花束送给她。

她看到鲜红的玫瑰花，才转怒为喜，羞答答地把花插在花瓶中，放回窗台。他把宿舍的门顺手关上，从背后拥住她，看着窗台上的小木船颇有感慨地说："一个月了，'深海情缘'，深海情缘啊！"

她转过头，轻吻了一下他，脸上布满幸福的光泽。

"对了，今天刚接到公司通知，让下月二号到公司报到，参加履约培训，为期一个月。"

"什么是履约培训？"

"就是为了履行STCW公约，提升船员管理水平和工作能力的学习。我们海员经常参加这样那样的培训、考试，必须活到老，学到老，不可能一劳永逸，在船上干，得需要真本事。"

"今天二十八号了，很快了。"

"为了早一点打消你的顾虑，明天我带你去盘龙山，找老道士给你算算。"他说，"不知哪个算命的忽悠你，太缺德了，哪有不成人之美的？"

"我还要批改作业，你看这一大摞作文等着批呢，还要备课……"她推辞说。

"批改作文？我可不可以帮你？"

"好呀，你看看他们写的能看懂吗？"她递过一本让他看。

他拿过作文本仔细看起来，按照她原先批改的，把错别字选出来，让学生在右边栏内修改，又按她的笔迹，打了个分数，让她看，问道："这样行吧？"

她看了看，吃惊地说："呀，和我的笔迹一模一样，真能以假乱真呢，那你好好批，我到办公室备课去，如果今天能完成的话明天就去。"

"那好，你抓紧备课，晚上先到我家住下，明天再上山。"

她去了办公室。他在宿舍批改作业，批改得很认真、很负责。一摞作文本就快批改完了。她回到宿舍，见他这么卖力，满意地笑了。

他问道："备课做完了？"

她笑道："你不是帮我批改作业嘛，我就到办公室看了会儿报纸，这不，一下午就快过去了。"

他一听急了："不是说好，下午备课，明天去盘龙山吗？"

"告诉你个不幸的消息，明天有来听课的，全校照常上课。"

"那正好，明天下午放学后，先到我家住一宿，后天再去算命。"

晚上海涛姑妈打来电话，说家中有客人，让他一块过去吃饭，最好带着韩瑜。韩瑜执意不去，他只好先把她送回家，约好第二天下午到校接她。

海涛在姑妈家玩到很晚才睡。这晚又做了一个奇怪的梦：他与韩瑜去拜见道士，那道士不在盘龙山，而是盘腿坐在湖中的一大朵莲花上，对韩瑜说："能成更好，不成也好。命中有时终须有，命中没的难强求。顺其自然，不要太执着……"俩人起身要走，道士拂尘一甩，俩人手臂上连着一条红丝带。乌篷船驶到岸边，韩瑜上了船，他却无论如何也登不上去。正在着急，船出发了，红丝带越拉越长，突然断了……

第二天早晨七点，海涛还没起床，韩瑜就打来电话。他急忙问："怎么还不走？不怕迟到？"

"不会迟到。"

"你快走吧，我昨晚睡得晚，还没起床。我下午到学校接你，明天一起去盘龙山。"他又躺了一会儿，却怎么也睡不着。

午饭后，海涛从姑妈家出来，给韩瑜买了包胖大海，又买了些莲子、杏仁之类的干果，骑车来到学校。韩瑜正与焦蓉在宿舍门口晒太阳，见

海涛来了，焦蓉借口有事走了。

韩瑜进了宿舍，拿一个方凳坐在门口，倚在门上。一会儿，拿一个梨在削，削完说："海涛，我们把这个梨分开吃吧。"

他觉得她的话中有话，就说："分开吃干什么？俩人一块吃多好！"他在梨上咬了一口，又递给她。她接过，大口地吃了起来。

"下午没课？"

"有听课的，点名不好控制。"她边吃边说。

"怪不得你们在宿舍玩呢，那正好早点走，晚了太冷。"他边说边从车厢内拿出胖大海和干果给她。

"你买这么多东西，白填乎了。"

"这又是什么意思？！"他有些生气了。

"为什么我这样对你，你还是对我这么好？"

"我只是担心会错过今生属于我们的缘分。"

"我不想去算命，你真的相信命运？"

"我不相信，可是你信！不消除你的顾虑，你就不会全身心地投入。不要再这样拖下去了。"

她把吃剩的梨狠狠地扔进垃圾桶，像做一项重大决定似的说："这样拖真是对不起你，你是不是就想问我一个答案，行还是不行？"

"对！"

她站起来，走到宿舍里面，一下拉开上衣，就要向外掏东西。他看了，急忙笑着阻止说："是不是又掏纸条？"

她浅浅地笑了笑，说："不是。"

她掏出一个用报纸包的东西。海涛以为是礼物，急忙打开，却是一摞钱。他猛地把钱摔在地上，钱像落叶一样四处飞扬。他推开她就向外走。她急忙拉他。他甩开她的手，冲出宿舍。她跑出去，抱紧他的胳膊。他再次推开她，她还要拉他，但哪能拉住盛怒之下的他。

他骑车就走，宿舍拐角处，由于转弯太急，差一点摔倒。他急忙用脚点了一下地，车身重新恢复平稳，冲出校门，加大油门，一路狂奔。

跑了一会儿，寒风让他头脑清醒了些，停下来给吴姐打电话说与韩瑜彻底分手了。然后戴上头盔，继续狂奔。

一路上跑八十迈，前面一辆货车在路口转弯，突然变慢下来。他急忙刹车，差一点撞上，吓出一身冷汗。

刚到家，正好家中的电话铃响了，他顺手接起来，一听是她，想说什么却嘴唇哆嗦，一句话也说不出来，"啪"地把电话挂了。她又打过来。他骂道："滚！"又把电话扣了。

手机响了，是吴姐打的，问他到底是怎么回事，他说："Game over！（游戏结束！）彻底结束了。"通完话，见手机上有好多未接来电，大部分是韩瑜打的，还有几次是吴姐打的。

晚上海涛没吃饭，把自己关进房间，找出她写的日记看起来。他真是难以理解，都把这日记交给自己了，让他写感受，为什么还要分手？他感到累了，迷迷糊糊地睡了。

十二月二日下午一点，海涛到村前路边等车，父亲送至村头，对他说："这种无情无义的女的就是嫁给咱，也不能要！"

海涛知道父亲对韩瑜印象很好，这样说，是安慰他。他也很想安慰父亲几句，却不知说什么好，默默地独自走到路边等车。

车久不来，父迟不去，原先出海远行父亲尚未如此，如今却久久踌躇村头。阳光煦暖，或许父亲累了，无力地依在了一堆玉米秸上。他知道这事对父亲打击很大，想己为子不肖，累及父母，心生悲凉，热泪横流。

傍晚，下起小雨，地上到处湿湿的。预报将降温，海涛在姑妈家帮着安装取暖用的炉子。他表面平静，心情却如这天气一般阴冷。

正忙着，手机响了，是韩瑜家的，他急忙接起来，是她爸爸打的，让他晚上到她家谈谈。他估计肯定是退钱的事，就说有事不过去了，他知道一旦钱结清了，与韩瑜就彻底完了。他心中仍抱有一丝希望，希望她能回心转意，希望她这次还是考验他。

早八点多，雨雪，海涛乘公交车到车站，天好冷，他多么希望她能再次出现在车站。到了车站，满地都是浑浊的泥水，四处都是匆匆过往的乘客，不见韩瑜的影子。他总觉得她那熟悉的身影就在自己周围，就隐没在这匆匆过客中。他在车站等了很久，才无奈地坐上去公司的长途汽车。

路上，吴姐打来电话，说她家不同意了，等他回去算账。风很大，大片雪花如鹅毛一样从路上飞过。前路一片迷茫，司机叫喊着说"这么大的雪怎么走"，就把车停在路边。

大朵大朵的飞雪扑打在玻璃上，有的从玻璃上悄然划过，有的粘在玻璃上很快融成水滴，像泪珠一样滚落，没多久水汽笼罩了玻璃，朦胧一片。他感到心里很苦，咽喉酸酸的，像塞了一团东西，咽不下去，吐不出来，一路上都很难受。

到培训学院报到，安排好宿舍，他不饿，但感觉应该吃点东西，就在学院内的饭馆要了盘水饺。热气腾腾的饺子一端上来，在韩瑜家包水饺的情景瞬间涌现眼前，他心里一阵酸楚，勉强吃了几个，就再也吃不下了。他忽然觉得今天不应该吃饺子，以后也尽量少吃。

饭后，他到操场散步，刚下过雨，空气潮湿而又寒冷，空旷的操场上除了他没有一个人。他漫无目的地走着，有一种想哭的冲动，就哭了，哭了许久才感觉舒服些。但是他总想不明白，为什么她突然又提出分手？难道真是因为她说的那种命运，还是因为自己的职业不好？

如果因为职业不好，他再去低三下四地求她，就是自取其辱。如果是因为她说的命运，他愿意与她共赴这种命运，哪怕是上刀山，下火海，也不会轻易放弃。

他决定写一封信试探一下，干脆冤枉她，说她是个感情的骗子。他想这样她肯定不会承认，会说明到底为什么。他回到宿舍，就开始写起信来。

韩瑜：

　　还好吗？把责任推给上帝或许是你的一贯做法，也是你的高明所在，这种结果是你或者说是命运早就安排好的。不过是现在而不是结婚之前提出来，很感谢你的慈悲。

你是个有情趣、有追求、心高气傲的女孩，否定我并不是你的过错，只因上帝给了你一双苛求完美的眼睛。我不会责怪你，我愿意被你欺骗，可是你也不小了，希望你能早日找到理想的伴侣，人生路上一帆风顺！

我知道你是个坏女孩，但是我真的很喜欢你，原以为自己能随时潇洒地从你身边走开，可是真到了分手时，才意识到你对我其实是多么重要。我没有你快刀斩乱麻的魄力，今晚我独自在操场上走了很久，很抱歉，我哭了，我很珍惜我们相处的这段日子。

多想静卧在床上再听一篇你读的文章，

多想再吃一次你亲手煮的稀饭，

多想再与你共赏一次人工湖水中倒映的灯火，

多想轻拥着你再吻一次你冰冷的面颊……

对不起，我又落泪了，到此搁笔吧，再见！

2002年12月3日

海涛把信寄出去，心情稍安，没事就独自在宿舍看《浮生六记》。这是刚相识时她送给自己的，他一直没来得及看，这次学习他正好带来了。

这书是清代沈复写的自传，共六卷。前两卷《闺房记乐》《闲情记趣》，描述沈复与其妻陈芸情投意合，相亲相爱的浪漫经历。第三卷《坎坷记愁》，记述陈芸患有血疾，又不幸得罪家翁，被逐出家门，漂泊异乡，穷困潦倒，夫妇情深，感动鬼神，陈芸最终客死他乡……

看书中故事，思自身经历，海涛心中更悲。读至陈芸死别时言语，海涛环顾宿舍，冷冷清清，不由得又失声恸哭起来。

07

培训时间很紧，忙碌的学习生活，让海涛心情稍稍平静。可能因为海涛刚经受感情挫折，表情凝重，颇有领导气度，教官让他当现场指挥。学员们都是高级船员，有很多是船长、老轨，而他只是个小小的三副。但他表情严肃，沉稳果断，指挥若定。

有天训练休息空间，吴姐突然打来电话："我昨天去韩瑜家，她家没提算账的事，韩瑜说她从来没说过不同意……"

"她钱都拿出来了，还说同意？"

"她身体不好，那天想和你坦白，没想到你会那么冲动。那晚他爸想约你谈谈，你没过去，以为你不同意了。"

"我以为他是让我去退钱呢。"

"可能有些误会吧，她爸爸希望还能出现奇迹。"

"如果韩瑜同意就年前结婚，如不同意就算了。"

"你要主动给韩瑜打个电话。"吴姐最后叮嘱说。

海涛一直犹豫着没打，父亲多次催他给韩瑜打电话。他就拨通韩瑜办公室的电话，正好是焦蓉接的，说韩瑜不在，过会儿让她回电话。中午韩瑜给他回电话说："你是不是给我打电话了？"

他没有回答她，而是问："吴姐有没有给你打电话？"

"你说怎么办？"她口气突然变得很软。

他知道她又后悔了，想到她的反反复复，就故作生气地说："算账！祝你好运！"然后就挂机了。她又打回来说："我对不起你……"

"对不起我无所谓，我父母都那么大年纪了，让他们整天担心，你于心何忍？！"

"我知道对不起你父母……"

"以后你这种骗人的事少干,我父亲说了,你这种无情无义的女的就是想嫁给我也不要!"他又把电话挂了,故意把她当作感情骗子,想听她解释。

她又打过来说:"我不是个骗子……那你说怎么算吧?"

他知道她不会算的,就说:"你列个清单!"

"你列!"

他知道她不想算账,就说:"你列,不够的话我会向你要的。"

海涛本想吓唬一下她,没想到晚上吴姐就打来电话,说她父母把东西送去了,还列了清单,衣服和吃饭的钱都算上了。

海涛一听就急了,急忙给她打电话。她正好在办公室。她解释说自己前几年身体不好,全身疼痛,每晚都回家打吊针,但是学校里没人知道,就是舍友也不知道。他突然很心疼她,原先的愤怒顿时全消失了。俩人一直通话到十一点,两块手机电池都要耗尽了,她也要回宿舍了。他最后问她到底愿不愿与自己结婚。她说明天给他答复,就挂了电话。

他翻来覆去难以入睡,为什么她一直犹豫不决,为什么她给自己《浮生六记》,为什么她那天给他钱?是她真的有病,还是她的借口……

直到五点钟他才迷迷糊糊地睡着,梦见他手提一个白色气球,里面好似装着谁的魂魄,刚进家门,母亲一看见那个气球,急忙捏碎,生气地说儿媳妇好好的,为什么弄这个气球?他知道肯定是谁诅咒韩瑜,顿时醒悟过来,急忙追出门外,呼喊她的名字,喊破了嗓子,边喊边追,向村东跑去,跑出村又转向南,村前突然出现一片湖泊,湖边有个山崖,崖上有一只兔子,那兔子好似刚被土枪打过,兔毛被鲜血濡湿了,上面还有几只苍蝇。他一下跃上去,抓住那兔子,那兔子却一口咬在他的腿上……

他一下惊醒了,韩瑜正好属兔的。是不是神灵给他某种启示。他更确信她有病了。

早晨她打来电话,说不同意了,让他忘记她。她把电话挂了。他打过去,再也没有人接。

挂上电话，他心中很苦，很惦念她，很渴望见到她，就请假回家。回宿舍收拾东西时，他突然想哭，刚到公司时他也有这种感觉，不过学习紧张，过了些日子，这种感觉渐无。可能因为马上就回家的缘故，这种感觉再次袭上心头。

回家这天又是大风雪，还不时有雷声。海涛感到纳闷，还真有"冬雷震震"呢，难道自己这小小的人物，能感动上天。他坐在车上，面色凝重，归心似箭。

海涛先到姑妈家，说起韩瑜的病情，姑妈说："可能是骨髓炎，这种病很难治，有可能活不久。这就算咱家祖祖辈辈没伤天理，老的少的烧了高香。不同意最好，不过这女的不想连累我们，也算有情义。"

海涛说："如果是因为我配不上她，她不同意就算了。如果是她真有病，我会同意的！"

姑妈一听就急了，说："家里有个病人，你以为是你自己的事？不只你受罪，全家人都跟着受罪，你父母都那么大年纪了，一辈子容易吗？家里天天看着个有病的，心里不难受？再说治病花钱是个无底洞，我们好好的人，又不是找不到对象，凭什么伺候她？你听我的，赶紧去把东西拿回来算了。"

他想了想，建议说："是不是真有病还很难说，要不先到媒人家问问情况吧。我觉得有病只是借口，或者是过去有病，现在治好了，也许只是小毛病。担心我长期在外，照顾不了她才是真的。"

海涛与姑妈到了吴姐家，吴姐把项链、相机、烟、酒，还有一摞钱拿了出来，然后又给他清单。他没有看，说东西不能拿，就是真不同意了，衣服与吃饭的钱也不能要。

吴姐说韩瑜家其实很穷，那天她去，韩瑜正好在家，她妈正在炒菜，说不放肉了，留着过年。韩瑜哭了，那天她一点饭也没吃……

海涛没想到拥有两个教师的家庭，竟然如此贫穷，顿时对她生出一种怜爱之情。从吴姐家走时，因为有同学结婚，想借用他的相机，就顺便把相机拿着。他姑妈说一块拿着算了，如果能成的话再送来，边说着提着东西就走。

　　第二天是冬至,海涛要回家上坟,途经韩瑜学校。不知是命运的召唤,还是因为一种什么神奇的力量,他决定到学校再找她一次,当面问清她,如果是因为她有病,他会照顾她,照顾她一辈子。

　　临走,他姑妈死活不让他去,生气地说:"男子汉大丈夫,应该拿得起,放得下!哪能像你。"

　　他苦笑着说:"姑呀,我知道你是为我好,可是我必须去,你侄子我就是个窝囊废!"

　　他乘上去学校的汽车,快到学校时,有几个煤场,这条路他走过许多次了,太熟悉了,路上的一草一木他都记得,但是今天或许是他最后一次走这条路了,他有一种悲凉的感觉。就在此时,好似是谁故意安排好的,车里突然播唱《长相依》,声音响亮:"你说我俩长相依,为何又把我抛弃。你可知道我的心里,心里早已有了你……有心把你藏在心里,又觉得对不起你。希望你呀希望你,希望你把我忘记,慢慢地,慢慢地把我忘记,慢慢地变成回忆。"

　　这首歌好似专门唱给他听的,一字一句,如泣如诉。他的眼睛湿润了,心中在说:韩瑜,我对不起你,我回来了!

　　他在德玉饭店下车,给她办公室打电话,她不在。后来又打了几次都没人接,他就到小公园里等。等到十二点,在门口见外出的师生都走完了,却没见她,就径直走进学校,见她宿舍的门已锁了,从窗纸缝里看到那只花瓶,玫瑰花已经枯萎,那只带有"深海情缘"字样的小木船还在那里。他心中又一阵酸楚。

　　他刚向外走,又遇到焦蓉,说韩瑜上午有事早走了,让他不要放弃。又告诉韩瑜是真心喜欢他的,那天他骑车走后,韩瑜与她站在门外晒太阳,脸色蜡黄,差一点就要摔倒了。

　　海涛培训完没多久就上船了。出发前,他又去了一次韩瑜家,想问个究竟。只有她妈在家,说韩瑜坚决不同意了。他拿出一摞钱递给她妈说:"我原先以为韩瑜在玩弄感情,现在看来是冤枉她了,很对不起她,这事不怪她，你们不要责怪她，其实她心里也不好受。"

她妈落泪了，说："韩瑜身体不好，能遇上你这么个好人，也值了。"

"我的职业不好，照顾不好她。如果将来韩瑜或你们有什么困难尽管找我，我一定会帮忙的。"他转身走了，门关上的那一刻，泪水滚落下来。

难道最终分手真是他俩的宿命吗？从她家出来，他失声哭了，不是为自己哭，而是为韩瑜，她身体不好，再找个人会爱她吗？为什么她会这么命苦？为什么她不与自己共同面对命运的考验？

这晚，他梦中又出现那个湖泊，还有岸边的那条乌篷船，船上的仙女正是韩瑜。他想拉住她，但晚了。船从岸边渐行渐远，直到湖心，那湖似人工湖，又似不是，却见韩瑜从船头徐徐上升，仙女一般，慢慢飘至空中，空旷的夜空高悬一轮明月……

凌 日

01

"欢迎来日!"晚宴一开始,朱少亭就举杯调侃说,"在座的女士不要误会,我的意思是欢迎许总来日照指导工作,不是干别的。"朱少亭是日照一家知名国际贸易公司的老总,四十多岁,前额头发稀疏,眼看就要秃顶了。

"谢谢朱总的盛情款待!"坐在朱少亭右边的许建举起酒杯说。他是河北泰丰钢铁的材料处处长,三十七八岁,浅灰色西装,头发收拾得很利落。

"怎么还有喝水的?"坐在朱少亭左边的邵泽华刚举起的酒杯又放下说。这位银行行长是许建的大学同学,身穿灰色西装,面色黝黑,瞪着一双明察秋毫的眼睛。

"对不起,我从来不喝酒!"坐在许建身旁的女孩面容姣好,牙齿莹白,扎着马尾辫,黑色的羊毛衫勾勒出优美的曲线,全身散发出一种清纯无邪的气息。

"哦,这是刚来的实习生小姜。"朱少亭笑着解释说,"来公司招聘时,我就问她能不能喝酒,她说从来没喝醉过。呵呵,后来才知道她从来没喝过酒……"

"从来没喝过,不等于不能喝,你看还有酒窝呢,一定能喝!今天许总来了,不喝点以后你们还做不做业务了?"邵泽华不依不饶地说。

"我真的不能喝。"姜晓萱见众人都盯着她,脸顿时涨红了。

"老同学,别强人所难了!美女们能陪我们吃饭已经很给面子了。"许建见姜晓萱可怜巴巴的,顿生怜香惜玉之情。

"英雄救美人!只要许总说可以不喝,那我——我还能说什么?"邵泽华见许建给姜晓萱解围,自我解嘲道。

姜晓萱打量了一下身边的许建,面色白净,举止优雅,不知什么地方颇似她的一个男同学。许建浑身透出一股正气,邵泽华满脸刁钻,同学俩一白一黑,对照鲜明。

一杯酒下肚,朱少亭的话多了起来:"这些外商真是猴精、猴精的,贸易合同早就与他们签了,信用证也开出去了,价格涨时,他们一直拖着不交货,把货高价卖给别人,一拖再拖,信用证到期了,还要改证。拖到现在突然说装船了,原来价格跌了……"

"外商天天看'我的钢铁网',对国内行情比我们还了解。"许建插话说。

"是呀,刚装船时,感觉行情还可以,可没过两天就开始跌了,这几天跌得更厉害,货还没到港,一吨就赔一百多了,六万吨的船,要赔多少呀?!"朱少亭用力握着酒杯说,仿佛这样就能阻止价格下跌一样,"邵行长,能不能想个办法拒收?"

"当时信用证到期时,不改证就好了,既然改出去了,如果单据到了,银行就得无条件付款,除非单据有明显的不符合点。"邵泽华慢条斯理地说。

"邵行长要帮着好好审审单据,争取找出不符合点。"朱少亭又转身叮嘱胡玉洁:"等收到客户的单据扫描件也要好好审查,如有与信用证不符的地方及时与邵行长沟通。"

"好的,朱总。"胡玉洁一身职业女性装束,面色白净,睫毛长长,一副含笑狐媚的样子。

朱少亭接着说:"邵行长,这几天外盘跌了不少,我得再进船货回回本。正好有外商报盘过来,还得麻烦您再给开个证(信用证)。"

"已经给你开出去两船了,额度不够了。"邵泽华推辞道。

"额度够不够还不是你一句话的事?你不能眼看着兄弟赔钱吧。"

"上条船的付款期快到了,先把那船还上再说吧。"邵泽华不容置疑地说。

"机不可失,时不再来,这次您一定帮忙先开出去。"朱少亭恳求道,"今年形势比去年还严峻,什么货价格都与国外'倒挂',倒霉(煤)的,作孽(镍)的,卖淫(银)的,都毁了。"

"为什么价格倒挂,还要进货?"姜晓萱有些莫名其妙。

"为什么?"朱少亭看了看身边的邵泽华,这位行长瞅向身边的女服务员,满脸无辜的样子。

"等,等,等你弄明白这,这个问题,就,就可以转正了。"坐在副陪位置的董峰说,他是邵泽华的表弟,专门协调银行关系的,说话有些吃力,自称是语言协会的。

"第二杯酒感谢许总、邵行长对我们公司一直以来的支持!如果这船货拒收不了,许总您要帮着尽快消化呀。"朱少亭试探地问许建。

"工厂限产,产出的钢材堆积成山,根本卖不动,上船货还没用完,用主流矿成本高,工厂原则上用垃圾矿维持运转就行了。"许建解释说。

"正、正好我朋友还有船四万吨的马、马来矿……"董峰这次接话出奇地快,他经常做点"对缝",就是把上下家都联系好了,在中间挣差价。有时通过公司,有时私下做,朱少亭碍于邵泽华的面子,也是睁一只眼闭一只眼。

"领导们也有很多关系需要照顾,都向工厂供货,许多是很有来头的,训我们老总就像训孙子似的。咱们兄弟,已经够帮忙了,上次朱总那船货还是我厚着脸皮申请下来的。有些渠道报价比你们还便宜,最终还是用了你们的,为什么?"许建举杯说,"这就是朱总的人格魅力!"

"许总的支持,我们不会忘记的。这货越跌越没人要,还不知跌到什么时候，再跌……你看这么多人跟着我吃饭……"

"现在市场不好，钢厂压力也很大，后面我还会尽力的。"许建安慰说。

日照人在喝酒方面很讲究，也很公平，许建早就领教过了。先主陪敬三杯，再副陪敬两杯，三陪还要敬一杯，这叫三二一，然后再一二三，一套程序下来，基本都喝得差不多了。许建的老总就让这套程序整晕过，说日照喝酒不上热菜，死活不敢再来了。其实是因为他酒量小，热菜还没上，他早就晕了。

"许许许、许总，来、来……来日照，让让、让这里，啊……蓬蓬、蓬荜增辉。"董峰接连喝了两杯。

三陪是贸易部经理胡玉洁，欲言先笑，也满满地喝了一杯。

接下来敬酒的该是姜晓萱了，想以茶代酒。酒过三巡，菜过五味，邵泽华面色微红，说话语无伦次，一定让姜晓萱喝白酒，并从服务员手里抢过酒壶，耍醉拳似的跟跄走过去，亲自为她倒酒。

别说姜晓萱是刚来公司的实习生，就是朱少亭也天天把邵泽华当祖宗供着。姜晓萱端起酒杯，见朱少亭侧坐椅子上似睡非睡。再看许建，眼神中虽有一丝怜惜，可不好再替她说话。邵泽华站在她身边，一直等着，等着她出洋相……

"小姜你就喝杯吧，喝了这杯，信用证就开出去了，邵行长是吧？"朱少亭突然"醒"过来说。

"喝了，还可以研究……"邵泽华故作为难地说。

"好！邵行长，这杯酒我喝！您多支持！"姜晓萱双目紧闭，嘴唇抖动，一口喝了，呛得干咳两声，眼圈接着红了，然后是脸，再是脖子，都变得绯红，这更让她平添了几分妩媚。

"好！好！好！"邵泽华拍着手，满意地走回座位，抓起酒杯也喝了……

姜晓萱用手背拭了拭下唇，出乎众人意料的是她又自斟了一杯，然后走过去给邵行长斟满酒说："邵行长真是海量，我再单独敬您一杯！"

大家都叫好，邵泽华却傻眼了。许建乘机说："小姜，给邵行长端起来，这杯酒喝了，开证的事就稳了。"

姜晓萱果然端起酒杯，邵泽华知道逃脱不了，硬着头皮说："我喝，我喝，美女敬的酒我能不喝？"边说边一口喝了，向后倒退一步，差一点把椅子踢倒，一副不胜酒力的样子。

姜晓萱还要敬酒，邵泽华急忙举起手，打趣说："不喝了，不喝了，好男不跟女斗！"

"我们单位真是卧虎藏龙呀！小姜，我一直以为你真不会喝酒，没想到是个人才呀，明天就转正。"朱少亭高兴地说。

"朱总，别忘了还有等着'转正'的呢。"邵泽华看着胡玉洁阴阳怪气地说。

"噢，呵呵……"朱少亭不好意思地笑笑，接着对姜晓萱说，"你再敬许总杯酒，他也是咱们的财神爷，后面的业务许总能否支持就看你的了。"

"对，和许总喝，一杯酒一万吨货。"邵泽华怂恿说。

"不能再喝了,再喝就醉了。"姜晓萱的脸更红了，看来她确实不能喝,只是想教训一下邵泽华罢了。

"小姜,别喝了,你再喝上这杯,你们的货我一吨也不要了。"许建说。

许建的话好似圣旨，没人再劝姜晓萱喝了。姜晓萱感激地看着许建，许建也微笑地注视着她，他的目光让她感到温暖。

许建向她努努嘴说，"吃呀，真喝醉了？"

姜晓萱看着面前每人一份的海参、鲍鱼、螃蟹……还有旋转的桌面，满桌子的菜，突然感到有些晕眩……

饭后，邵泽华要去唱歌，许建却要回宾馆休息。朱少亭担心扫了邵泽华的兴致，执意拉许建一同去，并让姜晓萱扶着他。许建乘机问她："小姜，你唱歌怎么样？"

"陪你唱还可以吧，在校时我还得过奖呢。"姜晓萱毫不谦虚地说。

"那好，我要领教一下。"许建说，他虽然对唱歌不感兴趣，但对这个实习生却感兴趣。

许建住在君盛大酒店,地下就有歌厅。朱少亭带着胡玉洁,姜晓萱扶着许建,董峰引着邵泽华一起到了歌厅,要了个包间。

刚坐下,董峰就把领班叫过来,满口醉话:"今,今天贵宾来了,最,最,最漂亮的小姐,上、上来!"

"董总您放心吧!"领班满脸堆笑地说,又与董峰打趣了几句,就安排去了。

没多久"呼啦"进来二十多位美女,挤成一排,一个个身材高挑,体态风骚。邵泽华先给许建选,许建说不要,让姜晓萱帮着点歌。朱少亭由胡玉洁陪着,邵泽华与董峰兄弟俩各选了一位美女。

邵泽华喝多了,走路东倒西歪,还是先抢着唱了一首,当然不能说是唱,应该算是吼,还吼得相当投入,喇叭差一点就给震碎了。他还不时地低下头,弓起身,一副声嘶力竭的姿态。

董峰虽然口吃,但唱歌一点不含糊,也不口吃了,起码比他行长表兄唱得好。

轮到姜晓萱了,刚开唱,悠长甜润的歌声就把在座的镇住了。邵泽华直吹口哨,董峰猛摇铃铛,其他人也都一个劲地鼓掌,只有胡玉洁脸上有些不屑,但也附和着鼓掌。

姜晓萱唱歌时表现出一种与她年龄完全不相符的深沉与成熟。每一字每一句都似发自肺腑的呐喊。许建彻底被她的歌声陶醉了,倾倒了。一首唱完,他站起来猛地鼓掌。

没唱多久,朱少亭把董峰叫过去,递给他一把钥匙。董峰知道这是朱少亭在这所酒店的长年包间,心领神会地拉起邵泽华,兄弟俩各自搂着美女走了。见人少了,朱少亭示意胡玉洁出去,然后让姜晓萱给他点了首《朋友》,站起来向许建鞠了一躬说:"我想把这首歌送给远方来的朋友。"

一首歌罢,姜晓萱接着唱。许建站起来与朱少亭干杯,都一饮而尽。胡玉洁提着一个小皮箱,悄然进来。朱少亭接过来递给许建说:"上次那船货多靠兄弟帮忙,这是一点心意。"

"客气,客气……"许建边说边心照不宣地拿过来。

几个人又轮番唱歌,边唱边喝啤酒。正唱得起劲,门突然被撞开了,是董峰,手指着门外焦急地说:"快快快……"本来就口吃的他一急什么也说不出来了。

"不行你就唱吧!"还是朱少亭有经验。

"哎嗨哟——邵行长让警察带走了……"董峰憋红脸,索性把头一起一伏,真的唱起来。

原来邵泽华先带着美女进了朱少亭的包间。董峰正在前台为自己开房,突然几名警察闯进来查房。董峰还没来得及通风报信,警察已闯上楼。没多久邵泽华和几个男女就被带下楼,塞上车,开走了。董峰一看形势不好,马上跑回来了。

朱少亭急忙找人说情,派出所答复说不但要罚款,还要家人去领。老婆领罚款五千,丈母娘领八千。罚款多少无所谓,但让谁去领邵泽华都不合适,朱少亭又打了好多电话,找了好多人,最后只交了五千罚款算了。

朱少亭刚松了口气,又接到邵泽华老婆打来的电话,问他:"泽华怎么回事?打电话一直不接,后来还是别人接的,说他嫖娼?"

"弟妹,没、没事了……你误会了,是这么回事。"朱少亭不自觉地也口吃起来,急中生智说:"我们一起喝酒,这不还有董峰,都喝多了,邵行长喝得少些,主动开车,结果被交警抓住了,要拘留,找了好多关系好不容易才改成嫖娼。"

董峰向朱少亭直伸大拇指头,冲手机说,"表、表嫂,没事了。"

"是吗?那太谢谢你们了!"

一场虚惊,邵泽华酒早醒了几分,早早回家与他老婆解释去了。许建也有些过量,朱少亭嘱咐姜晓萱扶他回房间休息。

姜晓萱有些为难,但又不知如何推辞。许建走到她跟前,向前跟跄一步。姜晓萱出于礼貌只好扶住他,说:"许总,我送您回房间吧。"

"我没醉……"许建顺势把一只胳膊搭在她肩上,差点把她压倒。

姜晓萱吃力地扶着许建,走到他房间。他找出房卡,眼里喷出酒精燃烧的火焰,这火焰灼痛了她的面颊,炙烤着她的全身。门卡掉到地上,她俯首捡起,打开门。他乘机把她拥进房间。她本能地向外挣扎,但他高大的身躯沉重地倚到门上,让她感到无力、无奈、无望。她原以为警察刚光顾了酒店,他不会过分造次的,她显然低估了酒精的作用。酒精就像可以放大电流的三极管,能把人的欲望成倍地放大,做出远超乎人平时的举动。

许建倚门上喘息一会儿,与眼前这只逃不脱的小猎物对峙着,突然张开双臂一下拥住她。她低首奋力挣扎,却被越困越紧。她用拳头击打他的臂膀,恰似棒棒糖敲在铁块上。他带着征服者的傲慢与粗野强行吻她。她的身躯剧烈地抽搐起来,努力地把头偏向一边,哭求道:"许总,许总,您饶了我吧……"

他放开她,打开灯,奇怪地打量着她。她乌发凌乱,泪流满面。他又生出怜香惜玉之情,连忙道歉:"对不起,对不起……"

"许总,您别生气,我不是因为这事哭,而是突然想到了过去的一些事。"她边说边急忙找暖水瓶给他倒水。

"我以为你是朱总安排的。"许建叹口气说,"都是酒精惹的祸。"

"许总,说实在的,如果不是刚才这样,我对你第一印象还是挺好的。"她说,"你千万别告诉朱总,否则他准会开除我,这是我换的第三份工作了。我父母在农村,很不容易,我有个弟弟学习很好,也很懂事,因为家里经济条件不好,他在学校舍不得花钱。我真想有一份稳定的工作,帮家里一下。"

他颇为动情地说:"我也是从农村出来的,最需要钱的时候最没钱,刚毕业时到处都用钱,工资却很少,现在不那么需要钱了,收入却越来越多了。"

"能有多少?"她半开玩笑地问。

"我们工资不怎么高,但我负责采购这块,工资相对来说并不重要。"

他边说着，边打开朱少亭给他的皮箱，顺手拿出一沓人民币递给她说，"看你说得可怜，给你点吧。"

"我不要！"她急忙推辞说，"你把我当什么人了！"

"没把你当什么人，这钱来得容易，也就花得容易，它对你用处更大一些。"他解释说，"权当我先借给你的，以后有钱了再还我可以吧？"

"我不会要你的钱，你们这些有钱人，是不是都这样不尊重别人？"

"我真心想帮你，没有别的想法。你换两次工作了？原先的单位不好吗？还是被炒了鱿鱼？"

"算是被炒了吧，第一个公司是倒卖煤炭的，男老板，公司实力强，工作环境也不错。就在我庆幸找到这份工作时，有天下班，老板与我走在最后，对我嘘寒问暖。起初我还挺感动，可没说几句他就对我动手动脚，出于尊重，我没理会他。他却更放肆了……我情急之下打了他一耳光，第二天就被开除了。"她苦笑着说，"第二个老板是个女的，虽然没有这方面的顾虑，但是天天陪客户喝酒。她也挺不容易的，有次陪男客户喝酒，那客户酒量很大。为了保护她，我替她喝了几杯，结果我们都喝多了。我真没想到，她竟把我推到客户怀里独自走了。我拼命地哭，最后客户把我扔在路上……"她伤感地讲述着，眼睛又湿润了。

"怎么坏人都让你遇上了？"许建边说边递给她一张纸巾。

"都说男人有钱就变坏，可我们同事经常夸你，说你与其他客户不一样。这次见你果然不同，人又帅气。我还在心想，怎么好男的都让别人占去了，没想到你也这样，男的是不是都好色？"

"你漂亮，又有气质，不知为什么一见你就有种亲近感，总感觉我们之间会发生点什么，或者说是应该发生点什么。"

"别忘了你是有妇之夫呀。"她颇为认真地说，"对了，请教你一下，刚才酒席桌上谈到的，为什么明知铁矿贸易价格倒挂，还要一个劲地进货？"

"信用证！现在贸易圈的人都知道，难道你不知道吗？"

"信用证？我们学过呀，一种正常的贸易结算方式。"

"如果贸易盈亏不大的情况下,这种付款方式是正常的,但如果价格长期倒挂,持续亏损,还不断地进货就不正常了。"

"对呀,价格一直倒挂,我们公司到底挣什么钱?企业要以赢利为目的呀。"

"有些企业不是以营利为目的。做好你的业务就行了,这个你以后会慢慢明白。"

02

朱少亭叼着烟卷斜躺在太师椅上,水晶烟灰缸里的烟蒂一圈圈整齐地排列着,像一朵盛开的大黄花。办公室内早已烟雾缭绕,他仍不停地吐着烟圈,仿佛一直这样吐,就能吐出一团筋斗云,他就可以像孙悟空一样,驾起云头到天上搬来救兵。

国贸大厦的一整层楼都是华宇国贸的,仅朱少亭自己的办公室就有三百多平。室中摆着一个屏风般巨大的鱼缸,缸里游着一条金黄的金龙鱼和一群红色的"鹦鹉"。鱼缸北面都是典雅古朴的红木家具。豪华气派的办公桌,方形的巨大茶几,雕刻着各种图纹的座椅,两座椅之间还有做工精巧的小茶几。大茶几上摆着四个果盘,分别是樱桃、香蕉、苹果、橘子。小茶几上或置鲜花或放古玩。东边落地窗边架着一台天文望远镜,港口与大海可以尽收眼底。

鱼缸南边陈列着一个巨大的根雕茶台,上面摆放着各种茶具,根雕周围错落地摆着树桩似的座椅。根雕东边那组闲置多时的健身器材,早已成为一种摆设。窗边的跑步机与高尔夫推杆练习毯也备受冷落……

刚做贸易不久,朱少亭就置办齐了这些家当,同时还购买了办公室、配备了奔驰座驾,这都是邵泽华的建议。几乎本市所有的贸易公司都是这副行头,这样才能彰显公司的实力,否则银行不会与你玩。同时这也是固定资产，投入一千万购买的资产，银行一审核就能贷出几千万。

姜晓萱弄不明白的价格倒挂而贸易商仍争相进货的原因，朱少亭三年前就弄明白了。那就是信用证，信用证是个神奇的东西，它能一夜之间让一个身无分文的人变成富豪，也能一天之内让一个腰缠万贯的人变成穷光蛋。他朱少亭，成就成在信用证上，毁也可能毁在信用证上。

朱少亭一生都在赌。过去搞运输时，他就喜欢开"拖拉机"（一种赌博），那时每天收入只有几百，他一次输赢都要几千块。很长一段时间，他把三张牌看作最神奇和最重要的东西。后来超载查得厉害，公司经营惨淡，一个司机又撞了人，一死三伤，司机是个穷光蛋，全是他赔的。再加上这些年玩"拖拉机"的"积累"，运输实在搞不下去了，他又炒股票，起初也尝到了些甜头，借了亲戚朋友许多钱，结果都套进去了……自从涉足国际贸易，可以支配的钱多了，赌法也多了，赌得也更大了，在国内赌不过瘾了，就去澳门、韩国、美国赌……

与所有的赌博相比，国际贸易才是真正的豪赌，赌注比以往都大。赌，总会有输赢，总会有压力，有压力时朱少亭就喜欢抽烟，一支接一支地抽，这是他多年养成的习惯。

朱少亭神游于烟雾之中，胡玉洁咳嗽着走进来，娇嗔道："朱总，能不能少抽点烟呀？呛死人了！'梦幻轮'的单据没有什么不符合点。"

朱少亭掐灭烟头，微微地点了点头。胡玉洁摆着手提醒说："上条船银行的付款期马上到了。"

朱少亭怔住了，付款期到了，一定要如期付款，只有这样才能保住自己的资信。如果这批货供应商不延期交货的话，退货完全来得及，可现在急等这批货变现还款，没有半点余地了。再说外商也不能轻易得罪，得罪一个少一个，说不定还不止一个。本地实业公司不多，进口贸易公司却多如牛毛，都在玩信用证，也可以说在玩银行，一到付款期，大家都抢货，见货就像蚊子见了血，无论贵贱，能抢到手就是好汉。否则不能如期还款给银行，资金链就会断裂，一平仓就会破产，自己将一无所有，还可能被追究法律责任。这些外商一清二楚，所以不管他们价格抬得多么高，总会有人接盘。进口商们只能任他们蹂躏，丝毫不敢反抗，这就是供求关系。这种形势下让中钢协去谈判只会徒劳无功。虽然国家也采用许可证等方式控制进口量，但是贸易商们可以用钱买到许可证。许可证不但没能控制进口，反而成为有许可证资质公司的牟利工具。

"那就押汇吧！昨天那船货也马上谈谈，赶快签下来。"朱少亭知道这货退不成了，就是能退也不退了，他要等米下锅。

"我刚才联系过了，今天又涨了一个美金。"胡玉洁毫无表情地说。

"一个美金算什么？马上签下来。"

胡玉洁急忙做合同去了，朱少亭又把董峰叫进来说："董总，后面的合同马上要签了，开证的事邵行长那边什么意思？"

"昨、昨晚哪、哪顾得问、问这个。"董峰苦笑着说。

"中午正好给邵行长压压惊，到山庄吃点山货吧。叫上许总，这船货可能还要跌，最好尽快让他接了。"

山庄是朱少亭投资建设的娱乐场所，坐落在城北一个半山腰上，依山傍水，格局雅致，可娱乐，可垂钓，能吃山珍，能品海味……如世外桃源，别具一番情趣。

山珍与海味各有千秋，四人酒足饭饱，从山庄回来，邵泽华醉醺醺地说："这鹿肉虽然做得好吃，酸味基本除了，就是容易上火。"

许建提醒说："那天进局子，火还没彻底消完？"

"常在河边走，哪有不湿鞋。"邵泽华仍我行我素地说。

"上火没事，有灭火器。董总，到海缘洗浴中心。"朱少亭叮嘱开车的董峰说。

"我昨天刚洗过，就不洗了。"许建推辞说。

"老同学，你真是读书读傻了，怎么就不知道享受呢？"邵泽华挖苦说，过剩的荷尔蒙让他把昨晚的事早抛到九霄云外了。

"这些地方的感觉都不如我老婆，所以不忍心下手呀！"许建自我解嘲道。

"许总，你还是在大厅做个按摩等我们吧。"朱少亭建议说。

董峰有事先走了，三人洗完澡，朱少亭与邵泽华就上楼灭火去了。许建躺在休息大厅做按摩。一小时后，朱少亭与邵泽华先后下楼，躺在许建旁边的睡椅上休息。朱少亭吸口烟说："邵行长，现在外盘价格还比较低，这个证必须帮忙开出去。你们银行放心，有许总这边支持，我们公司运营没问题。"

"银行报表是没问题，但是实际呢？你以为我不知道？"邵泽华阴沉着脸说，释放完荷尔蒙的他异常冷静。

"我们公司是邵行长您亲手抓起来的，公司的情况您当然比谁都了解。向你们银行报表不报赢利，不是给您抹黑嘛。税务那边我们想月月报亏损，他们还不同意呢，问我们天天亏损还干什么业务？"

"所以嘛，不要与我玩虚的，这么多年的交情了，我怎能不帮忙？另外，还有许总的面子嘛。"

"你们之间的事不要总把我扯上。"许建没好气地说。

邵泽华口气有所松动，朱少亭才放下心来，又恳求许建说："许总，明天'梦幻'轮就到了，你就帮忙接了吧。"

"真是很有难度。"许建思索着说，"这样吧，我再多住两天，顺便取样回去化验一下。至于工厂能不能接，我现在还不敢保证。"

朱少亭盯着天花板，突然想起三年前，也是这个大厅，也是躺在这里，也是他们三个人。那时他穷困潦倒，走投无路，正好遇上搞运输时认识的许建来日照出差。许建介绍他认识了邵泽华。朱少亭知道这是两个财神爷，就请他们到这里洗澡，也就是那天他弄明白了什么是信用证。

信用证按付款时间分为即期和远期。对朱少亭这样身无分文的人，最适合的信用证是三个月的远期。就是交给银行百分之二十货款的保证金，就能进百分之百的货，另外百分之八十的货款，可以等三个月后付给银行。在这三个月里，有充足的时间把货进来，然后卖掉，再用这些钱去进更多的货卖掉，此时第一船的百分之八十货款才到付款期，这样不管贸易赔赚，都会有足够的钱还银行，还有充足的资金进更多的货……这样不断周转，会从银行套出大量资金。

这样做，首先要有银行授信，还要有担保公司，这些有邵泽华帮忙都能办了，当然朱少亭也没少给他好处，古玩、字画、现金都没少送。

授信、担保都做好，朱少亭准备进货了，可百分之二十的保证金却没有着落。前些年炒股，能借钱的亲戚、朋友早借过了，许多都不来往了。朱少亭只好破釜沉舟，背水一战，把房子和车子都抵押给典当行。老婆本来早就不想与他过了，这样一来执意与他离婚，后来因为顾及孩子，加上众人相劝才没离成。但保证金还没凑够，又通过董峰借了许多高利贷。后来他才知道都是邵泽华的钱，这也没什么，反正用谁的也是高利贷，能解燃眉之急就好。

头一船进了七千吨马来矿。船到港，又犯愁了，必须先交港口费，港务局才给卸船，另外还要交税款，才能提货。可此时他口袋只剩两百块钱了。好在许建帮忙把货接了，先预付了一部分货款，他才渡过了难关。

做完第一船，就慢慢地周转开了，船越做越大，货越做越多。初入贸易圈时，朱少亭原希望等行情好时，总会赚钱的，事实上十条船有两三条船赢利就不错了，也是赚少赔多。这才知道进了一个怪圈，越进越赔，越赔越进，只有这样资金链才不会断。

"三年了，邵行长，自从你把我领上这条路，我现在才明白这是一条不归路呀！我就是一个打工仔，一直在为你们银行打工，说白了，就是为邵行长您打工呀。"朱少亭发牢骚说。

"赚了便宜还卖乖，过去你吃的什么，喝的什么，开的什么车，睡的什么女人！现在呢？"邵泽华没好气地质问。

"可是我总感觉心里没底呀。前几天我一个朋友注册公司，去工商局核名，起了二三十个名字，结果都重名，即使很偏的名也不行，最后起了三个字的，这才核上。你说现在贸易公司该有多少？如果全部挂出牌子，估计比房产中介还多，太可怕了。"朱少亭忧虑地说。这几年日照港吞吐量连年递增，去年突破2.5亿吨，今年还要多。本市依托港口，贸易一下成为日照的热门行业，许多原先做实业的不管赚钱还是不赚钱的都转做贸易了。

"贸易公司越多,对我们工厂越有利,价格便宜嘛。"许建笑道。

"这些贸易商都不知死,一旦授信,就盲目进货,一进货就停不下来。这样下去,价格倒挂会越来越厉害,大家永远也没有翻身的机会,白白地便宜了老外,当然你们银行奖金也少不了。"朱少亭无可奈何地说。

进口贸易的繁荣,有人喜有人忧。为工厂采购的许建具有很大的主动权,他一到港口,贸易商都闻风而至,争相宴请,但他还是乐意与朱少亭合作。

周末下午,许建等着"梦幻"轮卸船取样。他在宾馆百无聊赖,就拿起相机步行到万平口拍风景照。摄影是他多年来的爱好,过去一直希望拥有一台专业的相机。朱少亭知道他有这个爱好后,专门从国外给他搞到一台。

日照是一座美丽的海滨城市,蓝天、碧海、金沙滩……站在彩虹桥上,北面丝山如连绵的墨绿丝带,直伸到海里,显得那么清新俊秀,如近在咫尺。山前水天一色,蔚蓝如玉,让人心旷神怡。

桥南是世界帆船赛基地,银白色的游艇静静地停泊水面,似无数整装待发的勇士,远处古老的万平口正是它们从潟湖奔向大海的地方。

许建不停地拍摄海边的美景,桥上来往车辆川流不息,这也构成一道美丽的风景。忽然,一个头戴灰色太阳帽的女孩儿款款向他走来,不是别人,正是朱少亭公司的实习生姜晓萱。俩人在这里巧遇,彼此都很吃惊。许建走向前说:"我正要按快门,你就走进镜头里。"

"周末没事,出来走走,你喜欢摄影?"姜晓萱大方地说,"走,我带你到个地方去,保证你没去过。"

俩人步行到了彩虹桥北面的湖中岛。一串珍珠般的岛屿,把湖水分成东西两部分。虽是初春,岛上各种花草五彩纷呈,乔木灌木错落有致,刚修剪过的草坪平坦如砥,岛上水泥小路曲曲折折,纵横交错,远处几个包着头巾的女工悠闲地给草坪浇水……

"这个小岛叫童话岛,我们多像在童话中呀!"她自我陶醉地说。

许建仿佛进了世外桃源,有些诧异地问:"你怎么发现这个地方的?"

"我同学发现的,人们都以为太阳广场对面的彼岸就是大海了,其实中间还有这几个小岛,就是本地人也很少人知道。"

"太美了!"许建边拍照边赞叹说,"彼岸的彼岸还有彼岸呀!"

"等我有钱了,就把这个岛买下来。"她开玩笑说。

"野心还不小呢,这不就像自己的庄园一样吗?你看还有免费的工人呢。"他指着浇水的工人说。

"前面那个岛是阳光岛,再前面是情人岛,还有一个鸥鹭岛。"她像个向导一样边走边解说。

两岛之间都有铁桥相连,海水幽蓝,轻吻着金色的沙滩,如情人窃窃私语。俩人并肩而行,欣赏着岛上的美景。

情人岛的环岛小径边有一排木椅,好似专为俩人设置的,这里人迹罕至,椅子上一尘不染。姜晓萱有些累了,就坐了下来。许建急忙给她拍照,然后坐在她身边,共同欣赏他的杰作。

"平时没怎么在意,你一拍下来竟然这么漂亮!"姜晓萱一张张翻看许建拍的风景照,看完后关上相机,突然轻叹一声,说:"许总,您见多识广,有个事帮我参谋一下吧。"

"说吧,参谋不敢说,毕竟比你多吃了几年饺子。"许建毫不谦虚地说。

"我有个高中同学,过去对他印象还不错,不过多年不联系了,最近突然联系我,让我去南京找他。我说过些日子正好单位有事几个人一块去,他却不同意,一定让我明天去,你说我该不该去?"

"这么多年都过去了,如果他真想着你,在乎你,难道就等不了这几天吗?"

"我也感到很奇怪。不过我已经失约过一次了,这次……"

"他为什么不来这边看你?"他思索了会儿问。

"他经营着一个公司,平时很忙。"她替同学开脱说。

"你很会替他着想呀!"他有些酸溜溜地,"这么多年没见了,人都是在变化的,这么急着见你肯定有问题。"

"他很有事业心，我们这个年龄这么有事业心的很少，大多数同学不是打游戏，就是谈情说爱，一多半同学还没就业呢。"

"那他们都做什么？"

"父母养着呗，啃老嘛，现在就业这么难，他们又大多数是独生子女，父母舍不得他们吃苦，即使他们不工作，父母也能养得起。"

"这样不是长久之计呀。"

"在学校时我们都把未来设想得很美好，总以为只要毕业了就能靠自己的本事吃饭，没想到找份合适的工作这么难，特别是女孩子，想仅凭学校学的知识就更难了。天天听朱总开会说形势不好，是不是现在经济形势非常不好呀？"

"欧债危机持续影响着世界经济，前几年政府拉动内需已经投入很大，现在再也拉动不起来了。再说，这么多年政府一直在调控房市，如今总算稳定下来，这届政府要努力巩固成果，给老百姓一个交代。十八大之前，大家都在观望，很多公司都在裁员，你们这届毕业生正好赶上这个时候……"

"我的车票都买好了。"她掏出车票说，"我还是想去碰碰运气。"

"我觉得你可以见他，但一定要等同事一起去，如果有什么事，可以有个照应，没必要单独跑一趟。"

"你说得有道理，不过这次我再不过去，我们就彻底完了。"

"看来你是明知山有虎，偏向虎山行呀。"他开玩笑说，"如果你一定去，我明天正好没事，陪你去吧。"

"你去干什么？"她笑着问。

"我，我当个护花使者呀。"他马上意识到什么了，又解释说，"我只是远远地跟着你，不会坏你事的。"

"我不去了，一会儿就去退票。"她最后决定说。

为了防止姜晓萱变卦，散步回来，许建就陪着她把车票退了，然后又请她吃饭。

03

　　晚上九点多,许建无聊地换着电视频道,终于看不下去了,关上电视,走进妻子程琳的房间。妻子正在备课,女儿在一边看画册。女儿跟着她妈睡,她妈不睡她就一直在旁边玩,从小就这样跟着熬夜长大的,所以只长脑子,不长个子,比她班里大部分同学矮半个头。女儿个头矮,他一直怀疑是因为睡眠不好造成的,否则他与妻子都这么高,孩子怎么会这么矮?为了让女儿休息好,他坚持让女儿分床睡,可女儿不同意,妻子更不同意。

　　许建耐心地坐那里等到十点,觉得到这个时间孩子确实该睡了,可程琳还在忙乎。她每天不是备课,就是批改作业,一忙就到十多点。不是他不支持她的工作,可每晚都把卧室当办公室,严重影响孩子睡眠。许建走到程琳身后看看,还在做课件,忙得不可开交,就不忍心催她。这几年她担任班主任,事业心更强了,工作更忙了,压力也更大了,除了备课、批改作业外,还要经常做计划、写总结,应付各种各样的考核,根本无暇干工作之外的事,包括夫妻之间的那事。

　　"程琳,你出来我和你说个事。"许建尽量柔和地说。

　　"有什么事,说就是了,干吗吞吞吐吐的?"程琳不耐烦地说。

　　"我想单独和你说……"许建看了看支起耳朵的女儿。

　　程琳明白他的意思了,就故意为难他说:"什么好事,还怕人吗?"

　　"今晚我们做个游戏吧?"许建意味深长地说,"游戏"是他们之间的暗语。

　　"不做,你看看我这么忙,哪有心情做?!"妻子头也不抬地摆弄着她做的课件说。

　　"做个吧,我们快一个月没做了,时间长了我都担心不会做了。"许建装出一副可怜相说。程琳这方面有些冷淡，也比较传统。

"你的想法怎么这么多呀？今天我真的很累。"程琳抱歉地说。

"今天累，明天累，哪天不累就来……事。"许建没好气地说。

"妈妈，你就和爸爸做个游戏吧！"女儿一听妈妈拒绝做游戏，就急了。

许建与程琳会心地笑了，他故作生气地对女儿唬道："你先睡吧！晚上不睡觉，早晨起不来！"

女儿乖乖地躺那里不动了，许建又在妻子房间待了一会儿，觉得没多大戏，就先回自己卧室了。

许建打开电脑，登陆QQ，姜晓萱的头像还是灰色的，她已经接连几天没上网了，给她发短信也不回，估计她去了南京，可能与她同学玩得正欢，所以不方便联系他。

许建无聊地浏览着新闻，姜晓萱突然上线了，他急忙问："几天没见你上线，还好吧？"

"这几天回了趟老家，手机没电了，忘了带充电器，所以不能上网。"她很快发回信息。

"哦。"他回复说，知道她在撒谎。

彼此沉默了许久，她发过信息说："现在的人呀，真让人难以相信！"

"发什么感慨？"

"这几天遇上些事，简直让我崩溃了！"

"什么事呢？说出来听听。"他关切地问。

"你猜我在哪里？"她突然问。

"反正没在老家。"

"你猜对了，我在南京，躲在一个宾馆里。你说的一点没错，那个同学在一个传销组织，我差一点被他们关起来强制洗脑，刚逃出来。他们还在到处找我，太可怕了！我真的崩溃了！"

"你要冷静，在宾馆就安全了，他们不敢那么嚣张的。"他急忙安慰她说。

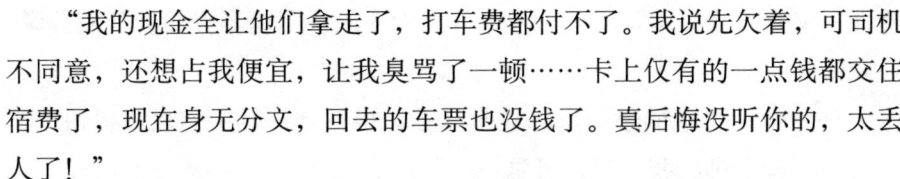

"我的现金全让他们拿走了,打车费都付不了。我说先欠着,可司机不同意,还想占我便宜,让我臭骂了一顿……卡上仅有的一点钱都交住宿费了,现在身无分文,回去的车票也没钱了。真后悔没听你的,太丢人了!"

"需要多少钱?我明天汇给你。"他大方地说。

"汇个路费就行,五百吧,回去就还你。"

"明天一大早给你汇,先汇五千吧。"

"不用那么多,能回去就行了。我真是崩溃了,没有人可以信任,这个世界太让我失望了!"

"早点睡吧,明天醒来一切都会好的。"

"你先睡吧,我睡不着,我搜搜看他们到底是什么组织。"

"我明天一早就给你汇钱,我先下了。"

许建发了个睡觉的图像,就下了。他又走进妻子的房间。已经十一点了,女儿实在熬不到做游戏的时间了,早睡了。程琳还没睡,也没备课,却在看韩剧。他就有些生气地说:"又看'三角片'!有时间,多整点管用的。"

"累了一晚上,放松一下嘛。"程琳解释说。

"我就弄不明白,这种'三角片'有什么看头?把人都教坏了,为什么韩国离婚率那么高?想跟着学习吗?"许建有些生气地说,他一直称韩剧为"三角片",按他的理解韩剧不是两个男的爱一个女的,就是两个女的爱一个男的,无非第三者插足。

"现在都到四角、五角了……"她开玩笑说,"我只是想学习他们室内布局什么的……"

"又升级了?他们总找最漂亮的演员,最好的场景,迷惑你们,真正的韩国人你们了解吗?这是文化侵略,现在日本人再打过来,大家都有防备意识了,假如韩国人打过来,你们女的全投降了。"他也开玩笑说,悄悄地从后面拥抱她。

"许建,你坐下,我问问你……你怎么一点也不体谅我?你看我又是作业，又是备课，多累呀？你还这样，对不对？"程琳突然板起面孔说，职业病又犯了。

许建像个听话的学生乖乖地坐床上，机械地摇摇头，故作害怕地支吾说："程老师，我不对，可是……"

程琳看着他调皮的样子，又心疼起来，说："当然我也有没做好的地方，今晚真是太累了，要不明天早晨吧。"

"你总是这样得过且过，一拖再拖。"

许建知道再努力也徒劳无益，与程琳谈这事无异于与虎谋皮，只好乖乖地回房间练"气功"了。实在无聊，又登上QQ，姜晓萱还在线，许建刚上线，她就打招呼："怎么没睡？"

"陪你嘛。"许建含糊地说。

"太晚了，你先睡吧。"

"你睡我就睡，陪你聊会儿吧。"

姜晓萱情绪激动，一直不睡。许建也只好在网上陪她聊天，一夜无眠。一大早他就去银行汇钱，汇了五千，发短信告诉她，然后回到办公室，躺在沙发上睡了。

一觉醒来，许建再次上网，却收到姜晓萱的两条留言："真的汇了吗？你是不是在骗我？""许建，你这个骗子！送一句超级适合你的话：虚伪的混蛋！"

许建知道被姜晓萱骗了。她也太损了，骗了钱也就罢了，干吗还挖苦自己？是担心为了五千元钱自己去找她，报复她吗？但是他根本不在乎这点钱的，她完全可以从他这里骗更多的钱。

许建想到姜晓萱的年轻漂亮，想到彼此年龄的差距……突然笑了，继而哈哈地大笑起来，然后是苦笑，自言自语地说："许建，你这个虚伪的混蛋，癞蛤蟆想吃天鹅肉！"

许建想与她再说点什么，却发现被她拉黑了。他不想再加她，也不恨她。为什么好好的一个女孩子要当骗子？为什么昨晚她对自己说那么多过去的事？为了这么点钱工作也不要了？他想不明白，就发给她一条短信说：

"能用五千元认清一个人,值了!"

"是你主动要汇钱的,为什么还要骗我?你知道我在刷卡时,卡里一直没钱,我是多么失望?你们都想看我的笑话!"她回过信息说。

许建急忙在网上查了下,不知为什么,果然五千元钱没有汇出去,这才知道是自己误会她了。可是她也错怪了自己,以为他舍不得五千元钱呢。

许建恼怒地飞奔下楼,开车去银行,把钱汇了出去,然后给她发短信说:"钱已汇,两清了,从此互不相识!"

朱少亭眉头紧锁,倚在太师椅上猛地吸烟。"梦幻轮"到港后,铁矿石价格就像坐过山车似的下跌,每吨跌了三百多元。价格越下跌,货越没有人要,就是有要的,他也舍不得出手,将近两千万的损失,一旦出手就血本无归了。

华宇公司的财务部,是人数仅次于贸易部的第二大部门,加财务总监共有八人。为什么要这么多人呢?原来朱少亭为了相互担保与融资方便,除了华宇公司,另外还成立了两三个公司,当然不管多少公司,业务人员都是一套班子。为了应付税务与银行检查,每个公司必须配备会计与出纳。准确地说华宇公司应该叫华宇集团。

后面进的货到港还早,各大银行付款期陆续到了。这样另外几个公司就派上用场了,公司之间互相签订内贸合同,然后开国内信用证。

国内信用证与国际信用证没多大区别,就是甲公司把货卖给乙公司,乙再卖给丙,丙再卖给甲,买方向银行交保证金开远期信用证,卖方通过银行把合同、税票、货权等单据交付买方,而货权其实没发生变化。这样每完成一次交易,就能从银行套取货款百分之八十的资金。几次交易下来,同一船货能从不同银行融出几船货的货款。

朱少亭知道一直这样下去也不是办法。其一,货的真实价格一直在跌,最终赔钱的还是他自己。再就是,一直这样倒来倒去,虽然银行睁一只眼闭一只眼,彼此心照不宣,但是折腾次数多了,别说银行会担心有问题,就是自己都觉得太不像话了。

别的银行还好说，邵泽华这关就很难过。他对朱少亭知根知底，瞪着两只狐狸眼比谁都精明。但是很多时候朱少亭又绕不过他，与他毕竟有多年的交情，就是在他身上多破费点，心里也踏实。

朱少亭按了一下对讲电话："董总，你过来下。"

董峰一进来就说："又、又跌、跌、跌了三十多！"

"别跌了！"朱少亭把烟蒂狠狠摁进烟灰缸，说，"邵行长那边的证到底能不能开？"

"没、没说不能开，就、就是需要点这、这个……"董峰用手指捻了一下。

"要多少？"

董峰伸出两个手指说："现、现在国内信用证控、控得很严、严……"

"胃口也太大了吧，实在不行把放出去的那部分钱先收回来应急一下。"朱少亭在急用钱时拆东墙补西墙，手头宽松时就通过董峰的朋友向外放贷。

"那、那个利、利息高，一时收、收不回来……"

董峰还没说完，朱少亭就没好气地拿起手机拨号，电话一通，就蓦地从椅子上站起来，恭敬地说："喂，许总，就是上船六万吨货的事，1380的成本，一直在跌，现在到1080了，今天又跌了三十多，过几天还要跌，你想想办法抓紧给处理吧，实在受不了了！"朱少亭在办公桌前来回走着，俨然一只热锅上的蚂蚁。

"现在港上库存还有多少？"

"全日照港还有八九百万吨吧。"

"已经跌到这样了，你再顶一顶，库存最多时达到一千七百多万吨，现在少了这么多，你想想是怎么回事？"

"都撑不住了呗，我也是小蛤蟆垫桌子腿——硬撑呀。"

"这说明行情很快会有变化，你再撑一撑，保证马上就会好转！"

"谁不想撑呀？不行呀，实在撑不住了，马上帮我处理吧，我认赔了。"

"这样吧,你先留着,从今天往后所有的费用算我的,如果再跌,我就按现在的价接了,但是如果涨了怎么办?"

"这样吧,如果涨了,所有的差价都是你的。如果再跌了,我们各摊一半。"

"涨跌我们各一半就行了。"

"一言为定,不过你最好先过来趟,当面把这事定一下。"

"好的,我抽时间这几天就过去。"

挂上电话,朱少亭又对董峰说:"你这个表哥太没情面了,你都去找过好几趟了,还……有两个证的付款期马上到了,这个证肯定要开,你问问能不能少点?"

董峰走后,朱少亭点上烟,又吞云吐雾起来……

自从上次与姜晓萱发生误会,让她挖苦一顿后,许建就再也不想理她了。她多次主动加他QQ,他都拒绝了。她反而越来劲了,穷追猛打,最后总算加上了。经过这次误会,俩人的距离似乎一下拉近了许多。

许建见姜晓萱在线,主动和她聊了起来:"我明后天可能去日照。"

"欢迎。"她发了个笑脸,"能不能进你的QQ空间?"

"我的空间从来没有人进过。"

"为什么?"

"因为有我写的日记。"他解释说。

"那我可就要做第一人了,说一下密码呗。"

"真的不能进,都是私人秘密。"

"有什么秘密?要是不让进,以后再不理你了。"她耍起小孩子脾气。

"不理我,也不让你进。"他丝毫没让步。

"你满足我一个要求,我也可以满足你一个。"她发了一个微笑的表情。

"真的?"

"但必须是合理的要求。"

"一言为定！"许建把空间密码告诉了她，他觉得这次日照之行，或许与姜晓萱能发生点什么。想到这里，顿觉心里美滋滋的。

早晨六点许建就醒了，感觉有点冷，但是暖暖的被窝里身体的某一部分却很热，有一种渴望始终得不到满足。

刚结婚时，他与程琳同床睡。那时她虽把做游戏当作一种龌龊事，但为了迎合他，打发他高兴，每星期也能做一两次。后来有了孩子，她不睡孩子就不睡，他每次有想法了，左等她不睡，右等她不睡，实在等得不耐烦了，一气之下就自己先睡了。偶尔等她先躺下了，再等孩子入睡，她也早就困了，草草行事，兴味索然。许建实在熬不过她们，索性就与她们分房睡，眼不见，心不乱，也就少了很多想法。

按照约定，他走到妻子房间敲门，一声、两声、三声都没反应，再敲，她终于含糊地应了一声，女儿好似也醒了。程琳总是怪他要求多，可是一个月才两三次，有时冷战，几个月才一次，还算多吗？结婚这几年，他甚至能掐着指头数出来一共做了多少次。

许建发出信号，就回到自己的房间，他早就想好了，今天不再求她了，如果今早她从了，这次去日照就不见姜晓萱了，如果不从，那就怪不得他了。总是这样低三下四地求她，真的很痛苦、很无奈。他真不明白，论事业，自己也算小有成就；论学历，自己也是研究生；论长相，一米八的个头，五官也算端正。那些整天在外面胡搞的朋友、客户，反而在家里被老婆当神一样供着。自己从不在外面拈花惹草，为什么竟然落到这种下场？

快一个月没与妻子在一起了，几天来他接二连三地向程琳发信号，都如石沉大海。她工作压力大，严重影响夫妻生活。相反，他这几年钢厂效益也不好，压力也很大，这方面要求反而更强烈了，这可能就是男女之别吧。

许建躺在床上，觉得程琳今早无论如何也该接受了。妻子虽然不算漂亮，但很耐看，一米六五的个头，柔美的曲线，丰满的乳房，还有妻子总引以为荣的秀腿……时间越久，想得越多，想得越多，那种渴望就越强烈。

直到七点钟，妻子卧室的门才响了。他听出来是妻子出来了，她的脚步比较柔缓，略带拖沓，不像女儿那样急。她听到妻子的脚步，慢慢走近，将近二十秒钟没了声息，然后就听到马桶抽水的声音。

妻子每次做游戏总会先到厕所准备一下，这是惯例。他听到妻慵懒的脚步，从厕所迈出来，慢慢地向这边走来，然后是脱拖鞋的声音，门没开，隔壁的房间有东西在响，原来她去了隔壁。

没多久妻还是出来了，他多么希望她能进来，这样他今天就不去找姜晓萱了。有时他真想看看这种天意，就让今早她的表现来做一个决定吧。

她穿上拖鞋，还是没有进来。他知道如果现在他出去，抱紧她，然后求她，她会同意的。不过他今早不想出去求她了，他受够了这种生活，这种事应该是平等的呀，为什么每次都要求她，而她却像女神一样，爱理不理的，像是对他的施舍。

他又听到了妻子的一阵脚步声，过了不久，热水壶响了。妻子每次做游戏，都要烧一壶热水，一做完，就要马上清洗。妻子有洁癖，早就与他解释过，不是怪他脏，只是她不习惯，这个他理解。

水烧上了，时间也该差不多了，要不女儿就要醒了。他真有些着急，不过他知道，她马上要进来了，他身体的某个部位也更热烈了。

门没有开，他又听到厨房菜板放平的声响，然后是菜刀有节奏的切菜声。如果不是因为那事，程琳是个好妻子，人品正直，工作勤快，收入又高，孩子也不让他费心，确实是个难得的女人。

可是他一直没听到敲门声，直到厨房没有动静了，他想，现在应该可以了。他果然听到了敲门声，妻温柔地说："闺女，吃饭吧，要不学画就迟到了。"

他一看表，八点了，该起床了，出发吧！

04

　　许建这次到日照预先没通知朱少亭。途中休息时，许建给姜晓萱发信息说："我来了！"

　　"真的假的？有事吗？"姜晓萱马上回过短信。

　　"为你压惊。你现在什么事都问真的假的，南京之行后遗症太大了！"

　　"你疯了？"

　　"疯就疯吧，为你疯一回！"

　　快到日照时，眼看天将黑，一路狂奔，才赶上姜晓萱下班时间。许建等下班的人都走了，才悄悄把车停在离姜晓萱公司稍远的地方。姜晓萱刚上车，许建就见朱少亭的"奔驰450"从旁边开过，不知他注意到自己的车号没有。

　　许建与姜晓萱来到情人岛。天已黄昏，西天的霞光把海水染成绚丽的绯红色。俩人坐在水边的岩石上，姜晓萱说："昨晚一夜没睡，把你空间的日记全看完了。"

　　"我都不记得写什么了，有没有对我形象不利的？"

　　"我真是弄不明白，你这样的家庭为什么还要坚持？"

　　"一种习惯吧，其实也没有什么不好的。"

　　"我真佩服你们这代人对家庭的责任,这种执着与忍耐。"她不解地问，"你觉得这样幸福吗？"

　　"都是过去的事了，那时我们经常吵架，一吵孩子就哭，孩子一哭我就难过，所以现在尽量不吵了。"他不好意思地说。

　　"现在你这种男的很难找了，大部分人都在追求享乐。你说实话，有没有在外面乱搞过女人？"她盯着海水问，水中一只只小水母在缓慢地游弋。

"不是不想，而是做不到，我喜欢的女的，不可能与我乱搞，可以乱搞的我又不喜欢。其实也不是不想背叛，只是背叛的砝码还不够。"他看到一只乳白色的小水母，身体一开一合，努力地向上浮游。

她也注意到了那只水母，漂荡到水面，又迅速沉至水底，远处一条鱼跳出水面，激起圈圈美丽的涟漪，她说："你长得有些像我大学的一个男同学。"

"是不是你男朋友？我可不想当他的替身，我就是我。"他觉得这气氛，这环境，所有这一切都预示着要发生点什么。

"你替不了他，他长得比你帅多了，是我们学院的'校草'。"她调皮地说。

"你该不会是'校花'吧？"他饶有兴致地问道。

"你猜对了，那时，我是'校花'，我们相爱过，当时我太傻、太天真了……"她边说边抽泣起来，"每年都会有新的'校花'，新'校花'来了，他的心也就变了……"

许建不失时机地拍拍她的手，安慰说："初恋既是甜蜜的，也是痛苦的。那个男的真是瞎了眼，这么好的女孩怎么舍得？他会后悔的！我从那晚见到你，就被你的气质打动了，这种气质是你们这个年龄大多数女孩所欠缺的。"

"你俩的长相和气质都很像，但我慢慢地发现你身上许多优点都是他所没有的。那段恋情后，我一点自信也没有了，甚至想过整容。以后又试着交往过几个男友，都感觉他们太幼稚、太不可靠，一点上进心也没有，与这种人生活一辈子真是很可怕。"

"过去的就让它过去吧。"他轻轻地替她抚了抚散落在脸庞的一缕头发。

"其实我们在大学时同学们也常议论，是找个同龄的男孩一块打拼，最后成功了，然后承受着他随时可能出轨的风险，还是找个事业有成、训练有素的成熟男士坐享其成？"

"你是怎么想的?"他反问道。

"第二种生活,之前想都不敢想,不过这次从南京回来,我的想法有些变了。你们这代人踏实、宽容、大度……这些都是我们这一代缺少的。"她捡起一个小石子扔进水中说,"你知道我去南京前是怎么想的吗?我当时想,如果这段感情再失败的话,我就与你在一起。你有没有想过离婚?"

"我从来没想过,即使过去闹得那么僵,我也没想过,那样对孩子的伤害会很大……"

见他有些伤感,她急忙转移话题:"你是什么学历?你写的日记文采很好。"

"研究生,我做过钢厂快讯的编辑。"

"我当初考研没考上,许多同学都读研了,而我却为找工作发愁,真是羡慕他们。我年前又考了一次,不知这次怎样。"

"其实研究生也没有什么,多上几年学,毕业还要面临就业的问题,有些研究生比本科生更难找工作。还不如有几年的工作经验更实际,等以后有条件了,再边工作边读研。"

晚上海边的景致与白天截然不同,彩虹桥上所有的灯都亮了,整座桥变成一条美丽的彩虹,湖面如镜,水中倒映着一条清晰的彩虹,两条彩虹相映成趣。海边高高矮矮的建筑,都点缀着五彩的灯光,争奇斗艳。情人岛对面的太阳广场正播放着激情奔放的声乐,变换无穷的激光伴着音乐,把整个夜空装扮得无比绚丽。

许建与姜晓萱并肩前行。他有些感慨地说:"这地方真是太美了,景美,人更美!我提个建议行不行?十年以后的今天,不管我们在哪里,不管我俩关系怎样,都要再回到这里相聚。"

她也受到感染,停下来,盯着他一字一顿地说:"不管世事如何变迁,十年后的今天我们再在这里相见!"

"一言为定!"许建说,"为了这个约定,你想吃什么?我请客。"

"到这里了,让我尽一下地主之谊。"她调皮地说,"你就开车听我指挥吧。"

俩人来到大学城的一条步行街。路边挤满琳琅满目的小货摊，熙熙攘攘的学生穿行其中，许建感觉自己与周围学生很不协调，略带沧桑的脸，微微隆起的肚子，都证明他已步入中年人的行列。

学生们大多成双结对，姜晓萱对这些早习以为常了，拉着许建的手，融入人流中。与这些学生相比，她的衣着与举止，都成熟了许多，每走一步，都有种女人的韵味。

"现在的学生太开放了，家长把他们送到这里，怎么能放心？"许建有些忧虑地说。

"我们那时就觉得够疯了，没想到现在更厉害。"

"不管多么年轻，多么张扬，多么前卫，总会被更年轻、更张扬、更前卫的一代取代！"他有些感叹地说。

俩人随便找一家路边小摊坐下，简单的饭菜，让许建回想起学生时代，觉得这顿饭比山珍海味更有情趣。

山吃海喝了一顿，许建想请客，姜晓萱却执意付钱，一共才几十元，让他担心老板够不够材料费。姜晓萱又要请他唱歌，歌厅也在大学城内，每小时十元钱。

这里学生爆满，靡靡之声不绝于耳，姜晓萱要了个小包间，先给许建点了首歌。待他唱罢，她又接着唱，一首首婉转的情歌，或莺啼燕语，或如泣如诉。

她唱得太投入，他从身后拥着她，她似乎都没觉察到。他的手环在她柔软平滑的腰腹，然后慢慢地上移，直至圆润的乳峰，紧紧地按住。她没生气，继续引吭高歌。

歌毕，她又建议跳舞。舞曲响起，许建肢体笨拙，不知道怎样配合她才好。她索性把他的手按在自己的腰部，让他感受她腰的扭动。他感受到了她那柔滑的纤腰，富有活力的节奏。他的手不自觉地滑向她的背，她蓬松的秀发散发出一阵诱人的清香，让他陶醉。他猛地拥紧她，她也搂住他的脖子，俩人和着音乐继续扭动起来。

跳完舞,许建说累了,约姜晓萱到宾馆聊天,她没有推辞。刚进宾馆,姜晓萱就打开皮包,掏出一摞钱说:"上次为什么给我汇那么多钱?还给你。"

他急忙推辞说:"不用了,不用了,你刚毕业需要钱,这点钱对我无所谓的。"

姜晓萱再三塞给他,他哪里肯要,紧紧地抓住她的胳膊。她似乎完全被他征服了,不断在他胸前喘息。他紧紧地拥住她,接着狂吻起来。她开始还潜意识地反抗着,没多久就狂风骤雨般迎合着他,比他更猛烈。

他把她推到床上,开始撕扯她的衣服,钱散落一地。她的上衣被扔到地板上,露出洁白的肌肤,他更猛烈地吻了起来,她的身躯在微微颤抖。他的手胡乱地摸索着,摸到了她的腰带,顺势解起来。她好似梦中惊醒一般,把他推开,坐了起来。

他顾不了这么多了,又把她按倒床上,粗暴地解开她的腰带。她不再挣扎,任其摆布。没多久她优美的胴体就静静地躺在他面前,丰腴的身躯,如流水一样光滑的肌肤……他脱下衣服,乱七八糟地扔在地上……

手机响了,他没接,铃声一直响,他只好接起来,是他女儿打的,说:"爸爸,后天是我的生日,别忘了给我带礼物呀。"

他一下软了,不知为什么,全身都软了,他努力了几次都无济于事。他弄不明白,这个梦寐以求的女人,就这么真切地躺在自己的身边,为什么自己这么无用呢。

他站起来,无奈地穿上衣服。她也爬起来,抚摸着他的胸脯说:"如果你没有家庭,我不在乎你比我大多少的。"

"我是个有家庭的人,要对你负责。"他拿起她的衣服帮她穿。

"我真的很喜欢你!你为什么总在欺骗自己?"她紧紧抓住他的胳膊不放。

他边给她穿衣服边问:"你喜欢我什么?"

"我喜欢你的成熟、宽容,与同龄男孩儿在一起,他们说什么我都不服气,他们说一句我有十句等着。可与你在一起,不管你说什么,一下就让你说中了，让我无法反驳。"她边捡着地上的钱边说。

"打在七寸上了！"他笑笑说，把她比作美女蛇了。

"与你在一起，我很有安全感，我想做一个小女人，而不是给他们当母亲、当保姆！"她娇嗔地用钱打了他一下说，"这钱还是还给你吧。"

"真是不用。"他轻叹了口气说，"时间不早了，我送你回去吧！"

"这钱我先给你存着吧，以后肯定会还你的。"姜晓萱抱紧他，又亲吻起来。

他坚定地推开她，把她送回宿舍。

许建回到宾馆，楼下静悄悄的，灯光昏暗，冷冷清清。进了宾馆，打开灯，一股凉意，直钻心底。他急忙把所有的灯都打开，还是驱不掉心底那股凉意，这让他有一种想哭的冲动，为什么会遇到她？他该怎么办？爱还是放弃？怎样才能不伤害她，不再往她伤口上撒盐？

酒店的电话响了，他不耐烦地接了起来。

"要按摩吗？"是一个娇滴滴的女子。

他本来想挂掉，不知为何却鬼使神差地问："多少钱？"

"价钱好说，到房间谈嘛。"

"要漂亮的，不漂亮就退货！"

"肯定漂亮，都是清一色的大学生。"

许建出轨了，事后有一种莫名的失落，说不尽的失落！食色，性也。自己并不奢望什么山珍海味，粗茶淡饭就可以，可为什么这点要求程琳也不能满足他？有时他真有种被逼良为娼的感觉。

姜晓萱最近总是心不在焉，这会儿又在出神了，下意识地在纸上写下"许建"两字，又画起圈圈，圈了起来。最近这两个字让她时来运转，好事连连，先是实习转正，接着又升为办公室主任，还加了薪。

"姜、姜主任，朱、朱……朱总有事找、找你。"董峰屁颠屁颠地跑到姜晓萱面前，满脸堆笑地说。最近市场行情不好，朱少亭动不动就发脾气，姜晓萱却在朱少亭面前一路走红，多年的经验告诉他，这个姜晓萱肯定大有来头。

"朱、朱总找我有什么事?"姜晓萱急忙用文件把许建两字遮起来,仿佛口吃也会传染,自己舌头也不利索了。

"你、你,你……去了就知道了。"董峰一句话憋得脸通红,眼看就要憋住了,后面的话又拽了出来,这就是他说话神奇的地方。据说为了学口吃,他小时候专门拜本家一个叔叔为师,学了一下午。虽然没花学费,还是差点让他老爸打了个半死。他本村还有一个"同学",当时学得比他还好,后来竟改过来了,他却一直保留到现在。

姜晓萱看着他说话吃力的样子,笑道:"董总,我知道了。"

朱少亭办公室里烟雾弥漫,他手握手机,边走边打电话:"邵行长,我的好老弟,我求你了,前天你就说款能放下来,可到现在还没见款。今天是最后期限了,你想怎么样?你的要求都没问题,不管什么原因,今天必须帮我一把!"

朱少亭挂了电话,满腹牢骚地说:"说好没问题的,现在又这么规定那么规定的,早说不行,我还可以想想其他办法,到节骨眼上了,再说不行,这不是害人吗?"

姜晓萱走进来,朱少亭顿时变得和颜悦色起来:"小姜,换了新岗位,还适应吧?你是我们公司的人才,是最有实力和前途的,下一步市场好了,还要给你加薪!"

"已经够高的了,再说我也没做什么呀。"姜晓萱不好意思地说。

"听说研究生的录取通知书来了,这事你可要好好考虑一下。我个人觉得这个研究生就不要读了,浪费时间不说,到时候再想找这样的工作就难了。尤其今年这种形势,你看看有多少研究生来应聘?我的用人原则是宁用本科生,不用研究生,并不是研究生能力不行,而是我们这样的工作,一个本科生完全能够胜任,再说高学历并不代表高能力,很多时候恰恰相反。经验比学历更重要。"朱少亭拿着一大摞应聘的个人简介,语重心长地说。

"这些日子我也很纠结,考研只是为了证实自己。我的朋友与家人也都劝我放弃读研，我一直在犹豫中。"姜晓萱亲身体验到找工作的难处，能有这份工作，许多同学都很羡慕。

"你也看到我们公司的实力了，我创造这个平台就是希望每个员工都能有所发展，能在这个平台上实现自己的人生价值，现在我们公司条件有限，等以后条件成熟了，公司可以出资让你们每个人都去读研，甚至出国深造。"

"朱总，您的意思我知道了，我会好好考虑的。"

"许总好久没来日照了……"朱少亭打量了一下姜晓萱说。

姜晓萱的脸蓦地红了，瞥了一眼朱少亭支吾道："是好久没来了。"

"有事没事的，要多打几个电话问候一下。他是咱们公司的大客户，这也是你们办公室的职责。"

"朱总，我知道了。"姜晓萱低下头，摆弄着手指若有所思地说。

朱少亭又把公司的宏伟前景与蓝图大力描绘一番，目的就是想让姜晓萱留下。姜晓萱刚要离开，胡玉洁走进来说："朱总，刚接到银行通知，款放下来了。"

"哎呀，总算放下来了，从来没这么被动过。"朱少亭长吁一口气说。

胡玉洁用狐媚的眼斜视着姜晓萱，不屑地说："哼，有什么了不起！"

等姜晓萱走了，朱少亭训斥胡玉洁："你别没个鸟数！小姜是我们公司的人才，以后我也要对她高看几眼。"

"什么人才？不就是年轻点，长得漂亮点吗？"胡玉洁有些不服气。

"我说人才就是人才，和你说多了也没用，以后好好听她指挥就行了！"

"可是我先……来公司的。"

朱少亭"噗嗤"一下笑了，知道她误会了，搂着她的腰肢说："这个谁也比不了你。和你说实话吧，小姜是许总的人。"

"我还以为是个修道士呢，原来也是个色鬼，男人都是色鬼！"胡玉洁戳着他的鼻子娇媚地说。

"这可是棵摇钱树，你要好好敬着，千万别让她跑了，平时多与她分析下读研的坏处。"自从那天见许建用车接姜晓萱后，朱少亭急忙给她加薪晋职，现在知道她考研了，天天嘘寒问暖，就担心她走了。

姜晓萱知道许建不来日照，是在躲着她。这个在商场上滚打多年的商人，还如此正统，真是难能可贵，这也是她敬重的地方。

许建一直没在线，她的留言也不回。但她知道他有时会处于隐身状态，只是不与她聊罢了。想到朱少亭的嘱托，她又给他留言说："许建，你为什么总是躲着我？你越是这样越是证明心里有我，我就要离开这里了，你再不来，就永远见不到我了。"

"想辞职吗？"没想到许建的头像立马亮了。

"我要离开这个伤心之地。"

"你那么优秀，我是个有家庭的人，你越是喜欢我，我越要对你负责。"

"我说过要你负责吗？我不会破坏你的家庭，只要你真心对我好就行了。你知道吧？六月六上午将发生一次百年罕见的天象。"

"什么天象？"

"金星凌日！"她说，"错过这次，你就永远看不到了。"

"永远是多远？"他用现在流行的一句话问。

"一百年，下个世纪……下辈子！"

"那是够远的。"

"要105年以后，要到2117年12月11日，你能活到那天吗？真希望能与你一起看这次金星凌日，这将是我一生中最有意义的一件事！"

"六月六日？还有三天了。"

"你一定要来呀，不来你会后悔一辈子的！"

许建从网上查到这次金星凌日是北京时间六月六日六时零分四十一秒，金星开始进入太阳，等金星完全离开太阳是中午12时49分，历时6小时40分。

05

受欧债危机的持续影响,加之美国经济复苏缓慢,我国出口减弱,内需不足。进入六月,经济形势更加严峻,小钢厂多数停产了。虽然泰丰钢铁实力雄厚,但也面临停产的危险。

许建伫立在办公室的落地窗前,整个厂区一览无余。钢厂上空白烟滚滚,厂内处处堆满成垛的钢材。为了长期囤积,打持久战,螺纹钢、卷钢等容易生锈的钢材早停产了,全部转产成易存放的钢坯。但是持续这样只产不出,肯定坚持不了多久。而一旦停炉,不但面临工人大批失业,而且再次开炉耗费巨大。

正当许建为工厂的处境忧虑重重时,突然接到姜晓萱的短信。她已乘上列车,赶往河北的路上,预计下午四点到站。

许建胸中再次燃起熊熊烈火,这火只有姜晓萱能帮他扑灭。许建早早来到车站,焦急地在人群中等待着。不知为何,车晚点了,这对他来说更是一种煎熬。

列车徐徐进站,许建又耐心地等了许久,才看见姜晓萱手拉一只白色皮箱,随着人流走出来。她身着白色大网格毛衣,黑色的紧身裤,气质优雅,有一种鹤立鸡群的感觉。

许建快步迎上前说:"辛苦、辛苦!你说吧,想吃什么?"

"到了贵地,悉听尊便,只要别赶我走就好了。"姜晓萱狡黠地说。

俩人匆匆吃过晚饭,来到宾馆。姜晓萱放下箱子,就抱怨车上太脏,急欲洗澡。许建无事可做,便打开电视看起韩剧来。

浴室里每一点动静都让他浮想联翩,尤其那"哗哗"的水声,更让他受不了。他急忙把电视声音调得大些,再大些……

"许建,麻烦你递给我箱子里的毛巾。"姜晓萱突然喊他,并且直呼其名。

　　许建感觉这是一个信号，急忙找出毛巾，递过去。一只洁白的手臂伸出来，如莲藕一般，上面沾满均匀的水珠。他突然有种渴望，想乘机推门进去，欣赏她整个躯体沾满水珠的样子。她似乎早有防备，迅速关上门，硬把他挡在门外。

　　她从浴室出来，换上白色汗衫，肉色短裤，白皙修长的双腿暴露无遗。许建再也按捺不住自己，冲上去，抱紧她。她也拥紧他，一种令她窒息的感觉，拥得愈紧，这种感觉就愈强烈，似乎自己将要死去，整个身体也慢慢软下来。她只能拥得更紧，好似这样就能拥住自己的一生一世。他热烈地亲吻她，额头、鼻子、嘴唇、耳朵、脖子……一阵阵炽热的感觉刺激着她，她就像冬眠的蛇，躯体慢慢地苏醒过来，看到久违的猎物，张开大口，猛地扑向他。许建感到脖子一阵剧痛，忍不住叫出声来。她突然醒悟过来，发现弄疼他了，有些心疼了，后悔了。他摸着牙印，像头被激怒的雄狮，把她摔到床上，疯狂地扑上去。这好似正是她所期待的，欣喜地等着他的报复。他撕掉她的衣服，一件件扔到床下。他的眼前现出一片洁白柔滑的绸缎，这似曾相识的绸缎，曾让他魂牵梦绕。他抚摸着、欣赏着、赞叹着，又变得小心翼翼起来……

　　电视机的声音虽大，仍掩盖不了她的求饶声，这是发自她躯体深处的声息，与宾馆中的那个女人截然不同。像一个败者向他臣服，让他感到愉悦，也更激起他的斗志，去彻底地征服她……

　　她发出更加高亢的呼叫。他吻住她的嘴，不让她发出任何声息。她像一条受阻的激流，憋闷得生不如死，浑身如筛糠般颤抖。终于决堤了，洪水肆虐，一泻千里。他正奋勇向前、势不可挡，不料受此袭击，招架不住，急忙抱紧她，抵挡这突如其来的洪流。她也担心失去他，伸出双臂，牵引他、拥抱他。俩人死死地抱在一起，他还是没有顶住，只好放弃了，顿感全身一阵战栗，有种前所未有的畅快。

　　姜晓萱也累了，像一只温顺的小猫踡在他胸口，不停地诉说着缠绵的情话。许建把这只宠物搂在怀中，抚摸着她的头发、肌肤，一阵抑制不住的倦意向他袭来，拥着她甜蜜地睡去。

半夜里，许建突然醒来，小猫仍蜷缩在他的胸前，用她温柔的小爪轻轻地挑逗他。他抓起她不安分的小爪，贴在自己的脸上。她像一个得到命令的骑士，纵身跃至他身上，策马奔跑起来。他双手托住她的脸，想记住这位骑士的面容。她反而有些不好意思了，娇羞地把头转向一旁，仍不顾一切地向前奔跑，如驰骋在广袤的草原上。他用手卡住她柔软的腰肢，尽量配合她，与她融为一体。奔跑久了，她累了，想停下来歇息。他一个翻转，又如狼似虎地猛扑上去，带着她继续向前奔驰、飞翔……

他从没想到自己会这么持久，原先与妻子在一起，千篇一律，每次都似参加考试，老师一直催着，没几分钟就交卷了。一之为甚，岂可再乎？有时朋友向他吹嘘床上功夫如何，他总以为是吹牛，没想到今天自己也能做到，真是用进废退。

手机闹钟响了，该是观赏金星凌日的时候了。俩人急忙穿好衣服，带着滤光镜和早装上滤光膜的相机跑到楼下。

太阳升高了，雾霭漫漫，光线并不强。下楼没多久，姜晓萱就欢呼道："凌始切了，凌始切了……"

通过滤光镜，一个小小的黑点缓缓逼近白色光盘，许建知道小黑点就是金星，天空中最亮的星星，但在太阳光辉的映射下，黯然失色，渐渐变成一个小黑点。许建急忙举起相机拍照，记录下这具有历史意义的一刻。姜晓萱手持滤光镜，满脸兴奋地观望着两个天体的交锋，仿佛这对她特别重要。许建见她这么投入的样子，遗憾地说："如果有朱总办公室的望远镜就好了。"

"谁让你不去日照？"姜晓萱撒娇说，"还要人家来找你。"

黑点在光亮的圆盘上缓缓移动，许建突然感到一阵晕眩，那黑点仿佛化成了姜晓萱，而那光盘却化成了程琳……

这胜景虽让姜晓萱兴奋，但她还是提醒许建不要观看太久，容易损伤眼睛。俩人又回到房间，继续云雨之欢。他们变换着不同的姿势，他一次比一次持久，她一次比一次畅快，俩人棋逢对手。她娇羞地说："没想到你这般年纪,还这么厉害。"

"看来真如朱总所说,这事一辈子做多少次是有数的,没遇到你之前,我一直没开发出来。"许建喘息着说。

她吻了他一下,说:"我要把你全部开发出来。"

许建就像个冲锋陷阵的勇士,占领一个又一个高地,马上就到最高峰了,眼前却是一条深不见底的山谷。他摸索着向谷底探去,道路崎岖难行,越深处越憋闷,到了谷底,云雾迷漫,似有缓缓的流水声,但空气却异常稀薄,几乎让他喘不过气来。他急忙抓住古藤艰难地向上攀缘,攀缘、攀缘……终于跃出山谷,最高峰近在咫尺。他奋不顾身地向前冲去,耳边响起她的助威声:"快!快!快!……"他加快了脚步,冲向山顶,占领了,胜利了,头顶是无比灿烂的太阳,炽热的光芒让他晕眩。他累倒了,瘫在无比柔软的草地上……

姜晓萱在河北住了五天,这五天除了开发就是挖掘,开发他的能力,挖掘他的潜力。但是最后她还是要走的。他送她到车站,刚欲下车,她拉过他的手,按在她的腿上,头紧紧地抵在他的手上。他的手背滚烫,泪水从那里蜿蜒流出来。

许久,她抬起头,泪眼蒙眬地说:"真想这样永远与你在一起!"

"就好像再不见面了似的,我过几天就去日照看你。"他安慰道。

临上车时,她又哭了,紧拥着他,狂吻,最后又猛地咬他颈部一口,含泪嗔笑说:"让你永远记住我!"

他苦笑道:"能不能留点美好的回忆?"

她破涕为笑,转身上了车……

自从姜晓萱走后,许建再给她打电话就关机了,发短信也不回。随后几天都是这样,QQ也不在线,给她的留言都如石沉大海。

姜晓萱仿佛突然从这个世界蒸发了。与她相处的几天,他感到无拘无束,多么希望这种生活能天长地久,可她为什么突然消失了?她去了哪里?发生了什么?许建心里生出一连串问号。

钢厂和贸易商都对十八大寄予很大期望,料想新一届领导人上台后会积极救市，所以都想赌一把，不再继续观望，纷纷出手进货。市场随即有所好转，工厂也需补充一部分炉料，这恰好给许建提供了去日照的机会。

还没到日照，许建就给姜晓萱发短信、QQ留言，仍毫无音讯。他只好给她下了个浪漫的通牒，约她到彩虹桥相会。

许建如约来到桥上，姜晓萱却迟迟未至。几个人手握长竿，站在桥上垂钓。他也把头伸出桥外，桥下微波荡漾，灯光闪烁。他突然想做一个实验，就吐了口唾沫，观看自由落体运动，在这里做两个物体同时落地的实验远比斜塔好。

做完实验，许建又漫步至情人岛，几乎走过他俩一起漫步的每一寸土地，最后坐在他们经常坐过的那把椅子上。这里依旧绿草如茵，海水清澈，唯独缺少姜晓萱，难道她就从此消失了吗？

翌日下午，许建决定到姜晓萱的办公室看看，就通知朱少亭他刚到日照，然后直奔华宇公司。姜晓萱的办公桌收拾得整整齐齐，座位空空如也。

朱少亭见到许建如见救星一般，急忙迎上前说："许总，你来得正好，眼看这些日子行情好转，'希望'轮也到了，正好向外出货。可你那位行长同学竟说要控货，先付款才能提货，这不是要杀鸡取蛋吗？"

"不是有三个月的延期吗？"

"对呀，本来都是到三个月才付款，现在又突然说银行上面有新规定，按照早就与我们签过的控货协议执行，可那个协议一直是个形式，怎么能当真？邵行长马上就到了，你替我说说话吧。"

胡玉洁走过来沏茶，给许建放茶杯时，不断地用那双媚眼意味深长地打量他。许建有些心不在焉。朱少亭估计他在想姜晓萱的事，就说："许总，你说现在读研有意义吗？"

"什么意思？谁想读研吗？"

"我们公司的姜晓萱前些日子收到录取通知书了，就是上次我们一起吃饭的那个实习生，我一直劝她别去读了。"

"哦，难怪今天没见她，是不是辞职了？"

"还没辞，前几天请假回老家了。她最近心事重重，估计也在做激烈的思想斗争吧。"

"噢。"许建长舒了口气说，"如果她去读研，以后不一定能回来。"

"我也担心会这样，所以这些日子一直在做她的工作，也让胡玉洁劝她，你有机会也替我劝劝吧。"朱少亭与胡玉洁使个眼色说。

"呵呵！我怎么劝呀？"许建装糊涂说。

"许总说话肯定管用，她一直夸你水平高呢。"胡玉洁插话说。

正说着，邵泽华来了，先与许建寒暄几句，随即切入正题，对朱少亭说："老兄，不是我不帮你，而是上面突然这么规定，我下午给你请示了，先放一万吨货，你先卖着。交上一万吨的货款后，再放一万吨……"

"不行！必须全部放货，三个月的延期，否则……"朱少亭坚决地说，"你们要先把鸡养大，再杀。你们这样做，就是要置我们企业于死地！我们垮了对你们银行有什么好处？"

"一万吨，我也是尽力了。"邵泽华无奈地说。

"特殊情况，特殊办理，规定是死的，人是活的。现在行情正好，这批货必须马上通关出手。你们这样控货，一旦行情不好了，谁承担损失？"

"我明天再请示一下看看。先甭说这个了，许总来了，玩两把吧。"邵泽华说，好似心里早有底了。

"三缺一呀。"许建说。

"这不是正好嘛，让小胡凑个手。"邵泽华说。

"我不会。"胡玉洁急忙摆手说。

"会点炮就行。"邵泽华不怀好意地问，"你会点炮吧？"

"不会！"胡玉洁故作生气地说。

"不会我可以教你嘛。"邵泽华嬉笑着说。

"她会的。"朱少亭真以为邵泽华怀疑胡玉洁不会打麻将，就对她说，"没事，输了算我的，赢了算你的，陪我们玩玩，行了吧？"

"那行，一把一清。"胡玉洁爽快地答应了。

"好,好……"朱少亭痛快地说,他正希望能多输些呢。

朱少亭办公室的北面有卧室,有书房,有卫生间,有娱乐室……别有洞天。四个人一进娱乐室,打好庄就玩了起来。

许建今天手气超好,连糊了几把大牌,正玩得起劲,突然收到一个短信,是姜晓萱的,只有两个字:"许建。"

"怎么了?"他急忙回了过去。

但是再没有回信,许建不露声色地玩完一把,借口去洗手间,给姜晓萱打电话,终于打通了。她开口就说:"我怀孕了。"

"什么?"许建一下懵了,手机"啪"地掉到地上,急忙捡起来问:"什么?怀孕了?那怎么办?"

"你真的爱我吗?"

"真的!"

"一生一世都不抛弃我?"

"嗯!"

"那我就给你生下来。我想好了,遇上你这样能真心待我的,值了。"她说,"如果你不愿意,我马上就去医院,不会做你的累赘。"

"太突然……让我好好想想。"许建说,"我正与朱总打麻将,晚上给你回话吧。"

"还要好好想想?那好吧!"她有些生气地把手机挂了。

许建重新回到牌桌,几次出错牌,连呼自己出牌臭。又打了一张牌,胡玉洁兴奋地说:"糊了!一条龙,清一色……"

"许总,怎么去了趟卫生间,风水就换了?"朱少亭开玩笑说。

"我家门前有条小河——很难过。"许建边掏钱边说,这是他打牌时的口头语,今天却别有一重意思。

玩了一下午,邵泽华赢了八千多,许建最初赢得多,后面输回去不少,只赢了五千,胡玉洁只进不出,竟然也赢了两千,只有朱少亭输了。

晚上朱少亭又请大家吃饭。许建满脑子都是姜晓萱的影子,有这样一个女人为伴,也算是今生最大的幸运了。他只有一个女儿,一直是父母的遗憾，如果姜晓萱能为自己生个儿子该多好呀，即使不是个儿子，多一个女儿也好，像他现在的经济条件，如果只有一个孩子，就是钱再多也觉缺少了什么？但是如果程琳知道了该怎么办？肯定不能让她知道。她太忙了，根本就不关心他的生活，就让她忙她自己的去吧。

邵泽华今天喝得特别尽兴，喝到兴致处，就拍着胡玉洁的肩，色眯眯地说："玉洁，你这个包都过时了，朱总也太小气了，明天我送你一个吧。"

胡玉洁知道他话中有话，又不便发作，红着脸坐在那里不吱声。

邵泽华又拉过胡玉洁的手，抚摸着说："玉洁，你这手真白呀……"

"邵行长，您喝醉了！"胡玉洁抽回手，站起来借故去了洗手间。

"朱总，晚上出让下行不？"邵泽华厚着脸皮对朱少亭说。

"我给你找个漂亮的吧。"朱少亭有些为难。

"今天就玉洁了。'兄弟如手足，女人如衣服'嘛。"邵泽华固执已见。

"我和她说说看。"朱少亭无奈地说。

许建没想到老同学这些年变化如此之大，简直不知廉耻了。吃完饭，他见朱少亭在酒店门口与胡玉洁说了很久，然后胡玉洁就上了邵泽华的车走了……

许建回到宾馆急忙与姜晓萱联系："我考虑好了，生下来吧。"

姜晓萱说："这些天我心里好乱，本想再也不见你了，没想到又这样。现在总算理清了，什么都不重要，有一个真心喜欢自己的人最重要。我决定不去读研了，你一定不要辜负我呀。"

"我不会辜负你的，但你不能影响我的家庭。"

"没有爱的家还叫家吗？我不要家庭，我只要爱！"

"我保证爱你一辈子，并给你买一套靠近海岛的房子。"

"我不在乎有没有房子，只要你真心爱我，就是租房，吃糠咽菜也无所谓，再说我也有工作，自己也能养活这个孩子。"

"我怎么能让自己的女人和孩子受苦呢？"

"你有钱吗？你老婆不管？"

"外快她根本就不知道。这么说吧,朱总这六万吨矿砂,每吨至少涨一百元,那就六百万呀,他怎么也得意思一下。"

"不劳而获,你们赚钱怎么这么容易?"

"我不是和你说过了嘛,越是需要钱的时候越不容易挣钱,钱不再那么重要的时候反而更易赚了,我也和你们一样曾经穷过。"

姜晓萱竟愿意为自己生孩子,这真是出乎许建的意料。他决定用"梦幻"轮的提成为姜晓萱在日照买一所房子,房子不一定太大,但一定要靠近海岛。作为他们的爱巢,这样他就可以像候鸟一样,来回迁徙……

朱少亭回到家,习惯性地坐在沙发上看电视,心里有一种莫名的酸楚。每天的新闻他几乎都要看,从中捕捉有关市场的最新信息。几年的经验告诉他,市场固然重要,但国家的每一个调控政策更重要。有时眼看着市场不行了,一个政策下来,又行了;有时眼看着市场行了,一个政策下来,又不行了!

前些日子央行突然降息,螺纹钢紧接着每吨升了七八十元;昨天又说首套房贷款利率七折优惠,矿石价格又一下大涨,外盘也紧跟着涨了些。幸亏他当初听了许建的建议,"梦幻"轮这船货没处理,否则一千万就打水漂了。市场瞬息万变,"希望"轮本来进货价就低,趁着现在售价高,必须马上出手,肯定大赚一笔。所以邵泽华这关必须得过,过关当然要付出代价,想到这里,朱少亭的心里总算舒坦些。

"爸爸,我们同学都说咱家很有钱,到底有多少呀?"旁边看电视的儿子突然问。

"儿子,这么和你说吧,我们家的钱一辈子也花不完……"朱少亭意味深长地看了看儿子,顿了一下接着说,"八辈子也还不上。"

朱少亭见儿子突然怔那里了,就拍着他的小脑袋安慰说:"小子,放心吧,花钱是你们的事,还钱是老子的事。只要你们过好,我怎么也无所谓。"

"还不都是为了那个狐狸精。"他老婆在一边插话说。

一提到胡玉洁,朱少亭顿时来气了,冲老婆骂道:"你别没个鸟数!

当年没跟你离婚算你赚了。你开宝马,她有吗?你住别墅,她有吗?你马上就移民新加坡了,她能移吗?她……什么也没有!"

朱少亭早就在新加坡成立了一个境外公司。公司每笔进口业务,都先向这个公司开远期信用证,然后再用这个公司向外商开即期信用证,每吨货留在境外公司几美元。几年积累下来,账上的数额已相当可观了。

06

姜晓萱重回公司上班了。一天早晨,她起床不久,就抑制不住一阵恶心,急忙奔向卫生间,干呕了几下,没吐出来,眼泪却流了出来。

她从卫生间出来,同住的胡玉洁用诧异的眼光看着她,问道:"你是不是怀孕了?"

"你胡说什……"姜晓萱没说完,又急忙掩着嘴跑进卫生间,一阵干呕。

"许建的吧?"胡玉洁关心地捶着姜晓萱的后背,自从误会消除后,她们成了要好的朋友。

姜晓萱诧异地盯着胡玉洁,完全没想到她竟什么也知道,又一阵干呕,掩饰了她些许慌乱。

"到了这一步,我们女的都难呀!"胡玉洁自叹起来,"说实话吧,我也经历过……你喜欢许建吗?"

"你怎么知道与许建有关?"

"这你就不用管了,这种事每个人都觉得自己做得巧妙,殊不知别人早就知道了。"

"不可能吧。"姜晓萱一下害怕起来。

"现在还没有多少人知道,但时间长了没有不透风的墙。"胡玉洁说,"如果你真喜欢他,就要保住这个孩子,流产太受罪了,一想到那冰冷的手术台，我心里就发冷。"

"你为什么不生下来？"

"我倒是很想生。像我们这样的女人，最终的归宿是什么？是等人老珠黄了嫁个老实巴交的人，还是这样过一辈子？怎么才能拴住男人的心？只要有了他的孩子，即使他不与我结婚，将来不再喜欢我，可孩子还是他的。他那么有钱，不能便宜那个老女人……可是朱总不同意生，一定让我打掉。我的心真是冷了！这样的男的为什么要给他生孩子？流就流吧……"胡玉洁说罢哭了起来。

"他为什么不让你生呢？"看着伤心的胡玉洁，姜晓萱很同情她，同时也庆幸起来，许建愿意要这个孩子，说明他是真心喜欢自己。

"其实朱总骨子里根本就瞧不起我，只是想玩玩，如果有了孩子就是他的累赘。我很庆幸当初没生，他简直就是畜生！"胡玉洁说，"你还不知道吧，前些日子他想去韩国赌博，签证没签下来，已经被限制出境了。"

"为什么？"

"欠银行钱太多了。"胡玉洁突然有些诡秘地说，"我正在注册一个公司，以后我们一起干吧。"

"你有资金吗？"

"有银行嘛，邵泽华已经答应帮助我了。"

"以后再说吧。"

姜晓萱知道胡玉洁拉她入伙是因为许建的原因，钢厂对贸易公司太重要了。但是姜晓萱没什么野心，也不希望有多少钱，有许建的爱就足够了。又一阵恶心涌来，姜晓萱急忙奔向洗手间。

随后的日子，姜晓萱身体慢慢发生变化，皮肤更加细嫩，头发也更有光泽。胡玉洁夸她更加漂亮了，这当然让她高兴。但另一个问题却让她不安，她的腰越来越粗，吃得也越来越多，许多原先不想吃的东西现在也吃得很香。她对许建越来越依恋了，还动不动对他发脾气，发过脾气后又马上后悔起来，转过头来再向他道歉。

姜晓萱每月雷打不动地回家。父母常年操劳，身体不好，又舍不得吃喝，总让她惦念。虽然回家也帮不了他们什么，但一见到他们，心里就踏实了。

母亲总把家收拾得干干净净，做的饭菜也特别合她胃口。时间久了不吃，她心里真痒痒。

晚上吃过饭，姜晓萱与父母边聊天边看电视，一个第三者插足的电视剧。母亲突然语重心长地对她说："闺女，你可千万别当小三呀，那样我与你爸爸就丢死了……我们好不容易供你上完大学，你可不能让我们在村里抬不起头呀。"

"这些都是虚构的……"姜晓萱措手不及，脸顿时涨红了，好在母亲是无意中说的，并未觉察到她的反常。

晚上，姜晓萱失眠了，母亲的话严重刺痛了她。父母一辈子不容易，在她心里父母的幸福比自己的生命还重要。她的肚子马上就会膨胀起来，那时该怎么回家见父母？未婚先孕，对家人的伤害该有多大？到时候怎么面对同事？怎么面对同学、朋友？就算这些她都能面对，将来又怎么向孩子解释？没有名正言顺的爸爸，孩子怎么面对这个世界？会不会受到歧视？心理会不会留下阴影？难道自己就这样一辈子不结婚了？不行，必须举行一次让所有亲朋祝福的婚礼，光明正大地嫁出去……

姜晓萱越想越觉复杂，越想越感到委屈，就给许建发短信："许建，你这个混蛋！我不想生孩子了。"

"又怎么了？"

"是不是又与你老婆在一起亲热？"

"没有呀。"

"没有？那这样的婚姻还维持什么？你干脆离婚吧！"

"离婚？你不是说过，不影响我的家庭吗？"

"我改变想法了。"

"我从来没想过离婚，你怎么突然这样？"

"不离婚就说明你不爱我！我们结束吧！明天我就去医院做了咱俩的孩子。"

"甭冲动,我都把未来设计好了。"
"那你就离婚!你自己选择吧。我要结婚,过一个正常人的生活。"
"你要冷静,我发誓一生一世都会爱你。"
"那你就离婚……"
"别闹了,我在陪客户吃饭,回头再联系。"

想到离婚,许建又想到了程琳的许多好处,共同生活了这么多年,突然与她提起离婚,从何说起?这些年虽然他们也吵过、闹过,但大部分原因是她不体谅他,不考虑他作为男人正常的生理需要。可她确实忙呀,既要备课,又要批改作业,还要带孩子,每天晚上都忙到十多点,哪还有心情呀?

程琳还算漂亮,又很朴素,正直,也很孝顺,年轻时总是素面朝天,这几年才偶尔脸上涂点什么。他平时在外面应酬多,都是她做饭接送孩子,让他可以一心扑到工作上,所以他这几年才扶摇直上,爬到现在的位子,"每一个成功男人背后总有一个好女人",他深深地体会到了。他们是患难夫妻,不能对不起她。就是真离婚,他也肯定净身出户。如果他一无所有,从头开始,姜晓萱还会喜欢自己吗?她那么年轻,身边也不乏追求者,说不定将来会遇上更优秀的男人。而他年纪大了,再也经不起折腾了。

还有女儿,遗传了他与程琳所有的优点,漂亮、聪明,人见人爱,学习成绩一直名列前茅,对他也有一种崇拜与深深的依赖,如果离婚了,女儿肯定会对他失望,也会给她幼小的心灵留下抹不去的阴影。

如果不离婚,确实对不起姜晓萱,她甘愿放弃读研,为他生孩子,这足以证明她是真心爱他的。她不但年轻、漂亮,有才华,更重要的是俩人相处和谐,对自己有求必应,而程琳却每每草草行事,淡然无味。她俩像武林的两派功夫,程琳是少林正宗,姜晓萱却是邪派阴柔。如果姜晓萱是金星,那么程琳就是太阳……

以前就是事业再辉煌,工作再顺利,收入再多,他也总觉得缺少点什么,感受不到生活的快乐。自从认识姜晓萱,他总算体验到生活的奇妙与精彩了，对未来充满无数的憧憬。他需要她，再也离不开她了。

程琳也算自作自受，如果稍稍顾及他的感受，也不至于造成现在这种局面，他也不至于走到今天这种痛苦抉择的境地。

晚上十点多，许建应酬回家，见女儿还站在卧室门口没睡，就关心地问："明天不上学了？怎么还不睡觉？！"

"我在楼下玩时间长了，妈妈生气了。"

"你先睡去吧，我和你妈妈说说。"

"得不到妈妈原谅，我不敢睡。"女儿嘟着小嘴可怜巴巴地望着他，眼泪快流出来了。

许建走进妻子的卧室，发现程琳正在看"三角片"，就不耐烦地说："别看了，都什么时间了还不让孩子睡，明早能起来吗？"

"知道错了吧？"程琳冲孩子问。

"妈妈，我知道错了，以后再也不敢了。"女儿怯生生地低下头说。

"那就先睡吧。"程琳仍在看电视剧。

"我不，我早睡了，妈妈就不和我一个房间睡了。"女儿有所顾虑地说。

"抓紧与孩子一块睡吧。"许建不耐烦地催促程琳说。

"你不是总希望我与孩子分床睡吗？"程琳反问他。

"她没犯错时，可以让她分床单独睡。今天犯错了，你与她分床睡，她能睡吗？"

"还不快睡！"程琳冲女儿吆喝道。

"我不……"女儿带着哭腔说，听她妈说分床的事，她更不敢早睡了。

"你别天天拿睡觉的事威胁我们爷俩！"许建不容置疑地说，"抓紧带孩子睡！"

"我教育孩子不行呀？"程琳也来气了。

"有你这样教育孩子的吗？不早睡能早起吗？睡不醒上课能有精神？"许建有些火了。

"你不要在外面喝点猫尿，就回家闹事！"

"你天天就知道看'三角片'！"

"爸爸妈妈，别吵了，我睡。"女儿见父母吵起来了，懂事地说。

"别吓着孩子。"许建生气地说，"你再看，我把电脑摔了。"

"你摔！发酒疯以为我就怕你了？"程琳也不示弱。

本来约好今晚做游戏的，许建估计也没戏了，索性破罐子破摔，声音又提高了几分贝，厉声说："你是不是不想过了？"

"我早就不想过了，明天就去办手续，谁不办谁王八蛋！"程琳理直气壮地说，以为他又说着玩呢。

"你写个协议吧，我签字。"许建顺水推舟道。

"好，我写。"程琳还是不示弱。

"你写好，我回来签字！"许建边说边向外走。

"爸爸！爸爸……"女儿哭喊着跑了上去，紧紧抓住他的胳膊说，"爸爸，我错了，你打我吧，你别和妈妈离婚，我再也不敢了……"

"孩子，不是你的错，我想出去走走。"

女儿抓得更紧了，泪流满面，哭着说："爸爸，妈妈，你们别离婚……我错了，我错了，都是我的错……我以后一定好好听你们的话。"

许建一下心软了，想起自己小的时候，父母也常吵架，每次吵架他都很害怕。那时他就想，等自己结婚有了孩子，无论如何也要让孩子有个幸福的家庭。所以这些年，无论在家受多大委屈，他都会忍气吞声，即使偶尔吵架也尽量避开孩子，没想到自己的孩子还是面临同样的命运。如果真这样离婚了，女儿肯定会因为今天晚回家而自责一辈子。

许建的眼睛湿润了，抚摸着女儿的头说："爸爸不会离婚的，你放心睡吧，刚才我说的都是气话。"

许建回到房间上网，姜晓萱给他留言："离婚的事考虑得怎么样了？"

"暂时还不能离，找不出离婚的理由。"

"她好是吧？那你就与她过一辈子吧！明天我就去医院。"

"孩子一定要生下来，你要什么我都给你。"

"我什么也不要，只要跟你结婚，你能吗？"

"以后有可能的……"许建只好用缓兵之计稳住她。

"骗谁,要离就马上离!我等不起!"

"你这是威胁!"

"谁威胁你了?我揭发你了还是向你要钱了?"

"拿孩子威胁我。"

"要么离婚,要么分手!"

"整天离婚、离婚的烦不烦?"

"不烦,离婚、离婚、离婚……"

许建知道一旦姜晓萱流产,不只是孩子没有了,俩人的关系也就结束了。他呆呆地看着她发过来的照片出神,怀孕后的她更漂亮了,一想到要失去她,就感到心痛。

经过极力争取,邵泽华还是把"希望"轮的货一次性全放了。朱少亭接着把货卖给了许建。令邵泽华万万没想到的是,朱少亭卖完货后一直不还到期的货款。邵泽华几次打电话催他都没用,今天是最后的付款期限,邵泽华只好亲自找上门来。

"老兄,你干得好好的破什么产?许多公司情况比你还差,都没宣布破产,你急什么?你以为破产就没事了?那些担保公司怎么办?我们银行怎么办?你对得起我们这些老朋友吗?"

"你们银行太过分了!上次扣货,不就是想让我破产吗?"

"最后不还是放了吗?"

"上次是放了,但是以后呢?不是这个银行扣货,就是那个银行扣货,早晚一个死,还不如早点。"

"前一阵子,上面也是头脑发热,没考虑到实际情况。我们把你的货扣了,但别的银行又把我们其他客户的货扣了,扣来扣去,都没办法了……现在不是好了吗?只要有我在你就没问题,天塌下来有我顶着。"邵泽华见朱少亭还在生气,就恳求道,"老兄,算我求你了,帮我一个忙吧,先把款还上。想想过去我是怎么帮你的,做人要有良心。你就是真破产也要再坚持几个月,我很快就调到省里去,调令马上就下来了,我走之前只要银行账面上显示盈利就行。"

"哈哈,哈哈哈……"正在吸烟的朱少亭突然昂头大笑起来。

邵泽华莫名其妙地问:"你笑什么?"

"我为了保住信誉,一个劲地进货,天天求你们银行这求你们银行那,原来你们也有求我的时候!"

"这不是谁求谁的事,我们都是一条绳上的蚂蚱。"邵泽华气急败坏地说。

"只要有老弟您支持,我能摆摊子吗?"朱少亭把烟头摁灭在烟灰缸,其实他只是想教训一下邵泽华。

马上七夕了,许建觉得应该去日照安抚一下姜晓萱。她说如果他不离婚,就再也不要见面了,还给他下了最后的通牒。

八月二十号这天,就是最后的期限。许建心想还是冷处理吧,也许姜晓萱只是闹一闹,吓唬一下他,就没主动联系。大约九点钟,他突然接到她的电话,最近她很少打电话了,她说:"你猜我在哪里?"

"不知道。"

"你是不是做不了决定?还是我给你做个决定吧。"她冷冷地说,"我在医院手术室门口排队。"

"哦……"他知道她又在骗人,她开过多次这样的玩笑了。

"你不信是吧?你听……"

他听到很多杂音,好似真的在医院。她接着说:"马上就到我了,你现在决定还来得及。"

"你疯了?"他知道这次她是玩真的了。

"我没疯,很清醒。如果你爱我,你就离婚,不离婚说明你不是真心爱我。"

"我真的很爱你!千万不要做傻事。"他焦急地说。

"到我了,你和医生说,你同意流产。"

"我不同意!"

"你同意了是吧？那我就与医生说了。"她好似是故意说给医生听的。

"我不同意！哪个医生敢给你做，我就去告他，与他拼命！"他发疯似的吼道。

"你说这些没用，我也可以找别人与医生说的。"她小声说。

"你在哪个医院？我马上去！"

"你找不到我的，我想好了，我要去读研，如果你真的爱我，离婚了，我以后还会给你生的。"

"没有以后！如果孩子没了，一切都完了！"他气愤地说。

她挂了电话，他又打过去，她不再接了，再打，关机了。许建恼怒了，疯狂了，什么也没与公司交代，开车径直向日照奔去……

医生同意给姜晓萱动手术了，让她先吃几粒药丸。她拿着药，又犹豫起来，想到与许建相处的日子，想到他的种种好处，哭了……哭了会儿，还是把药吃了下去。

她累了，闭上眼，睡了。她做了一个奇怪的梦：一条粗大的白蛇，拼命地向洞中钻，却被人生生地从洞中拽了出来，要打死它，不知为什么她不但不害怕这蛇，还很同情它。那蛇也可怜地看着她，流出了眼泪。她求人们放了白蛇，说它不会害人的，可是人们不同意，一定要打死它……她救不了蛇，感到很无助，伤心地哭起来……

她惊醒了，想给许建打电话，才发现手机关机了。开机后，发现有十几个未接电话，都是许建打的，还有许多短信。

她发短信说："晚了，一切都晚了……"

他马上打电话过来："真的无法挽回了吗？"

"无法挽回了……"

"我马上就要到日照了，你在哪家医院？"

"我不会见你的……"

"我一定要见到你，说清楚，哪怕从此我们互不再见！"

"没必要再见了，我对不起你，和你老婆好好地过日子吧，我会祝福

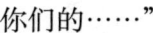

你们的……"

她说完，又关机了……他加大油门，车开得越来越快，简直就要飞起来了……

与姜晓萱相处的一幕幕从眼前闪过：初次相识、彩虹桥偶遇、金星凌日，还有情人岛……他本想在情人岛附近给她买一幢房子……他想起她说过的每一句话："等我有了钱，就把这个岛买下来。""不管世事如何变迁，十年后的今天我们再在这里相见！"……

汽车音响唱出的歌声，原先多么悦耳，不知为什么突然都变成了悲歌，他再也听不下去了，急忙关上。

不知过了多久，手机响了，他急忙接起来，是朱少亭打的，有些沮丧地说："许总，邵行长被双规了……矿石跌到每吨980了……"

许建挂了电话，重新加大油门，车又飞了起来……他知道一切都破灭了，最后把车停在应急车道上，失声恸哭起来。

妈 祖

01

"甲板部前后准备,甲板部前后准备……"

妈祖轮的广播响了,声音响彻生活区的每一条走廊。船员们知道傍晚前后将靠码头,都早早地吃过晚饭等在那里。听到广播后,甲板部的每个成员都身着工作服奔向各自的岗位。

远洋巨轮在拖轮的协助下徐徐地向非洲的某港码头靠近。一条细长的撇缆似飞舞的长蛇从船首直扑向岸,白色的八股大缆随之从甲板冲下船头,扎到水里,在撇缆牵引下,像一条白色的巨龙向岸边游去……首缆上岸,然后绞紧。第二根、第三根缆绳又陆续被码头工人带到缆桩。不知什么时候船尾的缆绳也带上几根。身穿白色或蓝色工作服的船员们在船首船尾井然有序地忙着。

生活区的白漆被凌晨的雨水冲洗得一尘不染。大桅上的雷达天线毫无声息地转动,站在驾驶台左侧瞭望台的俩人密切关注着船头船尾的一切。其中一人手握高频,四十五六岁模样,面色白净,中等身材,瘦削的倒三角脸上满是焦躁。他不时压低嗓子,用英语与身旁那个皮肤黝黑、身穿制服的人说着什么,不时冲着高频厉声地吆喝一气……

缆绳全部拽好,拖轮也驶离了,皮肤白净的人松了口气,满脸堆笑地跨进驾驶室对操舵的水手说:"小牛呀,总算靠进来了,再在锚地等几天就弹尽粮绝了。"

"是啊船长,这次靠泊挺顺利的。"被称作小牛的水手见船长脸上久阴放晴,乘机附和道。小牛其实不姓牛,而是姓杨,因为平时喜欢吹牛皮,而且口头禅就是:"我不是吹牛!"所以大家送他这个绰号。

"还是托妈祖娘娘的福呀!"船长笑笑说,可能因为身系一船安危太紧张,每次进港他的情绪都特别激动,船员们私下说是"进港综合征"。

妈祖轮在锚地等了整整两个月,伙食没了,淡水又加不上,幸亏下了几天雨,接了些雨水,才勉强坚持到现在。

瞭望台上那个皮肤黝黑的人随后进来,船长礼节性地与他握握手,然后没好气地冲站在车钟处的三副说:"老三,下去送送引水!"

三副悻悻地带引水下去。船长走到车钟后的神龛前,双手合十,微闭双目,静默了一会儿。神龛上供着妈祖的木雕神像,妈祖端坐在那里,双手叠放在腿上,面目和善,栩栩如生。香炉中的檀香燃去大半,发出淡淡的清香。香炉前摆着三个小碟子,分别供着苹果、糖块和干果。虽然许多船上供着海神妈祖,可多数大陆船员并不信这个,船上有这种摆设完全因为这些船是从香港或台湾购买过来的老船。但船长每次进港或开航前总会郑重其事地烧炷香。不知是为了娱乐,还是确实有这方面的信仰。船长在妈祖神像前立了一会儿,又与小杨交代了几句,就唱着京剧下去了。

身穿白色工作服的二副在船尾指挥带缆,他二十八岁,浓眉大眼,微红的方脸略带沧桑,一米八的身板挺拔结实。靠离泊时"大副头,二副尾,三副紧抱船长的腿",这是船上的分工,大副在船头指挥,二副在船尾指挥,三副在驾驶台操车钟。

缆绳马上就要带好了,因为引水要下船,代理和工人也急着上来。二副让木匠带几个人先去放舷梯。

实习生小张提着一把老鼠档,一一向缆绳上挂。突然,一条小船悄无声息地靠到船尾,一个带铁钩子的竹竿伸上来,抓在围栏上,一个黑人如幽灵般跃向甲板，弓着腰，飞扑到船尾墙壁的救生圈，一把拽下，奔回船边扔下去，又像猴子一样灵活地下到小船。所有这些仅发生在几秒钟之间，二副与小张眼睁睁地看着，吆喝了几声也没用。梯口处的小杨和水头闻讯奔来。小杨举起一块将近一米的垫舱木料，示意小船上的人送回救生圈，否则就扔下。对方见状，纷纷摆手，哇哇乱叫，小船照旧缓缓向远处移动。小杨见吓唬不住，将垫木狠狠砸下去，幸亏对方早有防备，用木板挡住，才没伤到人。对方显然受了惊吓，气得哇哇直叫，但还是划着船走了。

小船消失在远处，二副无奈地对小杨说："抓紧通知老三，赶紧把消防救生设备收好，船长知道了又要训他。"

"这个傻逼，就是让船长训训才好！"小杨气呼呼地说，但还是找三副去了。

舷梯刚落到码头，水手们便急忙登上去，支起栏杆。还没放好安全网，代理就上船了。二副用英语问他带没带信来。代理从背包中掏出厚厚一扎书信，递给他。

大家顿时欢呼起来，在船上能收到信，是一件值得高兴的事，特别像二副这样的未婚青年，一靠泊就能收到女朋友的来信是最幸福的事了。二副在众多的信中一下就找到她写的，吻了一下，装进口袋，兴奋难抑地叫着船员们的名字，分发大家的来信。

靠泊期间，大副不值班，由二副和三副俩人轮流值班，二副值零点到六点，三副值六点到十二点。恰好三副出来接班，二副分完信就跑回房间看信去了。他共收到三封来信，一封是家信，一封是高中同学的，另一封是他期望很久的一个女孩的第一封信。这个女孩还是大二的学生，比他小七八岁，俩人认识三年了，但三年中只见过两次面。他最近接连给她写过两封信，今天终于收到她的第一封回信。

与代理一起上来一堆人，有海关的、有移民局的、有卫生检疫的……每个部门至少两个官员，多则三四个。还有一个看船人，是民间保安组织，好似与当地的恶势力有些关系。

船长在办公室忙得不可开交，接待各方人士，签署各种文件。每签一个文件前，他都仔细看完再签，边签边不时吩咐大台与三副拿这个做那个。

办理本港进口手续需要文件多，但更需要的是方便面与啤酒。只有打发官员们满意了，他们才肯离船，否则他们就一直赖在船长房间，也不说什么，一直等到船长失去了耐心，再多送些东西，他们才走。

官员们陆续下船后，"呼啦"上来一大群人，仅理货的就有十多个。其实本航次卸散装大米，不是件杂货，根本不需要理货，之所以安排这么多理货员，可能是为了多解决就业，让人人都有口饭吃。工人就更多了，甲板上像逢集似的，到处都是黑面孔。

二副跑回房间，反锁上门。能收到心爱女孩的来信，他无比地激动，激动过后，就是担心，担心里面的内容不是自己希望的。他迟迟没敢开封，唯恐打碎他那个美丽的梦。最终他还是小心翼翼地把信封粘贴处完好无损地揭开，只见一张精致的信纸，背面是淡绿色的清水玲子的头像，正面是她娟秀有力的小楷。

　　你好！
　　那种似曾相识的感觉，那种初次见面的心跳，我，也有过。
　　你很浪漫，一定会写诗，也会送我黄玫瑰，但却让我觉得你好缥缈，好遥远，好深沉！
　　知道吗？以前的时候，我也爱写诗，可我的诗太幼稚，只能给自己，而你的诗却能给很多人……
　　祝：幸福
　　　　平安

9月12日

二副看完信，心里充满了感恩，感谢上天的垂怜，让自己遇上了一位善良的女孩，没有狠心地一棍子打死他。他急忙找出日记，翻到九月十二日这天，那上面赫然写着关于她的一句话：林琳，我将用我的实际行动向你作最好的回答！

自从认识她后，他希望自己变得再单纯些，再高尚些，再善良些，要不怎么配得上她，一个好女孩是一所学校，不管能否拥有她。

"下地喽！下地喽！二副开门！"水手小张在外面晃着门把手说，"大白天关什么门？"

"换衣服，你们先等一会儿。"二副急忙收起信，然后换下工作服。

"我们在梯口等你吧，快点呀！"

二副与几个水手乘出租车下地，说是出租车其实就是个有篷的摩托车，车上俩人，一个在前面开车，一个站后面踏板上指挥。刚离开船几百米，就有三个警察拦住车，逐一检查登陆证，核对无误才放行。

虽然将近日落，仍然闷热，路也不好走，坑坑洼洼，年久失修的模样。一路上满目贫穷干旱的景象，尘土像浓雾一样飘荡空中，居民衣服破旧，不时有几个妇人聚集一处，坐在路边，摆着菜篮，叫卖水果等物品。

车篷内狭窄，几个人挤一起，憋闷得厉害，路上又多次受到警察盘查，走走停停，更让人受不了。警察们担心车上有人偷渡，其实这样贫穷的地方谁愿意偷渡到这里？

本想让司机带到海员俱乐部兑换美元，他们却不听指挥，把大家带到一个也叫俱乐部的地方。这里霓虹闪烁，有许多身材苗条、体格风骚、肤色各异的女孩。有的陪客人聊天，有的陪客人喝酒，有的陪客人跳舞，还有的独自面对镜子狂跳，一副自我陶醉的样子。这地方虽然也叫俱乐部，其实就是一家妓院，不兑换美元，却可以用美元消费。

水头和大厨早就到了，他俩与大副同住在公司一个生活区，关系密切，经常晚上聚一起喝酒。大副靠泊期间较忙，与他俩的兴趣也不一致。他俩每到码头必找小姐，这在船上早不是秘密了。二副几个在靠窗的桌子坐下来，每人要了一瓶啤酒，又点了一盘花生米，还有几样干果。几个女的走上来，拉他们一起喝酒，其实是想谈"生意"。尽管她们软磨硬泡，施展魅力，他们仍不为所动，只好无奈地走了。

　　大厅内不见了水头与大厨的踪影，估计是上楼去了。二副边喝酒边欣赏窗外的景色。不远处，一个黑人朝拜者在那里祈祷，一块不大的圆形水泥地面正中有个土台，土台上面铺着草席。那人虔诚地肃立土台上，先是静静地站立，然后双手上举至耳，再缓缓垂下，又仔细地整理衣服，躬腰片刻，然后再直立，跪地拜下，侧坐片刻，再拜，然后起立……二副被黑人郑重其事的样子打动了，他们朝拜的目的肯定是为了改变自己的命运，可这么贫穷的地方怎么改变？

　　几个人喝完酒，想另找地方换美元。结账时每瓶啤酒三美元，喝了五瓶，却收七瓶的钱，仅一盘花生米就五美元。这么落后的地方，这么高的消费水平出乎大家意料。

　　收银员斜昂着头，吹着口哨，一副不容置疑的表情。出了俱乐部，二副问候在那里的出租车司机周围是否还有俱乐部。司机狡黠地眨着眼睛说，有，但不情愿去，想让他们继续在这里消费。二副执意去别家，司机推脱说车没有油了，要五美元加油。二副给了他五美元，司机才同意走。

　　刚走不久又被警察拦住，盘查登陆证，说二水小周的证过期两天了，要没收，还要罚款。其实登陆证是一起办的，又刚靠泊，根本不可能过期。可"秀才遇上兵有理说不清"。

　　司机让船员们交钱。二副让他先垫上，换钱后再还他。司机拿出五百奈拉，抽出一张一百奈拉的给了警察，其他的又放回口袋中，却说给了警察五百奈拉。

　　终于又到了一家俱乐部，这个俱乐部比较大，也比较正规。大家换了钱，先把欠司机的钱还上，又在附近玩了一会儿，然后就要回船。一上车，司机又要十美元加油，二副解释刚给过他了，他却说用完了，不给钱就不走，一副死猪不怕开水烫的样子。大家说打车费包括油费，僵持着不给。那司机说这不是在中国！后面那个也威胁说，别浪费时间，否则会有更多麻烦！

二副只好又给了他们十美元，本想再没事了，谁知没过一会儿，又"呼啦"围上几个人，拦住车，要十美元。二副这次决定不给了，并希望司机给说说情。司机却说不给钱就下车，人身安全他不负责。显然他们是同伙，二副又给了他们十美元。几个人商定，回船再与他们算总账。

　　快到船头时，司机好似看出大家的预谋，停那里不走了，让船员们下车。看到船，大家心里有底气了，无论如何也不下车，司机只好送到船边。二副让其他船员先不要下，独自跑上船叫看船人，代理恰好也在梯口，与看船人一起下船交涉。

　　没多久，几个水手上来了，又过了不久，代理与司机边说边走上来。司机见到梯口的二副，问他是不是二副。二副说是，那人狠狠地盯着他，冷冷地说："谢谢！"然后就下船走了。

　　代理对二副说，遇上大麻烦了，得罪了当地黑社会，要叫警察保护他，二副没同意。但是大家都提醒二副要多加小心。

02

　　接连几天，并没有黑社会人员上船，警察却上来次数很多。大家都心知肚明，他们并不是为了保护二副，而是找各种借口要东西。

　　西天如奔流岩浆的云霞渐渐地隐去了，只剩下一抹血红停留在那里。几台高大的橘红色岸吊轮番向岸边卸大米，舱口周围弥漫着灰尘，许多白花花的米粒撒落甲板上。

　　梯口处三副与水手小杨值班。看船人也在梯口处值守，他头戴一顶黑色的瓜皮帽，衣着很随便，上衣系在腰间，一副大大咧咧的样子，走起路来，手向后一甩一甩，不断用汉语说"功夫，功夫……"

　　见看船人如此滑稽，小杨乐了。他留着长发，原先在家混社会，现在又出来闯江湖，性格粗犷，上学时不好好读书，却自学武功，听说曾用手砍过砖头，不过砖头没断，手却受了重伤。最后武功没学成，学也没上好，高中毕业后通过招聘进公司当了水手。

小杨在梯口接连摆出几个动作，打了一套拳法。看船人见了目瞪口呆，连呼"功夫，功夫，中国功夫！"还在一边跟着比画。

三副站在梯口与理货工人高谈阔论，理货工人直夸他的口语好，三副也深以为然。理货工人问他下一港开哪儿，三副无所不晓地随口说，开美国。这是刚得到的航次指令，电报恰好是他接收的，下航次期租，开美国新奥尔良装大豆回国内张家港。

船长早就说过下港开哪不要告诉工人，可是三副总是处于迷糊状态，一副没睡醒的样子，其实就是真正睡醒时，他也总是迷糊，所以大家都尊称他为"泥匠"，就是糊糊涂涂的意思，私下里都叫他"傻逼"。

梯口电话正好响了，小杨急忙接起来，是船长打过来的。问："三副呢？"

"老三！船长电话！"

三副刚接过话筒，船长就训道："上船的人员先问问是干什么的，不要把不三不四的什么人都向我房间带！"

从生活区走出来几个人，显然是刚从船长那里出来的，说是港口当局的，上船特别交代要挂好老鼠挡，其实纯粹是为了要东西。这几天上船的人络绎不绝，大部分都是打着各种旗号上船要东西。三副总是不问青红皂白，直接让去船长房间。船长实在是招架不住了，才打下来电话。

恰在这时又有两个警察上船，要找船长。三副急忙拦住问他们干什么。警察问为什么不降他们的国旗。三副解释说还没到日落时间。警察说他们国家规定升降旗是早六点和晚六点，不按日出日落，而现在已过六点，要罚款。三副只好又让他们找船长。船长好说歹说，送了不少东西才打发走他们。

警察走后，船长随后下来，见到三副就劈头盖脸地训道："在锚地那么长时间为什么不好好看看进港指南？什么时候降旗都不知道！还有，我三令五申地说本港要注意防偷盗、偷渡，让你把救生设备早早收起来，结果还是让人把救生圈拿走了。"

三副急忙分辩说："小事，忘了，忘了，小事……"

"小事你忘了，大事你想着做不了，什么活也找水头他们帮着干。他们有他们的工作，你看二副什么工作找别人替他干过？收救生圈的事水头还提醒过你，结果还是被偷走了。"船长仍不依不饶地说，"就你这水平PSC检查（港口国检查）我能放心吗？你会砸了全船弟兄们的饭碗！你到底能不能干？这样干活我怎么放心，航海是要靠真本事的，不是凭关系就能行的，我就纳闷当初你怎么敢上这条船的？"

三副真是后悔上这条船，第一次干三副就遇上这么严厉的船长。他只是两年学制的中专，凭着公司里有关系，只上过一条船，海龄还不够一年，就把三副证书换出来，并且直接干上三副了。而船上几个本科生都上过几条船，现在还干水手。

有关系本无可厚非，但是他却一点也不含蓄，总是趾高气扬，摆出一副业务水平很高的样子。其实他心里一点也没有底，不只是他自己心里没底，全船人对他也都没底。刚上船的时候，只要晚上他值班，全船人都不敢睡。船长就更不敢睡了，总是趴他房间的窗子上盯着海面，尤其航行渔区，渔船多时，一盯就是几小时。

三副被骂了个狗血喷头，见船长走了，却一本正经地对小杨说："别看船长平日对我要求严，其实是想下次还带我干三副，你没见他带水头连干过好几条船。"

"你真幽默。"小杨笑道。全船人都知道船长想炒他鱿鱼，因为公司不同意，结果没炒成，他却还蒙在鼓里。

"我这个人走到哪里也没有人说我一个'不'字的。"三副继续自诩道，"除非说我是个傻逼。"

"做人做到你这个程度，也不容易了。"小杨讥讽地说。

"人过留名，雁过留声嘛。"三副还是一本正经地说。

小杨忍不住大笑起来，三副莫名其妙地问："你笑什么？"

"我笑你。"小杨实在没料到三副会这么傻。

"我有什么好笑？"三副急忙查看自己的工作服，以为有什么不对劲的地方。

小杨笑得更厉害了，停下来反问道："你有什么地方不可笑？"

"小杨，你女朋友漂亮吧？"三副转移话题说，"我女朋友可漂亮了，她的同学都叫她'一号'，当然就是最好的意思啦。"

"我们那地方'一号'就是厕所，去'一号'就是上厕所。"小杨笑道。

"小杨你去看看船头缆绳去。"三副吹牛不成，突然摆出领导的架子，其实根本没人把他当领导。

"梯口你可要看好了。"小杨说罢戴上安全帽向船头走去。与三副当班都由水手调缆绳，这是惯例，因为三副看不出缆绳松紧，就是看出松紧他自己也不会调，开绞缆机的马达他也找不到，可他从来不主动问水手，因为那样他会觉得没有领导面子。

二副正在房间给他女朋友写信。他的房间虽然不很大，但布局合理，空间得到充分利用，床、沙发、衣柜、茶几、写字台、洗手间……应有尽有。写字台上摆满了航海书籍，他早就持有大副证书，只是还没晋升。

写字台对面的墙上挂着一份挂历，一个外国小男孩手捧一支长长的红玫瑰递给小女孩。正在思索的二副抬头看到挂历，突然笑了，用笔在上面加上对话。男孩："Which color rose do you prefer, red or yellow?（你喜欢什么颜色的玫瑰，红色还是黄色？）"女孩："Red rose……（我喜欢红玫瑰……）"

刚写完信，二副就听见外面一阵喧闹，急忙走出房间，循着声音走到梯口，只见许多黑人沿着舷梯蜂拥而上，三副正张开两手阻拦他们。小杨也从甲板跑来帮忙，但是哪能挡得住。黑人们拥到舱口围处，争相捡甲板上撒落的粮食。人还在不断往上拥，二副急忙用梯口处的电话拨"零"广播："有人抢粮食了，抢粮食了！"这样全船的人就能听到，纷纷跑出来阻止。

甲板上人头攒动，一片混乱，饥不择食的黑人喊着叫着，拥挤在甲板上抢大米。混乱中，有一个黑人竟被挤下船，摔到码头上，当场死了……

出了人命，船员们都吓坏了，船长更是吓得面如土色。急忙找来代理，代理看了看现场，让船长拿一箱啤酒，并承诺帮着摆平。船长一下给了他两箱，说如果不够用还可以给，并让人送下船。代理走后，没过多久，尸体就被人抬走了。代理也没再回来要啤酒，一条生命就这样结束了。

随后几天抢粮食的事再没发生。开航这天是大副的生日，晚上加餐，六菜一汤，每人发两瓶啤酒。在船上每个船员的生日都记录在大厨那里，遇上了都要加餐祝贺。本来大副是后天过生日的，因为开航后要冲舱，比较忙，所以经大副同意调到今天过了。

二副戴着口罩在梯口替小杨当班，让小杨先去吃饭。其实不论按职务还是年龄他都可以先吃，但他总让水手先吃，再说今天加餐，二副不喜欢喝酒，也不好热闹。

菜都上齐了，先吃蛋糕，这是早就买好冷藏在冰库的，蛋糕上插了六根蜡烛，点上，有船员把灯关了，嚷着大副吹蜡烛。大副身材高大，一副憨厚的样子，一双小眼睛白多黑少。在众人的怂恿下，他吹熄了蜡烛，然后打开灯，分吃蛋糕。

餐厅里气氛热烈，船员们轮番向大副敬酒。音响也打开了，有喝到高兴的就拿起麦克风唱几句。这种场面小杨当然不会放过，抢过麦克风，甩着长发，自我陶醉式地嚎道："我是一匹来自北方的狼，走在无垠的旷野中……"

船长几杯酒下肚，要过麦克风，清了清嗓子说："今天是大副的生日，我告诉大家两个好消息，第一个也作为生日礼物送给大副。我已经给公司发报，我休假后，推荐大副接船长。另一个好消息，我们这条船做得很好，公司非常满意，已经作为标兵船上报给总公司。这是我们全船兄弟们共同努力的结果。十万元标兵船奖金没问题，大副接船长也没问题，来，大家共同举杯，为未来的船长干杯！"

大副站起来，强按住心头的兴奋道："毛主席说：我们都是来自五湖四海，为了一个共同的革命目标，走到一起来了。谢谢大家，谢谢船长，来干杯！"

大副知道标兵船对他意味着什么，他今年四十六岁，持船长证书后又干过三条船了，一直没接上船长。这条船他势在必得，作为甲板部的部门长，在日常工作中他严格地按照船长的要求来管理操作，甚至变本加厉，如果这次获得标兵船，他功不可没。作为船长老乡的他，目标只有一个，好好干，让船长满意，等船长休假了推荐他接船长，今天他终于如愿以偿了。

"妈祖"轮将近二十年船龄，看上去却如同新船一样。"甲板无锈迹，机舱无油滴。"这就是船长的追求目标，更是大副的追求目标。为了这个目标，水手们每天加班加点地干。这样一条老船，不但船体保养得好，一年来挂靠的所有港口PSC检查都无缺陷通过，每个航次都抓船期，降成本，并且航行从无事故，标兵船的称号是当之无愧的，每个船员都觉得这是理所当然的。

"今天大家尽情喝，尽情唱，但是我再重申一遍，本港偷渡厉害，下港开奥尔良的消息要对外保密。预计晚上十一点完货，下地玩的早点回来，做好开航前检查。"船长喝了一杯啤酒，看着水头笑着补充说，"有些同志要多注意点身体。"

"船长您放心，保证早点回船做好开航前检查。"水头不好意思地笑道。他四十五六岁，面色黝黑，牙被烟熏得黢黑，总是皮笑肉不笑，一笑起来眼角皱纹就聚在一起，看上去比实际年龄大很多。

二副回餐厅吃饭时，船长正在唱京剧："苏三离了洪洞县，将身来在大街前。未曾开言我心内惨，过往的君子听我言……"

船长闲暇时喜欢听戏曲，书架上摆了很多唱片，像他们这个年龄应该没多少人喜欢听戏曲了，他却听得津津有味，高兴了还经常唱几句，男腔女腔都会，听起来蛮专业的。

一曲唱罢，大家鼓掌，船长就拉刚进餐厅的二副也唱一首。二副推辞不掉，就唱了首《窗外》："……再见了心爱的梦中女孩，我将要去远方寻找未来，假如我有一天荣归故里，再到你窗外诉说情怀……"

饭后，餐厅里有看当地电视的，有打扑克的，还有下象棋的。水头衣着整齐地在餐厅等大厨下地,对正在吃饭的二副说:"老二,你那小弟跟着你委屈死了,别太难为自己,男人嘛,就要活得轻松一些。"

这地方太乱,自从代理用一箱啤酒摆平一条人命后,就很少有船员敢下地了,但是水头还是一如既往地下去。他太离不开女人了。平时分劳务费时,为一点钱就争得面红耳赤,口口声声说不是为了钱,而是为了原则,可是不管花在女人身上多少钱,他却从不心疼。

"这地方性病厉害,你千万注意点。"二副劝道。

"航海业务我不如你,这方面你就不如我了,有时间我专门给你搞个培训。"

吃完饭,二副也到下班时间了,刚想回房间看书。老轨一把拉住他说:"老二,来,再杀你把,今天一定要教训教训你!"

二副象棋下得好,船上除了老轨能和他下几局,别人都不是他对手。当然并不是老轨水平有多高,而是老轨自称是妈祖轮上最不怕输的人,就愿找高手下棋。

老轨没容他考虑,就把棋先摆上了,见二副还没摆好,就把几个"兵"一一摆正,笑道:"这样才方便向前攻。"

老轨广泛发动群众,群力群策,有帮他悔棋的,有帮他多走步的。二副依然镇定自若地下着,落子无悔,是他的一贯做法。当然他也同样这样要求对方。可老轨一旦走错了,马上就有别人帮他悔棋,就这样老轨还是招架不住。有人主动帮二副走棋,二副这才"输"了。

"老二,就你这水平,我真纳闷原先我是怎么输的,你别走!再来一把……"二副欲走,老轨一把拉住他说。

小杨下班时,餐厅内船员们正玩得热闹。他最喜欢凑热闹,却到处插不上手。木匠把扑克按梯形排列七行,然后按数字顺序把扑克一张张打开。小杨上去指挥道:"老头,我告诉你,这样才能开!"

木匠年近六十,头顶秃了,马上面临退休,这将是他航海生涯中工作的最后一条船。他为人耿直,爱争论,得理不饶人,被称为妈祖轮上的一号杠杠头,就是能抬杠的意思。他以为小杨笑他不会开牌,有些不耐烦地说:"去,去,我这样开一辈子牌了,还不知道吗?!"

"你这样开,一辈子也开不了一把。"小杨也不示弱,俩人又抬起杠来。小杨是妈祖轮上的二号杠杠头,因为他抬杠偶尔讲些道理,而木匠抬杠就是抬杠,什么也不讲,所以小杨只能屈居第二了。

"坏了,坏了,以后到西班牙看不到斗牛了。"木匠说。

"怎么看不到了?"小杨莫名其妙地问。

"都让你吹死了呗。"木匠故意拉长语调说。

大家听了木匠的话,哄堂大笑起来。小杨不好意思地笑笑,没再说什么。这就是他的长处,也是他的可爱之处,被人开涮,不管开到什么程度,他从不会翻脸生气。

木匠开了一会儿扑克,边洗牌边冲大家说:"我说个歇后语你们猜,谁猜出来有奖,小母牛玩倒立——"

"牛皮冲天!"有人回答。

"小母牛排队呢?"又有人问。

"牛皮一个接一个"

"小母牛坐飞机——"

"牛皮满天飞!"……

大家挖空心思开涮小杨,他在餐厅再也待不下去了,就到餐厅前的娱乐室看打乒乓球。几个人打得正热闹。

"妈祖轮上打乒乓球高手如云呀,有机会排一排名次。"二水小周说。

"排名按什么排?按吹牛,小牛肯定第一;按花样,小张第一;按实际水平就很难说了……"

打球按淘汰赛,谁败了谁下场。小杨今天发挥得相当出色,接连打下几个,最后船长上去也被他打了下去。

船长自我解嘲说:"今天不知怎么的,有些眼花。"

谁知小杨根本就不给他台阶下,拿腔拿调地说:"我不是吹牛,在妈祖轮上与我打球,不光你眼花,没有一个不眼花的。"

晚上十点钟,甲板灯照得甲板和货舱亮如白昼。挖掘机被陆续从货舱中吊出来，船边高大的橘红色岸吊已停下几台，一批批工人纷纷离船。

马上就要完货了。水头与大厨下地还没回来。三副不敢怠慢，急忙打电话通知船长。船长一听就急了，水头虽然跟他同过几条船，但这次太过分了，到现在还没回来，晚饭时他还特意交代过，让他早点回来。

直到完货，水头与大厨仍没回来。代理上船办离港手续时，船长让他一起下地找。如果两个船员漏船，那将是大事故。

03

代理带船长找了几处地方，最终在一家俱乐部找到水头和大厨。不知水头怎么得罪了小姐，结果俩人身上所有的钱花光了还不够，语言又不通，不让走人了。代理与俱乐部颇为熟悉，说了些好话，船长付上钱，最后俱乐部才同意放人。

人总算回来了，大家虚惊一场，只是耽误了些船期。办完出口手续，直到凌晨两点才开航。

这航次期租（租家按所用船舶时间付船东租金）给欧洲租家，到美国装大豆回国内。租家答应给三千美元洗舱费，如果验舱一次性通过，还加奖金。三千美元，差不多是公司自身运营洗舱费的三倍，所以船员们最乐意期租。

早饭后，三副和水手都被撤下驾驶台去冲舱。船长亲自到驾驶台当班。水手们身穿雨衣，走出生活区，奔向甲板，纷纷下到货舱，船长不由得唱起《沙家浜》："想当初，老子的队伍才开张，拢共才有十几个人，七八条枪……"

冲舱工作由水头具体指挥，他率先到艏尖舱物料间取冲舱所用工具。靠码头期间，艏尖舱用防盗螺丝关着。普通螺丝是六边形，而这种螺丝是五边形，旋进一个敦厚的铁筒内，必须专用套筒才能打开。

水头打开门，还没来得及开灯，就见拐角处一团黑乎乎的东西。那东西见到光亮，突然尖叫一声。水头完全没想到这里面竟有活物，听到这突如其来的叫声，当即朝后一仰，倒在地上。木匠随后听到响声，急忙与几个水手进去，扶起水头，掐人中，打耳光，水头这才苏醒过来。再看那黑乎乎的东西，竟是一个黑人！从头到脚全是黑的，就连衣服也是黑的，牙齿却出奇的白，眼睛忽闪忽闪，充满恐惧，显然也被吓着了。水头冲上去，一把抓过偷渡客，边骂边打了一顿耳光。众人又在物料间找了会儿，又发现一个偷渡客。应是卸货期间，船员们开艏尖舱取用工具，他们乘机混入的。

　　木匠急忙上驾驶台报告船长。船长一下懵了，手支在前额，怔那里几秒，脸上没有丝毫表情。因为开航前自己太忙，又加上当时水头回来晚了，安全检查的事忘得一干二净，没敦促船员们仔细检查。只是由木匠带人粗略地查了一遍，谁也没想到上锁的艏尖舱会出问题。

　　大副刚值完四到八点的班，还没写完航海日志，就听木匠说有偷渡的，果断地对船长说："扔海去！"

　　"不能扔！这事最好报告公司，请求处理意见。"木匠反对道。他是公司的老水手长了，公司现任许多领导都曾跟他干过，本来安排他到这船干水头的，可因为他年纪大，船长又要带自己的水头，所以他就在船上担任木匠。

　　"绝对不能报告公司。如果报告了谁都没好果子啃。"趴在海图桌上的大副一下弹起来，脸霎时涨红了，就像听到将要断奶消息的孩子。他马上就要接任船长，如果公司知道船上发生这样的事，特别在甲板上，作为部门长他更脱不了干系，船长梦肯定没戏了。

　　"这是两条人命呀！"木匠仍坚持说。

　　"毛主席教导我们：'凡是反动的东西，你不打，他就不倒。'"大副怂恿船长说，"船长，这事交给我办就行了。"

　　"抓紧派人全船搜搜，看还有没有了！"船长思索了一会儿命令道。

　　大副写完航海日志，拿起防海盗用的两尺多长的不锈钢短棍，气势汹汹地向船头奔去。到了艄尖舱，见到两个偷渡客蜷缩在那里，眼内充满恐惧。这些偷渡客根本就没好好藏一下，天真地以为只要开航，离开他们的国家就万事大吉了，他们甚至根本不知道下港开哪儿。

"抓紧再搜一下！"大副命令道。水手们分头行动，全船搜索，又在桅房里发现两名偷渡客，共四人。大副没想到竟有这么多偷渡客，不禁犹豫起来，让木匠去驾驶台报告船长。

船长本不希望再发现偷渡客了，因为大副主动请缨，也想偷偷地处理掉，但一听说四个人，也觉得棘手。现在离岸太近，人多目标大，容易被人发现，再加上木匠强烈反对，只好吩咐先把偷渡客关进理货房。

理货房位于右舷梯口处，专门供码头理货人员与工头休息的场所，仅有四五平方米。大副率领水手把偷渡客赶进理货房，亲自拧紧扳手，又拧好中间的螺旋把手，用绳子拉紧，再加了一把大铜锁。他还是不放心，又围着理货房转了一圈，四壁都是钢板，唯有高处一个小窗子，用作通风采光的，根本容不下人向外爬，即使爬出来，四处没有抓手，竖直跌下来也会摔死。为确保万无一失，大副又派水头与小杨看守。随后，他亲自到驾驶台找船长去了。

此时船长正在训斥木匠："你们怎么做的开航前检查？竟然有四个偷渡的！你说怎么办？怎么办?！"

"没检查仔细，我负有一定责任。但事已发生了，后悔也晚了，还是报告公司吧。"木匠说。只要不把人扔海去，他愿意接受所有的惩罚。

"报告公司？眼看到手的十万元奖金你给弟兄们发？他们付出了多少你知道吗？就是报告公司，那帮大爷也没有好办法，还会骂我们不会办事！公司这些人我是知道的，没有一个愿意承担责任！"船长气愤地说，"我也考虑了，没有别的办法，只能按大副的意思办。"

"把人扔海去，我反对！"木匠的杠杠头脾气又上来了。

"这是为你们擦屁股！"船长也来气了。木匠自部队转业，一直保留着部队的优秀作风，包括服从，没想到他今天竟敢顶撞自己。

"真扔的话，也要给他们穿上替下的救生衣，这样比较人道。"木匠让步说。

船长气愤地说："现在要人道了！你们早干什么去了？救生衣能给他们吗？曾有条船就是因为给了偷渡客救生衣，结果有人活下来，按照救生衣上的船名找到船的。"

大副来到驾驶台，见木匠与船长都气哼哼地站那里，就劝木匠说："木匠，你年纪大了，这事就别管了。毛主席教导我们'革命不是请客吃饭，不是做文章……革命是暴动，是一个阶级推翻一个阶级的暴烈的行动。'"

船长果断地对木匠说："你以为我愿意这样做吗？这事就这么定了，中午先扔两个下去。前面马上来风了，大家抢着冲舱，哪能分出人手看管他们？你到理货房看着，少一个，你负全责！"

木匠不敢再说什么，悻悻地下去了。船长看着他稍微佝偻的背影骂道："真是个大傻，傻气'咕咚、咕咚'地向外冒。报告公司，这不是自己找事吗？"随后叮嘱大副赶紧锁上报房，别让木匠联系上公司，弄出事来。

水头和小杨冲舱去了，看管偷渡客的任务落在木匠身上。他坐在梯口处一把椅子上，面对理货房，脸色死灰，欲哭的样子。他反对把偷渡客扔海里去，但船长与大副都是他的顶头上司，他又能怎么办？只能屈从于他们的淫威了。

午后，骄阳似火，水头叫所有水手到理货房处，宣布了船长与大副的命令。水手们当即反对起来。水头仗着自己与船长同过多次船的关系，平日里对水手们颐指气使，除了刚上船实习的二水小周，与其他水手们都不合。小杨在水手中人缘较好，这次又带头起哄，更让他气愤。但这是船长的命令，不由他们不服从。恰好大副来了，水头乘机告状。大副当众狠训了小杨一顿。

大副吩咐水头打开理货房，用英语骗偷渡客说送他们回去，让他们一个个出来，送到小艇上。

偷渡客争吵了许久，却没人出来。大副威逼利诱，不断催促他们，最后一个个头较矮、身材消瘦的偷渡客探头探脑地出来。大副示意水头重新关上门,对出来的偷渡客说跟他走。大副带着偷渡客从右舷进入左右贯通的长廊,向左舷走去。刚到中间,水头乘其不备从后面拦腰抱住,那偷渡客受此袭击,尖叫一声,奋力挣扎,大声呼叫,无奈水头高大强壮,瘦小的他根本挣脱不了。水头盼咐小杨赶紧捆偷渡客,小杨一时愣那里没动。水头骂骂咧咧地说:"妈的,快点!"小杨与二水小周慌忙拿起绳子,结结实实地捆住偷渡客的手脚,然后抬到洗衣间。

大副又回去叫理货房的偷渡客,再也没人出来。大副万万没想到会出现这样的局面,又想了不少办法,说了不少好话,但还是无济于事。显然,刚才那个偷渡客的叫声让他们听到了。

二副中午吃饭时,听大厨说起偷渡的事,匆匆到了驾驶台。船长在驾驶台来回走动,满脸焦躁,不断地叫骂:"简直就是饭桶,能干点什么?"

电话响了,船长顺手抓起话筒,说:"只捆了一个?剩下的死活不出来了?"船长气得"啪"一下挂上电话。

"船长,准备怎么处理?"二副试探着问。

"有别的办法吗?下海!"船长冷冷地说。

二副顿时怔住了,这是四条人命呀,这不等于判了他们死刑嘛,可他们并没有犯死罪呀。在盛怒之下的船长面前他向来不敢多说什么。但如今人命关天,他不能再犹豫,就小心翼翼地说:"船长,这事一定要慎重,我觉得这样做不妥。"

"那能怎么办?"船长稍微平静了一些。其实他也一直在打退堂鼓。

"不管怎样,也不能害死他们,这是人命呀。"

"但是报告公司,奖金就完了,我们这些人还要受处分。"船长无奈地说。

"船上这么多人,出了人命,一旦传出去,后果会很严重的,受影响最大的还是船长你呀。"二副晓以利害地说。

"这事谁传出去,就说是谁引渡的!"船长说。

"这样做我们的良心上能过得去吗?说不定会后悔一辈子。不就是奖金吗,就是工资也没了,我们失业了又能怎样?钱可以慢慢挣,但是人命不是钱能买来的,船长你一定要慎重呀。"二副苦口婆心地劝说。

"你马上下去通知大副,先暂时停止行动。"船长终于下了决心。

大副还在引诱理货房的偷渡客出来,但里面毫无动静。里面的人不出来,外面的人又不敢进去。大副只好吩咐先把捆好的扔下海,可水手们都不敢动手,最后大副与水头各抓着黑人的一只胳膊,像拎小鸡似的提到船边。正要向下扔时,恰好二副下来,让他们住手。大副知道二副坏了他的好事,白多黑少的眼珠狠瞪了他一会儿,说:"成事不足,败事有余!"扔下偷渡客,气呼呼地找船长去了。

"船长,怎么回事?不是说好了吗?这事不用你出面。"大副一到驾驶台就怂恿船长。

船长见到大副,又犹豫起来,搪塞说:"现在是大白天,最好半夜行动,再说只扔一个也没什么意思。"

船长在驾驶台走来走去,妈祖神像两手搭在胸前,面色平静地看着这一切。船长突然也看到了她,急忙从神龛上抽出三根香。他点火的手有些颤抖,好长时间才点燃香,却怎么也插不进香炉。炉内断香太多了,他没好气地拔出一些,才勉强插进去。

二副也随后上了驾驶台,替船长当班。船长下去,来到理货房,看见满脸沮丧的木匠,又骂了他一个狗血喷头。虽然船长个头不高,发怒时异常可怕,眉毛倒竖成八字,可能由于眉毛的牵动,眼也成倒三角,满脸涨红,骂到兴致时,甚至要上前动手。好在大副随后下来,急忙拉住他。

木匠坐在椅子上,脸色铁青,一句话也没说。他知道船长是想通过发怒来向他施加压力,迫使自己同意他们。他从没感到如此孤立、如此无助。大副、水头都是船长的忠实信徒,水手们都不敢说话,机舱人员都明哲保身,置身事外。如今只有二副了……

二副独自在驾驶台,几个偷渡客的命运同样牵动着他的心,船长能否接受他的建议他没有把握,他们把很多东西看得比生命还重要。

船长到餐厅就餐时,木匠乘机从室外楼梯上了驾驶台,二副问道:"木匠,吃饭了吗?"

木匠没有回答,站在门口好大一会儿。一天下来他明显苍老了,脸上没有一点血色。船长很强势,根本没把他这个老头放眼里。眼看几条人命就要断送了,他心里焦急万分。

"木匠,不能把偷渡客扔海去,这是人命呀!"二副小声说。在处理偷渡这个问题上他估计木匠是反对的。

"现在他们这么凶,我们又与公司联系不上,我也没有什么办法。再说真报告公司并不一定是好事,最好把他们偷偷放了。"木匠小声道。

木匠没说几句话就悄悄下去了。他知道惹恼了船长,自己就像一只苍蝇,飞到哪里也得不到欢迎,说不定还会给别人造成麻烦。

下午,船长替二副当班。二副与水手们一起冲舱。水手们都知道二副反对把偷渡客扔海里,边冲舱边与他窃窃私语,都说中午的处理方式太残忍了,但大家都不敢反抗。二副知道自己在船长和大副面前也是人微言轻,只能尽最大的努力争取。船长究竟会怎样处理这些偷渡客?自己又该怎么办?他感到很压抑,疯狂地用高压水枪击打着舱壁。不知为什么,他脑海里总浮现出土台上的那个朝拜者。出生在贫穷的地方并不是他们的过错,也不是他们自己的选择。他们也想改变自己的命运,没想到却落到这般下场。

04

冲舱工作很累,再加上偷渡的事像阴云一样笼罩着每个人的心头。晚饭后,大家都悄悄地回到各自房间。平时欢声笑语的餐厅,一片寂静。

二副坐在房间看书,怎么也看不进去。突然有人敲门,船长接着推门进来,转身悄悄地关上门。面对这位稀客,二副知道他肯定为偷渡客而来。

果然，船长先讲了一会儿他的难处，紧接着意味深长地说："明天早晨两点钟，你与大副、水头三个人到船尾执行任务……"

二副知道是要处理偷渡客，就问："怎么处理？"

"送到筏子上，够人道了吧。"船长皮笑肉不笑地说。

"送到铁筏子上吗？"二副以为是送到闲置于烟囱与生活区之间的筏子，只偶尔用来保养船壳。因为长期露天敞口存放，早已锈迹斑斑。

"怎么这么不灵活？你把筏子送给他们吧！"船长有些气恼地说。

二副这才知道船长决定害死他们，就劝道："船长，绝对不能这样做！放他们一条生路吧，这都是人命呀。"

"老二，我见你平时口比较严，所以才让你与大副、水头去做这事。这事只有天知、地知，我们四人知道，保证不会传出去。"船长安慰说。

"这是四条人命呀，这样做会一辈子受到良心谴责的。"二副继续恳求道。

"这事我已经考虑好了。"船长态度坚决地说。

"船长，如果你真要这么做，我绝对不会做的！"二副也坚定地说，"你另换人吧，不过我会替你们保密的。"

"我们船上是半军事化管理，必须服从命令！"船长冷冷地说。

二副感到脊背一阵阵发冷。他知道船长是想把自己与他们的集团绑在一起，让自己充当刽子手。可这不是杀人吗？这是犯罪！既然船长说了他们的计划，自己不做船长肯善罢甘休吗？现在不是充好汉的时候，就认怂说："我不敢，我从小就胆小，连杀鸡我也害怕……"

"唉，你下去与大副说吧，让他换人。"船长思索了一会儿说，"我累了，回房间睡一会儿。"疲惫地转身，带上门走了。

二副来到理货房处，只见大副拿着红火号信号弹在那里摆弄，水手们则手持铁锹、太平斧之类的工具，猫在理货房下，一个个就像巷战中将要突击的战士，不过他们面对的敌人却是手无寸铁、瘦骨嶙峋的偷渡客。与白天不同的是，防盗门上又加了许多绳索，窗子也被插上粗大的木棍，下面用绳索固定住，里面的人完全没可能爬出来。

大副见到二副，高兴地说："老二，你来得正好，这红火号怎么用？"

二副急忙把他拉到一旁说："大副，我们这是在犯罪，你劝劝船长别这样干了。如果真这样干，我可不敢，船长让你另换别人。"

"有什么好怕的？今晚用不着你了，你说这红火号怎么用吧？"大副出奇地大度，看来他已想出更好的对策，是不是想用红火号烧死他们，二副犹豫着不想告诉他用法。

大副不知怎么摸索着竟把信号弹启动了，急忙向窗子里扔，因为窗子太高，窗口狭小，结果没扔进去，信号弹在梯口处燃烧了好久才熄灭，甲板上烟雾弥漫，红光映照着每个水手的脸，他们一个个如临大敌。

理货房内的偷渡客大声尖叫："Why？Why？（为什么？为什么？）"

大副好似一个放焰火的孩子，觉得这样好玩，满脸笑容地又启动了第二枚红火号，这次准备充分，一下从窗子扔进去。理货房内顿时映红了，偷渡客大声尖叫、呼救、哭泣……有的拍门，有的爬上窗子向外喊。红火号燃烧了一会儿，突然熄灭了。

"妈的，可能让他们踩灭了。"大副气急败坏地说，"用水枪灌他们！"

水头建议说："还是用二氧化碳吧！"

二副这才明白，他们要直接害死他们，然后再扔海，难怪用不到自己了呢。用水还好，如果真用二氧化碳，偷渡客必死无疑，因为二氧化碳喷出来的是干冰，即使不让人窒息，也会冻死的。于是就对水头说："二氧化碳灭火器数目固定，如果少了会影响 PSC 检查的。"一听说会影响检查，水头不敢再说什么，他一直把 PSC 检查看得很神圣。

二副再也不敢向下看了，太可怕了，这与杀人没什么区别，整条船简直就是一座集中营，充满白色恐怖。这就是海员吗？与海盗有什么区别。

知道船长起了杀心，谁敢说半个不字，现在人人自危，战战兢兢。四条生命就要结束了，在自己的眼前结束了，自己能做什么？他觉得无论如何再争取一次，哪怕挨打受骂，也要尽自己努力再求船长一次。

船长回到房间却没有一点睡意，打开音响，是《姊妹易嫁》。他平时最爱听的曲子，可越听越心烦，只好关上了。他从冰箱拿出一瓶啤酒，打开，颓废地瘫坐在沙发上，猛喝两口，把酒瓶砸在茶几上。作为一船之长，他知道这样做的严重性，但是如果报告公司，首先就要追究船上责任，特别是他船长的责任，没有督促做好开航前检查。按航海惯例，船上发现偷渡客，船东要负责把偷渡客送回原国家，可这些人没有证件，属无国籍人员，多数国家都会拒绝他们过境，并且每到港口都要申报，靠泊后医生会首先上船给他们做体检，做化验，询问他们的饮食状况，有无受到虐待……折腾完这些后，偷渡客最后还得留在船上。这样一港一港地转，只有回到他们的国家或与之有遣返协议的国家，才能让这些人下船，但要花掉船东一大笔费用。船员们最担心偷渡客突然生病，所以偷渡客在船上往往享受超级待遇。

即使报告公司，公司领导们也不会承担责任，倒霉的还是自己。别说标兵船十万元奖金没了，就是下次上船也很难，说不定还要被开除。最后公司为了节省费用，减少麻烦，还是会让船上自己想办法。可是把他们扔海里去，这是四条生命呀，一旦泄露出去，后果不堪设想。

二副来到船长的房间，船长取出一瓶啤酒，递给他。二副没喝，坐了会儿说："船长，我觉得这样做太过分了。这么多人都知道了，恐怕早晚会泄漏出去，你看能不能这样……"

"你说！"船长急切地说，他也在担心大副这样做太张扬，满船风雨，很棘手。

"用木板和空油桶做个筏子，在离岸近的地方放下去，这样或许能给他们留条生路。"

"好办法！"船长腾地站了起来，高兴地拍着二副的肩膀说，"抓紧通知大副住手，让木匠连夜赶制筏子。"

二副见船长接受了自己的建议，高兴地跑下去。大副正吩咐水手们向理货房接皮龙，准备用高压水枪喷偷渡客。二副急忙上前阻止大副："船长让马上住手，用木板和油桶做筏子，送他们下海！"

大副正愁着无计可施，因为用水攻也未奏效，就急忙吩咐木匠、水头准备材料做筏子,他又找船长汇报去了。

大副一见船长就说:"留下活口,恐怕对我们不利,他们早晚会找到我们。"

"我并不是想留他们活口,但你这样做太直接了,人多眼杂,早晚会传出去的。用筏子可以遮人耳目,你想想这种筏子在海上能撑住几个浪?"

"高,高明!还是船长高明呀!"大副伸着大拇指,连连吹捧。

"还是老二提醒我的,他太年轻了,不知其中利害,就让全船人都相信我们没有害死他们。为了把戏演真,你还要给他们送上淡水和食品。"船长冷笑道。

"船长,你放心,这事我会办好的。"大副马上领会到船长的意图。

木匠和水手们在甲板上连夜赶制筏子,材料都是现成的,机舱的空油桶多,物料间里的木板也不少,把六个空油桶并排着焊在一起,然后在上面铺上木板。木匠做得一丝不苟,满脸都是汗水,他今年六十岁了,干完这条船就退休了,没承想在最后一条船上竟遇上这种事。他除了脾气倔、爱争论外,心地善良。他在尽最大努力为偷渡客打造生命之筏。

大副见木匠做得这么认真,生气地说:"做这么结实干什么?!用绳子捆一捆就行了。早点回去休息,明天还要冲舱!"

稀疏的头发盖在木匠前额上,论职务,大副是他的顶头上司;论年龄,他该是大副的父辈了。木匠眼里湿湿的,没有作声,仍然一丝不苟地打造筏子。大副见做得差不多了,又赶他们回去休息。等木匠他们走了,大副用脚踢了踢筏子,做得相当扎实。他又趴下看了看,敲了敲油桶,偷偷地拧下一个油桶的盖,看看四周无人,一下扔到海里。

木匠躲在暗处,大副的举止全看在眼里。等大副走后,他又找来一个油桶盖悄悄地拧上。

上午十点钟,二副从噩梦中醒来,吓出一身冷汗。他一直担心着偷渡客的命运,但是没有人告诉他。不知偷渡客怎样了?是不是被送下海了?他凌晨当班时,查看过海图,上午九点离岸最近,是送偷渡客下船的最佳时机，他们生存的希望会很大。

　　二副再也睡不着了，感到房间内异常闷热，起来冲了个凉水澡。他脑海里不时浮现出土台上那个黑人祈祷的影子。

　　下午，船长替二副值班。二副去甲板冲舱，经过理货房时，发现里面静悄悄的，房门仍上着锁，但绳子、棍子都撤了。他以为偷渡客已经离开了。冲舱时，小杨偷偷对他说，下午四点处理偷渡客，他才知上午没行动，而四点时，船离海岸最远。

　　天空飘着细密的小雨，空气温暖而潮湿，一团团云雾飘荡在海面上。妈祖轮像行驶在云层中。三点钟左右，大副从驾驶台下来，全船吆喝着找三副，要过期的救生饼干，送到筏子上，给偷渡客吃。

　　三副与二副一块冲舱，听见大副在舱口围叫他，以为让他执行任务，急忙夺过二副手中喷枪。舱底水压大，喷枪的反冲力也大，瘦弱的三副根本干不了这活。他果然招架不住，撒手不管了，水龙带如一条长龙，来回乱摆，水注四射，赶得大家到处乱跑。二副冲上去想踩住皮龙，被水枪击中大腿。他感到像被锤子击中一般，又湿又痛。他顾不上这些，终于踩住皮龙，抱了起来。三副得知大副只是问他饼干放在何处，这才放心。

　　大副让水手全部上去，水手们好似早就商量好了，都不上去。最后船长下了死命令，所有水手必须到理货房集合，水头又多次催逼，水手们才不情愿地一个个上去。而二副与三副一直冲舱，没有上去。

　　船长降下船速，水手们把简易筏子滑到水面，筏子在水面上来回颠簸，根本没法站人。船长又降了船速，筏子总算平稳些。

　　水手们身穿雨衣、水靴，手持铁锹、太平斧聚在理货房门口。大家都担心偷渡客会反抗，大副紧握不锈钢短棍，在理货房门口叫偷渡客出来，还说送他们回家，可里面的人根本不相信他。

　　最后偷渡客要求见一下早出来的同伴。大副只好把那个偷渡客放开，押着他去船边看了看筏子，再让他告诉里面的偷渡客。他们一天多没吃没喝了，早坚持不住了，只好从理货房出来。但是一看到外面的阵势马上就后悔了，想重新回去，但水头早把理货房的门锁了。

大副带人逼着他们向筏子走去。简易的筏子漂荡在水上，一点安全保障也没有，偷渡客坚决不下。大副命令向他们喷水，水头急忙打开水阀，水龙带顿时涨得滚圆，像长蛇一样在甲板上蹿动，白色的水柱径直冲向大海，远远地落进海中，溅起一串水花。小张和小周抱着水龙管，故作拿不住的样子一个劲地冲大海，却不敢冲甲板上的偷渡客。水头夺过来水枪，向偷渡客冲去……

船长在驾驶台异常烦躁，来回乱蹿。偷渡客没按他的方案顺利下海，出乎他意料。他不愿再看甲板上的情景，但相信大副会按他的意思办。他抽出三支香，点燃，插进香炉，然后双手合十，不知他祈祷什么？是祈求偷渡客死，还是祈求他们生呢？

水柱打到偷渡客身上，一天多没吃饭身体虚弱的偷渡客被打得踉踉跄跄，连连求饶。木匠感到心里很不是滋味，他想如果此时偷渡客手里有武器的话，一定会拼命的，可是他们手无寸铁，又没了力气，能做什么？

大副身边的偷渡客突然跪下了，随后其他的也全部跪下来，眼里充满着临死羔羊般的恐惧与垂死挣扎后的无奈。

生活在穷困地方的人，难道天生就低人一等吗？为什么同一世界降生在不同角落的人命运会如此不同？他们偷渡，其实并没有多高的追求，只是为了活着，仅仅为了填饱肚子，可是他们万万没想到等待他们的却是一条不归路。

靠近大副跟前的偷渡客身材高大，相貌英俊，有点混血人的样子。他也该有父母、妻儿，他是不是舍不下自己的亲人？他用手紧紧抓住大副的胳膊，眼里满是泪水。

大副满脸杀气，白多黑少的眼睛连眼也没有看他，大声吼道："Go！Hurry！！（走！赶紧走！！）"那个偷渡客还跪在那里。大副用不锈钢短棍狠狠地抽在他的前额上，鲜血顿时涌出来。大副气急败坏地说："给我用水冲，狠狠地冲！再不下直接冲海去！"

水枪又打在偷渡客单薄的身体上，他们哀求无用，其中一个毅然站了起来,脸上布满复杂的表情,其余的也纷纷站起来,向筏子走去。那个混血儿最先从引水梯下去,向筏子迈时,一脚踩空,掉进茫茫大海,再没露出水面。其他人又犹豫起来。水手们拍打着铁锹,挥舞着斧子,向他们围拢过来,包围圈越逼越小。偷渡客没有办法,只好一个个下去。最后一个偷渡客,一直趴在引水梯上不敢下去。大副命令砍断引水梯,可是手拿太平斧的小杨却不敢砍。水头抢过斧子,一斧砍断引水梯的一根绳子,刚要砍第二根时,木匠再也忍不住了,冲上去,牢牢抓住水头的手腕,示意偷渡客抓紧下去。这个偷渡客刚才身体失去平衡,差点掉进海里,眼看不上筏子不行,只好下去了。水头把连接筏子的绳索砍断。大副胡乱扔下救生饼干,根本没扔到筏子上。小小的筏子向船尾漂去,像一片树叶似的越漂越远,消失在苍茫的大海中……

05

  偷渡客被送走了,谁也不知道他们的命运最终如何。大家只能各自猜测,有的人希望他们死也确信他们死了,而大多数人希望他们活也相信他们活着。参加行动的水手们都缄口不谈这次行动。不让谈,不敢谈,也不愿谈。许多不知情的船员都以为偷渡客们被安全地放走了。
  妈祖轮行驶在平静的大西洋海面上。煦暖的海风轻轻地吹拂,蔚蓝的海水一直延伸到遥远的水天线,碧空如水洗般明净,几团童话世界才有的漂亮白云飘浮在半空。不时有海鸥掠过甲板,发出清脆的鸣叫声。偶尔有一群顽皮的海豚从远处欢叫着交替跃出水面,直向船头横插过来,到了船边却突然都不见了,好久才从另一舷的远处露出水面。
  木匠站在凳子上,昂首修补理货房的天花板。木制的天花板上显出一个窟窿,参差的木纤维上沾满褐色的血迹。显然偷渡客绝望时曾拼命挣扎过,无奈木制的天花板上还有钢板,根本就逃不出去。木匠边修天花板边自言自语:"真是作孽呀,伤天理!"实习生小张默默地向熏成黑色的墙壁刷白漆,随着滚刷的转动,墙壁焕然一新,但他心灵上的阴影却永远也无法抹去……

驾驶台上,大副习惯性地低头走来走去,突然在妈祖像前停住了,盯着神像看了一会儿,冷笑说:"哼,哼……人类自己创造的木偶,然后再去崇拜。"他是个无神论者,做事肆无忌惮,对妈祖毫无敬畏之心。

说来也巧,大副刚说完这句话不久,原本风平浪静的海面,突然涌起许多白浪,海浪越来越高,船随即摇晃颠簸起来,连无神论者的大副也觉得蹊跷,顿时害怕起来。他急忙从神龛上抽出三炷香,虔诚地点上,默祷海神保佑。坏事做绝,神能佑乎?

二副手持喷枪,如磐石般立于舱盖上,冲洗舱口围。甲板上风力不断加大,水龙喷出的水柱被风吹散。船摇晃越加厉害,舱盖虽然用插销固定住,仍然来回震动,撞得销子"咔咔"直响。二副撤到舱口围的梯子上,双腿牢牢地攀住梯子,随着船体的晃动,也跟着上下起伏,与船组成一个整体。

大舱底下,小杨双腿夹住皮龙,一只手拿着水龙头潇洒地来回摆弄,水柱来回击打在舱壁上。水枪的冲击力巨大,能从舱底打到二十米高的舱口,还能上扬七八米,当然反冲力也大,一个人操纵困难。小周像护卫一般立于小杨身后,一脚踩住水龙,大大减小了反冲力。

舱底的积水不停地左右流动,小杨干得起劲,根本没觉察到船晃得厉害。水头趴在舱口围喊停,水龙带的压力随即减小。小杨把握住时机,身体用力向前顶了几下,水注越来越小,最后"突突"冒了几下,枪头颓然跌落下来,逗得船员们大笑起来……

风浪大,船晃得厉害,关舱困难,水头亲自关舱,只见他双脚分开,手按操作杆,如临大敌一般。

每个大舱有两页舱盖,每页舱盖上有四个滚轮。水手们刚拔下一页舱盖的销子,舱盖就随着波浪在轨道上轻微滚动,操作杆难于控制。一页舱盖关到位,四个滚轮恰好落在四个千斤顶上。水头先把千斤顶落下,再去关另一页舱盖，此时波浪加大，关舱更加困难。驾驶台上的大副看在眼里，急忙调整了航向，船晃得稍微轻些，但依然关舱困难，眼看舱盖快合上了，船向相反的方向晃去，舱盖随之滚出好远，水头急忙向回拉，船再晃回来，舱盖又飞速滚回来……二十吨的舱盖，操作杆根本控制不住。好容易两页舱盖聚在一起，另一半舱盖又升不起来。只有两页舱盖同时升起来，交叠一起，同时落下才能关严舱盖。就在这千钧一发时，一台液压泵发生故障，只剩一台，压力更小了。舱盖像头不受约束的巨兽，在轨道上肆无忌惮地来回乱跑，随时会有脱轨甚至摔进大海的危险。

"舱盖升不起来是因为这个千斤顶卡了！"小杨对水头说。

"别在这里捣乱！快拿铁葫芦！"水头指挥说。铁葫芦就是用铁链当绳索的滑轮。

小宋与小周急忙到艏尖舱搬来铁葫芦，一端挂在垃圾吊的立柱上，一端挂在舱盖上，然后快速地拉铁链。随着铁链的拉动，舱盖与支柱的距离越来越短，铁链渐渐受力，挣得"咔咔"直响，随时有绷断的危险。

情势万分危急，小杨见劝不动水头，一下火了，独自跑到艏尖舱找来一个大锤，朝那个千斤顶狠狠地敲了几锤，那页舱盖缓缓地升了起来。两页舱盖最终合在一起，同时落下。水头尴尬地立在舱口，好久没说话。

风浪越来越大，海浪不断撞击船首的铁锚，发出"咣咣"的声响。每一个海浪涌来，船身都会猛烈地抖动一下，然后像筛糠一样乱摇一气。自动舵报警了，小杨被叫到驾驶台操舵。大副见小杨上来就说："毛主席说'大海航行靠舵手，万物生长靠太阳'呀。"

船长也上了驾驶台，与小杨开玩笑说："小牛，你怎么在上面弄得，晃得这么厉害？"

"船长，我脚向左一踩，船就向左边晃，向右一踩船就向右边晃。"小杨随着船摇晃的节奏，故意两脚交替着用力踩。

大副脸色蜡黄，跑到驾驶台旁的垃圾桶处干呕了几次，结果没吐出来，对着船长自我解嘲道："前后晃也好，左右摇也行，我就怕这筛。"

"奇怪，低压过两天才到，还不该有风呀。"船长纳闷地说，边说边拿过刚接收到的卫星云图，在海图上标出低压的最新位置。

有一个低压的路径正好与航线交叉而过，如果绕航，就吃不到风浪，但船期会晚些。而这个航次租家催得紧，稍有拖延，就会错过装期。但是抢在低压前穿过，可能会吃些风浪，也很危险。

船长对连续几天标注的低压位置进行比对，经过对低压移动速度与航速的计算分析，确信能赶在低压来前通过，就对大副说："租家答应我们如果不绕航，会奖励三千美金，可如果赶不上船期，租家就会索赔，甚至停租。于公于私，我们都必须赶在低压前穿过去！"

海上遇到风浪很正常，但是风平浪静的突然起浪确实奇怪。大副当班期间，船一直在晃，风浪也大，船首大量上浪，可等大副快下班时，风浪却渐渐小了。这更让大副害怕，他以为是他的话冒犯了神灵。他并不是个彻底的无神论者，那样说只是为了给自己壮胆。

航行在非洲沿岸，防海盗的任务艰巨。甲板上，横七竖八地摆满水龙带，喷枪固定在船舷的栏杆上，形成密集的火力网。船边悬有许多油桶，一直垂至水面。油桶撞上波浪，高高飞起，慢慢落下，再被击打飞起来，这让海盗的小艇不敢靠前。

夜航时为了便于瞭望，驾驶台的照明灯须关闭。凌晨两点钟，二副紧盯着远处黑魆魆的海面，仔细地瞭望。各种仪表和指示灯发出或红或绿微弱的光线，海图室前的窗帘因船的轻微摇动，也静静地来回晃动，不时从窗帘的间隙透出一丝光亮，照在二副刚毅沉静的脸上。他平时不苟言笑，总是一副思索的样子，夜间值班时更是庄严。

甲板灯和探照灯都打开了，甲板如同白昼一般。为了防海盗，驾驶员与水手白天冲舱，晚上在驾驶台值班，甲板部和轮机部还各派一人在甲板上巡逻。

二副开启两台雷达，每隔不久便走到雷达前仔细察看一会儿。他突然发现荧光屏上一个像杂波一样的光点，不断地向本船接近。他进一步抑制了一下杂波，那亮点还在。他估计不是渔船，就是海盗船，这地方渔船与海盗船根本无法区分。渔船上的人撒下网就是渔民，收起网就是海盗。二副急忙让水手小宋插上莫斯灯,向亮点方向照去。那亮点果然停下来,向远方驶去……

海水中因为含磷的原因,被船首撞起的海浪发出乳白色的亮光,一缕缕向两边扩散,船首的海浪不时惊起几条飞鱼,向四下飞去,有的飞不多远就落进水里,有的像与谁比赛似的飞得很久,飞出很远。

下半夜的防海盗班,甲板部由二水小周在船尾轮值。他一手拿对讲机一手握不锈钢短棍,来回巡逻,不时敲打几下栏杆。据说过去海盗一般不光顾中国籍船,一是因为那时中国人穷,船上没多少值钱的东西,再就是中国海员一直保持超强的防海盗意识,为保卫财产甚至会与他们拼命。改革开放后,中国经济突飞猛进,中国海员在海外也扬眉吐气,不再只逛跳蚤市场,购廉价物品。海盗当然也早有所闻,再说现今海盗也没他们先辈专业了,许多兼职,好好的渔民,打一阵子鱼,不想打了,网一收就做起海盗,穷富通吃,中国船也时常光顾。

小周在甲板上巡逻了一会儿,就用对讲机呼叫:"驾驶台,驾驶台,听到没有?船尾一切正常!"

"驾驶台收到!"二副知道小周无聊,顺手拿起高频回应。对讲机设置的工作频道是69,船头、船尾和驾驶台中的一台高频都用这个频道,紧急情况可以互通信息。如果驾驶台接到报警,随即用喇叭广播,通知全体船员。

"二哥,今晚夜色不错,月亮很圆,出来赏赏月吧。"小周接着说。

"看到月亮容易想家,呵呵……"二副笑着说。

二副从驾驶台的侧门走出来,一轮明月高悬夜空,皓皓千里,月光如流水一样照在生活区的白漆上。大桅上的两个雷达天线不停地转动。含有淡淡鱼腥味的海风迎面扑来。明月千里寄相思,此情此景让他不由得想起林琳,此时她若能看到这轮明月该多好呀。

自从发生偷渡事件,他更加想念她了,觉得她与自己从没有这样切近过。他一天也不想多在这船上干了。如果他当时再坚持一点,多劝劝船长,或许结果也不会这样。

小周在船尾转了一会儿，见四下没什么动静，就站在船边撒起尿来，一串明亮的珍珠飘洒到大洋中……

突然听到"铛"的一声，小周打了一个尿颤。一个铁钩落在不远的甲板上，他蓦然明白过来——海盗！他顾不上提裤子，抓起铁钩，迅速扔下去。然后偏着头用手电向下面晃了晃，又用铁棍狠敲了几下栏杆，紧接着用高频呼救驾驶台："海盗！船尾发现海盗！"

二副急忙鸣放汽笛，然后用电话广播："船尾发现海盗！船尾发现海盗！大家各就各位，大家各就各位！"

船长很快上到驾驶台，吩咐二副与小宋到船尾支援。船员们按照应急预案迅速组织起来，奔向船尾，或带铁锨，或拿太平斧，把甲板敲得震天响。有的用高压水枪喷水，有的向下扔啤酒瓶。海盗见被大船发现了，只好把小船停下来，渐渐地消失在月色中。

大家又在船尾候了一会儿，确信击退了海盗，才各自回去休息。小周仍留下值班，但心存余悸。月光白得可怕，螺旋桨击打海水的声响也让他发怵。煞白的月光中，两个影影绰绰的人出现在甲板上，一个念头出现在小周的脑海里：完了，海盗上船了！

"海盗……"他的嗓子哑了，边喊边跑，回首看时，俩人没追上来。他以为自己看花眼了，拭目再看，确实是两个黑人，立那里没动，连说："Water，water！（水，水！）"

小周急忙叫来大副、水头，船长也随后下来。经过询问，才知他们是卸货时从船尾缆绳爬上来的，一直躲在烟囱的夹层里。烟囱夹层内温度高，加上干渴，他们实在受不了了，才偷偷出来找水喝。

大副问他们有没有同伴，他们说只有俩人。大家这才稍微放心。大副建议船长："趁着夜深人静，神不知，鬼不觉……"

木匠急忙说："这俩人藏的地方确实让人想不到，上报公司，他们应该能体谅一些。"

大副白他一眼说："上报公司，把前几个牵出来就麻烦了。干脆当海盗处理算了，就说没看管好他们逃跑了。"

"这俩人对原先的事压根不知道!"木匠仍然坚持说。

"留下活口对我们不利的!奖金没有了不说,公司还要处罚我们。"大副焦急地说。更重要的原因他没说,那就是他的船长梦。

"别吵了!无论如何不能报,想想还有别的办法吗?先给他们吃点东西,关起来,明天再说吧。"船长满脸疲惫,用手指紧按着前额,仿佛想从里面掏出什么办法。他是船上最高领导,发生偷渡,要负主要责任。这就是航海职业的特点,不管哪位船员,因何种原因,发生怎样的问题,船长都要负主要责任。

"我一个快退休的人了,怎么让我遇上这么多伤天害理的事!"木匠忍不住发牢骚。

两个偷渡客喝了水,又吃了些东西,然后被关进理货房。船员们这才各自回去。

一夜折腾两次,木匠没有丝毫睡意,悄悄地来到驾驶台。二副闻知船长与大副的态度,估计这俩偷渡客凶多吉少,他与木匠都人微言轻,胳膊拧不过大腿,怎么阻止他们?

二副决定再也不能坐视他们为所欲为了,不由暗自做出一个决定。他想,为了拯救这两条生命,就是受再大的委屈也无所谓。

06

第二天,二副刚坐下吃午饭,船长如风般窜进餐厅,把一张电报重重地拍餐桌上,指着二副鼻子破口大骂:"妈的,你好大的胆!竟敢背着我偷偷地向公司发报!我非治你!Let go!(航海用语:抛锚!意思是:走!)"

二副知道今天将是最黑暗、也是最难熬的一天,这结果他早料到了。他没说什么,只是默默地吃饭。

他以船长名义向公司发报，报告了发现两名偷渡客，但也强调了开航前多次做过检查，因偷渡客藏在烟囱的夹层，难于发现。

船长见二副镇定自若的样子，眉毛倒竖起来，盛怒之下，想冲上去打二副。早来就餐的几个船员急忙拉住他，气得他一个劲地暴跳，边跳边骂。

二副仍在默默地吃饭，出奇地冷静。他觉得自己这样做，是迫不得已，也是为了船长好，因为在大副的怂恿下，船长已利令智昏了。

公司电报对船上责怪并不厉害，只是让照顾好偷渡客，等候遣返。不过遣返无证件偷渡客的国家不多，偷渡客回家的路一般会很漫长。

船长骂了一阵，见二副缄口不言，故作镇静地说："好吧，公司让看管好偷渡客，这事就交给你了。如果出现逃跑、营养不良，或者生病，我要你的命！"

报告公司后，两个偷渡客的生活条件得到很大改善，每天与船员们吃得一样，有时按照他们的要求比船员吃得还好，还经常让他们在餐厅看录像。防止遣返时，他们会说受到过虐待。

海面上，白色浪花逐渐增多，气压计的指数越来越低，这预示着低压中心离妈祖轮越来越近了。为了赶船期，没有绕航。风浪来临之前，船员们加固了甲板上的所有设备。原计划低压到来前船能加速穿过，但由于风浪影响逐渐加大，船速也迅速下降。螺旋桨又出现飞车现象，不得不把转速也降下来，这样航速就更慢了，每小时只跑两三迈，有时甚至原地踏步。随着低压的接近，航速竟下降如此之快，这是当初计算时万万没料到的。

凌晨三点多，主机指示灯突然报警，转速随之降了下来，二副急忙打机舱集控室电话，才知主机停机了。主机停机是极少发生的事情，也是很危险的，特别在大风浪中，主机一旦停机相当于给船员判了死刑。低压中心越来越近，更是雪上加霜。他急忙报告船长，让水手从自动舵转换为手操舵。

睡梦中的小杨，听到机舱的机器声骤然停了，周围死一般寂静，接着船身大幅度地左右摇晃。他想开灯，却没电，急忙打开床头柜拿出应急手电筒。水头站在上层的梯口处大声喊："小周！小周……"声音急切嘶哑。小周的房间正冲着楼梯口，水头住在上一层。水头平日里把小周当亲信，所以关键时候只叫他。小杨知道形势紧迫，一骨碌爬起来，穿好衣服，一把从衣柜中抽出救生衣，挨个叫了一遍水手和机工。叫到小张时，船又大幅度摇一下，门一下打开，撞在墙壁上。小杨说："抓紧带救生衣到餐厅集合！"叫到机工时，他们说老轨命令全部下机舱，排除故障。

天色有些亮了，能看到波涛像一个个小山，黑乎乎地从远处滚来，巨兽一般，张开墨绿色的大嘴，溅着白色的唾沫，想吞噬这叶孤舟。船在无动力的时候，简直就像一片树叶，任凭海浪摆布，几个横浪就会被打翻。

船长穿着一只拖鞋跑到驾驶台，命令用右满舵。虽然主机停机了，仍有些余速，还有一定舵效，船重新顶浪，摇晃不再那么厉害。可是这样不会坚持太久，必须马上排除故障，否则仍难逃倾覆的命运。

大副惊慌失措地撞进驾驶台。船长让他马上与水头到船首抛大缆，大缆在海水拖动的阻力下能让船首尽量顶浪。木匠负责检查通风筒，他身穿救生衣到餐厅叫上小杨一起帮着检查。

机舱集控室内乱作一团，他们的恐惧有甚于甲板部的船员，因为一旦轮船倾覆了，他们留在机舱会来不及逃生，基本没有生存的希望。

主机启动一次，两次……接连几次都没能启动。两个空气压缩瓶，每个二十五兆帕，按规定每个可以启动十二次，但实际上根本达不到理论值，再说非正常启动对压缩空气的消耗更大。瓶内压力低于十二兆帕就不能启动了，眼看最后一个空气瓶也将达到最低值，如果再启动一次还不行，那就彻底地完蛋了……

"别启动了！抓紧检查故障！"老轨及时叫停了，平时玩世不恭的他，今天异常果断。

有的人在哭，有的人在骂，有的人想逃跑。老轨厉声说："谁要是逃跑就扔海去!"

乌云在翻滚,大海在沉浮,远洋货轮像浮萍一样在惊涛骇浪中飘荡,狂风抽打着粗壮的钢索发出低沉的"呜呜"声。巨浪一个接着一个,扑过前桅,像烟雾似的弥漫开来,又立刻被强劲的海风吹散了。扑上船头的海水像两群白色的骏马从两舷直奔船尾,又惊疑不定地在舱口之间来回乱蹿,最后纷纷跃下船舷,重新汇入波涛汹涌的大海……

大副与水头想到船首放大缆,奈何外面的风大,顶着生活区的门打不开,好容易打开门冲出去,顿时感到根本立不住脚,海浪一个劲地向甲板上扑,到船首根本不可能,只好撤了回来。

舵效基本没有了,船又开始大幅度地摇晃。两舷甲板大量上浪,船随时会有倾覆的危险。驾驶台上,船长有些歇斯底里,一个劲向机舱打电话,但是没有人接。他扣上再打,终于有人接了,话筒内传来一片混乱声。故障一直没找到,眼看船就要倾覆了,他想到在中国南海沉没的"翡翠海",当时因为没有及时弃船,只活下几个人。他喃喃地说:"再不行,只能弃船了……"

"船长,这样大的风浪,大船比救生艇更安全,不到最后关头绝对不能弃船。"二副建议说,他显得出奇镇静。

餐厅里也一片混乱,船员们有的跑回房间收拾钱物,有的忙着穿更多的衣服,有的正用电磁炉做饭,想吃上最后一顿饱饭,但实在晃得厉害,根本没法做。

水头跑到救生甲板,他干了这么多年海员,头次遇到大风浪中停主机。他觉得没希望了,到了传说中的世纪末日了,脑海里闪过许多海难故事。他等着船长下令弃船,一直没等到。眼看来不及了,他要单独行动,不能等死,他想放救生艇,可一个人不好放。一个大浪打来,救生甲板差点倾斜到水中。他站立不住,幸亏抓住救生艇的支架才没跌入海里。他全身都湿透了。船彻底顶不住浪了,只在原地摇晃。情急之中,他拉开一个救生筏手柄,救生筏落入海中……

恰在这时故障找到了,原来辅机的机油滤网没及时清理,被晃起的油渣遮住了，机油通不过去，辅机停机不能供电，从而造成主机停机。换上备用滤网，重新启动，终于启动起来了。

久违的机器轰鸣声重新响起，餐厅内的船员欢呼雀跃。水头奋力拉救生筏的充气拉索，还没拉到一半，就听到机舱机器响了，只好灰溜溜地逃回房间。他换上衣服，来到餐厅，见水手们都穿着救生衣，不屑地说："至于嘛，至于嘛……你看，救生衣都穿上了，丧门星！"

"穿救生衣的没慌，不穿救生衣的却慌了。"等水头走后，小杨笑道。

船首重新顶浪，水头这才"发现"救生筏掉海去一个。救生筏早已被海浪打开，向远方漂去。

妈祖轮继续在风浪中前行，又摇晃了半天，气压计的指数才逐渐回升，这说明低压中心越来越远了，船已经脱离危险区。

晚上小杨当班时，风浪还是很大，船长把他叫到房间半开玩笑地说："小牛，作为一名老水手，听说你早上带头逃跑，扰乱军心？"

小杨知道又是水头说了他坏话，就分辩说："我在房间听到水头叫小周的声音很可怕，嗓子都哑了。我知道问题的严重性，于是把所有的水手都叫了一遍，到餐厅集合。如果我逃跑的话，自己跑就是了。"

"那么你为什么穿救生衣？"

"我最初只是拿在手里没穿，木匠叫我一起检查生活区的通风筒时，我见他穿着救生衣，我才穿上的，甲板上不穿救生衣根本不行。有紧急情况让大家餐厅集合不是船长你说过的吗？如果真出事，再回房间拿救生衣就晚了。"小杨继续分辩。作为一个老水手，他担不起逃跑的罪名。

"你的做法是正确的。"船长思索了一会儿说，然后又问道："当时甲板部有谁不在餐厅？"

"只有……"小杨欲言又止。

船长急忙把门关上，对小杨说："你放心，这事我会保密的，我还要问很多人。"

"水头叫完小周，就再也不见人了，后来才过去的。我与木匠检查通风筒时见过他在救生甲板上，说检查救生设备。"小杨本不打算说这些，因为水头恶人先告状，就怪不得他了。

"这事你要保密，并不是我包庇水头，公司知道这事对我们全船都影响不好。我想向公司报告救生筏是被风浪打下海的。"船长说，"我知道你们水手都讨厌水头，我也了解他，我只是看中他的一手活。如果没有他，我们甲板上的活也干不出这个样子。"

"船长，我知道你与水头多次同船，不过说句实话，他对你来说弊大于利。"小杨感觉到船长也对水头不满意，试探着说。

"你们到底觉得水头怎么样？"船长又问。

"反正感觉不好。"小杨笑道。

"只是说不好，到底怎么不好？"船长又追问道。

"在你面前当然会表现得很好，但是在我们水手面前就不一样了。看一个人好坏，不是看他怎样对上级，而是看他怎样对下级。"小杨说，"你经常带他同船，船员会误以为你与他相似。"

"他也在家休了很长时间，没人愿意要他，我是看中他能干才带他的，这样的老船需要他这种能干的。其实我早就烦他了。"船长说，"这次发生偷渡的事主要怪他归船晚了，我看在与他同船多次的面子上没难为他，没想到现在他又偷放救生筏……"

水头一向看小杨不顺眼，处处刁难他，没想到今天也失宠了。小杨不再说话了，突然感到水头其实也很可怜。

07

妈祖轮航行在烟雾弥漫的海上，像穿梭于天上的云雾之中。几个黑人坐在油桶做的简易筏子上向船驶来，越驶越近，越驶越快，突然变成一条巨轮，向妈祖轮撞来，正撞在船中，把妈祖轮拦腰撞断……

大副从睡梦中惊醒，浑身都是冷汗，刚才的情形就像真的一样。自从那次处理了偷渡客后,他每晚都睡不踏实,一闭上眼,总是见到那几个偷渡客,有时向他狞笑,有时举着刀紧跟他追,有时绑起他毒打……他或求饶或反抗,都无济于事,有时他夺过刀砍得他们满身流血,可就是砍不死……

他不敢独处黑暗中,睡觉也不敢关灯。他整日浑浑噩噩,不知道什么时候在睡,什么时候醒着。他感到那几个黑人的冤魂始终在船上,有时就在他的身边。

惊魂过后,他又重新闭上眼,恍惚又回到他的家乡,看到老父亲坐在炕上,见到他后眼里流出眼泪,眼泪马上化成血,他弄不清是否处于梦中,但知道这并非吉兆。

低压过后,风浪渐息。船员又忙着做进港前自我检查,美国海岸警卫队检查严格是出名的,马上就要到港了,各部门必须做好充分准备。

三副分管消防救生设备,是PSC检查的重点,也是船长最为担心的。救生艇的吊艇钢丝即将到期,需到港前换新,船长特意让大副安排三个一水帮他更换。

小杨和小宋都是老水手,换钢丝这活驾轻就熟,很巧,很精,很会干。打下手的小张佩服得五体投地。

"抓紧干,反正一上午的活儿,早干完了,我们斗地主去。"小杨建议说。

"我们天天帮老三干活,得让他请客,等会儿我去驾驶台找他要可乐。"小宋愤愤不平地说。

"你们看,母狼!"小杨指着甲板上向前走的水头说。现在水手们私下里叫水头母狼,也叫色女狼,叫船长为中山狼,叫大副为白眼狼。

水头外八字腿外张得厉害,走路活像个鸭子。头不时左右摇摆,或干脆把头歪向一边。他知道有一双眼睛时刻盯着他,那就是船长。

"像只被耍的猴子!"小张笑道。

"就是只被耍的猴子,还以为有什么了不起!"小杨觉得小张说得太形象了,水头确实就像艺人手牵的猴子,不时看着那条鞭子,担心随时会落他身上。

大副鬼使神差地在甲板上转悠，他总是习惯性地低着头，一副略有所思的样子。水头带着两个二水保养甲板，见大副如幽灵般走近，与他打招呼，他也没反应。突然他像发现金子似的，在三四舱间的左舷甲板上蹲下了……

不知是因为梦的指引，还是心里害怕，大副竟真的发现了他想发现又不愿发现的东西，主甲板的红色油漆上有一道细微隆起。他用手指划了一下，顿时惊呆了：一条细小的横向裂缝。随着船体晃动，那裂缝也在轻微的一张一合……难道还在梦中吗？是现实中找到了梦的东西，还是梦给了他现实的启示？他感到太可怕了，一种前所未有的恐惧笼罩着他。

大副仓皇如丧家之犬，急急奔回生活区，向他的主子报告。船长正在驾驶台联系偷渡客遣返事宜，好在两国早建交了，虽然偷渡客没什么证件，但他们大使馆可以来人确认他们的身份，然后遣送回国，只是费用相当高，听代理说需要十五万美元。

船长被大副带到主甲板裂缝处，也怔住了，赶紧叫来轮机长，商讨对策。还没商量好，大副又在右舷对称位置发现了一条横向裂缝，这简直就像要拦腰折断的样子。

经过几个人商量，决定先在裂缝两端打上止裂孔，防止进一步外裂，然后焊接。可裂缝细小，焊不进去，表层刚焊上就裂开了，再焊，再裂开……随着船体晃动，裂缝一直在轻微张合，根本就焊不住。

老轨又想出个办法，沿着裂缝切出一个长方形孔，再用铁板补上，但是焊别的边都没问题，等焊到最后一道横缝时，还是焊不住。

船长这才意识到问题的严重性，经过再三考虑，只好报告公司。为了推卸责任，船长谎称裂缝原先就有，不是新伤口，但是公司那边并不相信。

将近中午，水头没见小杨他们，以为他们偷懒。他来到救生艇甲板，发现钢丝全部换完了，甲板上收拾得干干净净，没想到他们会干得这快,而他与两个二水一上午也没干多少活。他知道干活还得靠几个一水,有活专等着一水干。

但是作为他们领导,他还没让收工,他们不该早收工。他四处寻找,听到关闭的娱乐室有声响,开门一看,三个人正斗地主呢。他想,终于抓住你们把柄了,就严肃地说:"上班时间能打牌吗?每人写个检查,下午交给我!"

三个人自知理亏,红着脸没说什么,看看表也到下班时间了,都乖乖地溜回房间。

中午,三副下来找一水们玩,感谢说:"你们不到一上午就干完了,干得这么快?"

"都怪干得太快了,否则就没事了。"小张说。

"怎么回事?"老三莫名其妙地问,"打着谁了?"

"弄着水头了。"小杨笑道。

"弄哪里了?"三副要打破砂锅问到底。

"弄着鸡巴头了……"小杨忍俊不禁。

"那么巧?正好弄那里了。"三副信以为真地说,"所以说干活千万注意,我上船晚,干得时间短还好,你们都干那么多月了,出了事,奖金就全完了。谁弄得?"

"小张弄的。"小杨继续忽悠三副说,"连累我俩也跟着写检查。"

"水头也真是的,又不是故意的,写什么检查,我帮你们说说。"三副安慰道。

"下午这活还不知干不干了,说不定水头气得不叫我们了。"小杨笑道。

午饭时,三副果然走到水头身旁,拍拍他肩问道:"水头,那地方没什么事吧?"

"什么事?你脑子是不是有病?"水头甩开三副说。

"我……我脑子没病。"水头用力过猛,三副害怕地说。他弄不明白水头为什么发火,其实他正好点到水头的痛处了。

那次下地回来，他那地方一直奇痒，偷偷向二副要了许多药涂上也没用，后来又起了许多疱疹，抓破了更是奇痒，走起路来就似屁股里夹了根棍子。他私处有病是怕人的，不料被三副说破，能不恼吗？

小杨与水头在一张桌子吃饭，没想到三副真会这样问，忍不住笑了。三副纳闷地坐下，说："真是莫名其妙！"

船长心不在焉地坐在那里，脸色凝重，等大副过来坐下，忧心忡忡地对他说："上次进厂坞修，甲板测厚，测了两万多个点，却没测出来！我给公司说不是新伤，他们不信，说原船长也不承认，我说不承认就让他回来。公司那边竟真安排原船长在新奥尔良回来。"

船长担心原船长回来，不但会知道裂缝的真相，还可能会知道处理偷渡客的事。

"我们干得好好的，让他回来坐享其成！"大副气馁地说。一旦原船长回来，他接船长的美梦就破灭了。

"老大，这次如果不是你发现裂缝，全船弟兄喂了鱼还蒙在鼓里呢。我们要将严格进港自查、及时发现问题之事大肆渲染地向公司汇报。"船长思索着说。

主甲板裂缝的事，除了船长与大副几个知情人担心外，其他船员根本没意识到事情的严重性。好在快到港口了，风浪也小了，主甲板不会有断裂危险。但是船长与大副俩人还是坐立不安。他们希望能把这事搞好，或许公司那边会高兴，从而改变主意，不让原船长回来了。

驾驶台上，二副独自当班。船长吃完饭上来，想让二副写报道，宣扬进港认真自查的事。二副是船上的笔杆子，每航次的航次报告，每次检查的检查总结，都出自他之手。

"三四舱之间的主甲板发现裂缝，两舷对称位置同时发现，非常危险。"

"要在美国修吗？"二副问。他知道主甲板裂缝影响船体强度，问题严重。

"美国修，费用太高。公司那边让我们先做临时性修理，尽量回国修。

为了防止海岸警卫队找事，让我们从美国开航再报。"船长说，"可是根本焊不住，一焊上就开了。"

"那确实危险。"

"还有比这更危险的呢，原船长要在新奥尔良回来。"船长无奈地说。他不仅担心原船长回来，还担心自己由此再也不能回这条船了。他对这条船付出的太多，因为付出的多所以才更有感情，他舍不得这样离开她。

"船长，我有办法了。"大副像孩子似的兴冲冲上来，手里拿着模型、图纸，兴奋地说，"先在裂缝的两边焊上'几'字形的固定铁板，然后再焊下面的焊缝，这样船晃时对裂缝影响就会变小。上下两面都焊好，再在甲板下部加焊上纵向的三角钢板加固。"

"我看这样行，你详细做个图纸传真到公司，让那帮老爷们看看行不行？弄好了我们都好，弄不好，原船长回来我们都难堪。"船长说，"老二，你要多学学老大这种认真自查的态度！"

"毛主席教导我们说：'世界上怕就怕认真两字，共产党就最讲认真。'"大副急忙附和说，"二副你自查得不够细呀，有的图书资料还没改完。"

自从二副向公司报告了偷渡客之事，船长一直对他耿耿于怀，大副这样说更是火上浇油。船长更来气了，冲二副说："这次PSC检查，谁出了事，砸了兄弟们的饭碗，我就砸谁的饭碗！"

"'有些共产党人在糖弹面前要打败仗'。原船长如果真回来，老二准会缺钙！"大副半开玩笑地说。他担心二副会泄露处理偷渡客的事。

"到时候说不定谁会缺钙呢！"二副毫不让步说。

"老二，这次进港前老大认真自查、发现裂缝的事，你要好好写写。"船长一副命令的口吻。

"好吧。"二副有些不情愿地说。别的报道他都可以写，但是吹捧大副的报道他真不想写。

船长与大副下去了。二副走到驾驶台侧的瞭望台上，迎着海风，想起最近在船上的所见所闻。特别是船长对他的打压，感到压抑，见四周无人，就冲着一望无垠的大海："噢……"大声地长喊一声，想把胸中块垒都喊出去。

"想不开就跳海！"船长不知有什么事，又回到驾驶台，毫不客气地说。二副红着脸，不好意思地走进驾驶台。

"写稿的事，还是等裂缝焊好后一块写吧。"船长向来注重宣传，当然不希望二副跳海。裂缝本来是件坏事，他要宣扬成一件好事。

大副制出图纸，传真到公司。公司同意了这个修理方案，先做临时修理，回国后再做永久性修理。

按照大副的设想，果然焊好了焊缝，然后打磨平整，打上油漆，几乎没留下任何痕迹。按规定主甲板裂缝要报告船检，一旦报告，船检肯定要求在装港修理，那样不但影响船期，修理费也非常昂贵。所以公司要求在新奥尔良装完货后，开过巴拿马运河再报船检。

08

妈祖轮在船长与引水的指挥下徐徐驶进新奥尔良港。船首的八股大缆被从缆车上拉出来，按"S"形整齐地摆在甲板上，随时准备投放下去。大副头戴白色安全帽，身穿白色连体工作服，一身干部船员装束。他面对驾驶台，对讲机虽用带子套脖子上，右手仍一直紧握着放在耳边，谨慎而又忠诚，不错过船长的任何一个命令。水头戴红色安全帽，身穿蓝色连体工作服，肃立大副身旁，一副随时待命的样子。小杨则低首认真地理顺撇缆。为了防止撇缆抛出去时打结，每次带缆前，都需把撇缆绳从头到尾一圈圈重新盘好。

将近日落，西天的霞光五彩缤纷，异常绚丽。赶上吹开风，流水又急，靠泊困难，反复用车，总靠不上。船首离岸还有二十多米，大

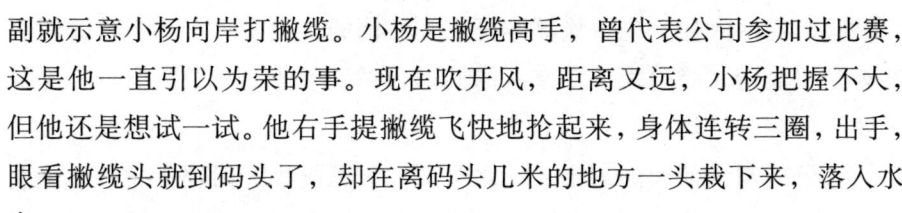

副就示意小杨向岸打撇缆。小杨是撇缆高手,曾代表公司参加过比赛,这是他一直引以为荣的事。现在吹开风,距离又远,小杨把握不大,但他还是想试一试。他右手提撇缆飞快地抡起来,身体连转三圈,出手,眼看撇缆头就到码头了,却在离码头几米的地方一头栽下来,落入水中。

"真笨!"水头毫不客气地说。自从他上次下地回来晚了,船上又恰好发现偷渡客,船长对他意见颇大。现在全船人都盯着船头撇缆,恰好船头又向岸稍靠近了一些,水头觉得这是个表现自己的好机会。船长对他一直以来的信任并不是因为他多么能干,而是他会干,干什么都会尽量让船长看到眼里,无效的工作他丝毫不愿多干。他捡起一根备用撇缆,走到船首高台上,就是电影《泰坦尼克号》上露丝与杰克相拥而立的地方,把撇缆垂直抡起来,就像船首安装了一个螺旋桨。小杨头一次见识这种扔法,简直太优美了,一时间他竟然崇拜起水头了。

撇缆越抡越长,越抡越快,出手!撇缆没有奔向岸,而是直奔船首的桅杆,"铛!"地打在桅杆上,跌落下来。好在缆绳没扔出去多长,水头急忙收回来,再抡,再扔,却又缠在船首的栏杆上。不仅船头几个人看见了,驾驶台的船长也准看到了,因为对讲机中接着传来船长焦躁的吼叫:"能干点什么?!"水头知道是在说他,羞得满面通红。小杨重新整理好撇缆绳,船头也恰好荡到离码头最近,马上又要荡开。小杨把握住时机,撇缆再次出手,上岸!小赵迅速打了个撇缆活结,把撇缆绑在大缆上,俩人配合默契,把缆绳抛下缆孔……

本次进港,船长的综合征犯得更厉害。过去一般发泄到三副身上,现在又加了一个发泄对象,那就是二副。高频中,船长不是训他拽缆太慢,就是怪他指挥不力……

傍晚时分,终于靠好码头。舷梯也放下了,但离岸太远,无法上下人员。码头工人主动帮忙把舷梯拉上岸,边拉边松钢丝,舷梯完全落地后,因为钢丝倾斜厉害,妨碍行走,干脆解了。这样随着潮水涨落,舷梯可以在岸上来回滚动,上下人员既方便又安全。

移民局的人先上来，偷渡客国家大使馆的人也来了。水头带着俩偷渡客到了大台。经过大使馆来人的问询，确认了他们身份，出具了身份证明。

移民局与大使馆的人走后，水头又押着俩偷渡客回理货房。俩黑人眼看着一舷之隔的美国大陆，梦中的天堂近在咫尺，不甘心就这样被遣送回国。就在水头开理货房门时，一个偷渡客抢上去，一拳击倒水头，俩人向船尾跑去，那边有缆绳，就是他们上船的地方。

正欲下班的二副发现了他们，吆喝着众人追上去。俩偷渡客逃到船尾，一个黑人眼看逃不掉了，双手捂着头，蹲在船边。另一个迅速翻越船舷，爬到缆绳上，像猴子一样灵活地向下攀。

二副在上面大声吆喊，小杨与几个水手从舷梯跑下去，也在岸上大喊。那人慌了手脚，失手掉进水中。别看这人在缆绳上灵活，却是只旱鸭子，落水后一个劲地扑腾。二副急忙扔下船尾处的救生圈，恰好落在那人身边，但他水性不好，几次尝试都没抓住，又呛了几口水，大呼救命。

情急之中，二副从几米高的船尾跳进冰冷的水中。凭着海运院校培训过的游泳技术，毫不费力地救起那人，游向岸边。大家七手八脚地拉他俩上岸……

二副回房间洗完澡，换好衣服。小杨举着一封信过来说："二副，你女朋友的信，还有照片呢。"

二副知道是林琳的信，急忙向前夺。小杨哪肯给他，说："让我看照片才给你。"

二副只好答应让他看，才拿到信。他小心翼翼地打开，露出一张她在校园的近照。她身穿白色的毛衣，背一个书包，全身充满青春活力。

小杨看了相片，连连咋舌道："呀，这么漂亮?！二副，你真是艳福不浅！"

二副急忙把相片放进抽屉，推出去小杨，反锁上门，展开信。她那清秀的小楷又展现在面前：

你好！再次收到你的来信，那种不知名的感觉也再次随之涌来。首先谢谢你对我的赞美与期盼。

　　我是个平凡的女孩，或许听到这句话，你会感到失望，失望过去你曾为我倾注了那么多的期望，但我的确平凡，平凡的生活，平凡的追求，甚至不曾有幸见过海上的日出日落。有的只是父母的呵护与约束。你知道吗？你的信同样给我一种所谓高不可攀的感觉。

　　随附一张近照，希望你能喜欢……

　　冬安

11月17日

　　二副看完信，欣喜若狂，难怪她的影子最近总在自己眼前跳动，原来这几年的期盼与等待终于有了回报，他第一次品尝到思念这种既苦又甜的滋味。

　　因为第一天靠泊，大家急着下地打电话，这边电话费便宜，有的船员拿着小板凳到码头附近的电话亭。电话是船员与亲人联系的主要途径，有的一打几小时。站着打累了，坐下打；坐着打累了，站起打。

　　二副弄不明白他们怎么会有那么多话说。他每次下地只给家里报个平安，然后买些水果、日用品之类的就早早回船了。

　　二副又拿出照片看，门又被敲得"砰砰"响，原来小宋从小杨那里得到消息，也过来看照片。二副递给他们照片，又拿出几听啤酒与他俩喝。二副顺便问小杨："你们打那么长电话，到底有什么话说？"

　　小杨笑道："与家里沟通太少了，上次回家孩子都不认识我了。他妈妈让叫爸爸，他竟指着电话说'爸爸在那里'。到晚上睡觉，他见我总不走，就对我说'爸爸，你怎么还不走，我要与妈妈睡觉了。'根本就不理解爸爸是什么意思。"

　　"我们船员与家人聚少离多，特别结婚后，相互牵挂，确实辛苦。"

二副点点头说。

"老二,你俩是怎么认识的?这么漂亮。"小杨羡慕地问。

二副急忙关上门说:"我们相识真的是一种巧合,或许是缘分。她与我表妹是同学。那个暑假的一天,我第一次听我表妹说起她的名字,说她如何如何漂亮。结果就是那天我到学校办事,就遇上她了。她是学钢琴的,那天正在校园与几个同学玩。她穿着方格短裙,白休闲衫,安静地坐在那里,面色素净,眼如秋水,在我记忆中没有哪个女孩比她漂亮。我估计她肯定是我表妹说的那个同学,不过她看上去比我表妹成熟得多。我与她说起我表妹的名字,她可能误会我与表妹有别的关系,就说我表妹学习不好,似乎有些醋意。她与我说话时,还特意站了起来,像打量我有多高的样子。她洁白的膝盖深深地陷下去,腿很丰满,身材姣好,亭亭玉立地站着。我霎时惊呆了,这难道就是我命中等待的女孩吗?"

"后来呢?"小杨急切地问。

二副喝了口啤酒,接着说:"后来她问我是不是大学毕业了,还问我是干什么职业的。我说我是海员,航海系的。她对海员很感兴趣,问我是不是去过很多国家。我都一一对她说了。首次相见,该讲的话都讲完了,实在想不出多停留的理由了,我只好走了。她似乎对我也有好感。后来听我表妹说,那就是她同学——林琳。那时她还在读高中,我心想她还小,如果有缘,将来肯定会再相逢的。"

"再后来呢?"小杨又问道。

"或许是命运的安排吧,后来真的又遇上了她。去年夏天休假,我去洗相片,就是那些在船上拍的风景照。照相馆的人说不用多久就能洗好,于是我就坐在那里等。旁边的工作人员正用电脑处理照片。我无意中看到有张相片竟是她的,比原先更成熟更漂亮了。我就问那张照片是哪的。那人说是师范学院的,马上就能来拿。不一会儿,果然见她与一个女孩来了,她本人比相片更好看些。她看到我很吃惊,见了我拍得相片,很喜欢的样子。我说如果她喜欢就送给她几张,不过作为交换条件,她也要给我张相片。她急忙说那还是不要了吧,她还从没给过男孩子照片。

最后我给了她几张风景照,她却没有给我。没想到这次给我寄来了,呵呵,算是补偿吧。"

小宋直伸大拇指,小杨嘴张得大大的,都听得出神。二副受到鼓舞,接着说:"她彻底地搅乱了我平静的生活,我本打算三十岁后结婚,没想到遇上了她。但是她还小,好在她是学艺术的,应该成熟得更早些。我觉得应该向她表白一下,所以前段时间鼓起勇气给她写了两封信,上港总算收到了她的回信。我们之间最大的障碍就是年龄差距。"

"这恰恰是你的优势,女的大部分喜欢成熟一点的。"小杨传授经验说,"搞艺术的都比较浪漫,这次休假回去,你去找找她,好女架不住赖汉子磨。"

小杨与小宋边喝啤酒边帮着出谋划策,又闲聊一会儿,就各自回去了。二副计算着时差,现在国内该是凌晨了,她应该还在睡梦中,愿她做个好梦……他拿起笔又给她写信。

俩偷渡客被遣返回国了,公司花费十五万美元。不知为何,原船长并没在新奥尔良上来,传言将在张家港上。

货很快装完了,预计下午四点开航。老轨与木匠三点半才回来,本来他们就担心晚了,到船头时急着往船上跑。小杨见了,猛地朝他俩挥手。他俩以为真晚了,一口气跑上船,捂着肚子,喘着粗气。小杨问:"你们跑这么急干什么?引水还没来呢。"

老轨一听小杨是骗他的,抬手就打,说:"小母牛,今天非把你的牛头打下来。"

"哎呀,别咬呀……"小杨边招架,边夸张地大叫。

"好久没吃牛肉了。"老轨笑道。

"那也不能生吃。"小杨笑嘻嘻地说。

本来为了上下人员方便,舷梯的钢丝解了,马上就要收梯子了,重新穿上钢丝,绞了回来。水头为了省力,一个钢丝的销子没插上。小杨提醒他这样不安全。水头以为小杨故意揭他的短,满不在乎地说没事。

看完水尺后，不知大副有什么事，又背着对讲机，从舷梯下去。还没走到中间，钢丝突然从滑轮中脱了出来，舷梯迅速地掉下去，大副随之跌落水中，好久没露出头来。舷梯上缠有安全网，可能大副被缠住了。

　　舷梯的一端仍连在甲板上，另一端却垂直插入水中。大家看着荡漾的水面，慌作一团。谁知大副竟顺着舷梯自己爬出水面，刚露出头来，就边大口地喘气，边惊心动魄地说："黑鬼！黑鬼……"

　　水头急忙扔下一个带安全绳的救生圈。大副稍稍休息一会儿，慢慢地爬上来，刚上甲板就说："一定是那几个黑鬼作的怪……"

　　过了一会儿，他才冷静下来，厉声问："谁把销子拔的？是谁把销子拔的?!"

　　连问几声，没人回答，最后水头低声说："是我……"大副怔了一大会儿，没说什么。假如是哪个水手拔得，准少不了一顿暴揍。

　　对讲机进了海水，不能用了，马上就要离泊，大副急忙去换了一个对讲机，恰在这时船长叫过来："大副吃水多少？"

　　"两口……"大副还在迷糊呢。

　　"什么？前后吃水多少？"船长一下被弄糊涂了。

　　"噢，噢……十三米二六，十三米二七。"

09

　　巴拿马运河并不是一条沟通大西洋与太平洋的普通河流，而是挖在山上的一条运河，比海平面高出约二十六米。两岸茂密的植被映入清澈的水中，构成一幅美丽的雨林画卷，船驶入画中，也变成这画的一部分。雨后的山上，白雾缭绕，如仙境一般。巨轮在山间河流蜿蜒前行着，每转向时，船好似是从青翠如画的山中钻出一样。

过了运河，进入一望无际的太平洋。冬季的太平洋并不太平，从收到的卫星云图看，前方低气压一个接着一个。

上午三副当班，风力突然增至八级，船首大量上浪。由于主甲板裂缝的原因，公司要求，风力达到八级就得避风，但在茫茫大洋上航行，根本无处可避。船长异常烦躁，急欲发作。风吹开驾驶台后门，一阵旋风把海图桌上的纸张刮得四处乱飞。电报主任急忙捡落于地上的纸，船长呵斥说："以后你进来把门拽上！"

大洋航行避风肯定不可能，船长只好要求机舱减速，减轻与海浪的冲击，又叫三副到甲板上查看裂缝，吩咐主任复印海图、卫星云图，传真给公司。

甲板上风力强大，不时有浪花溅上甲板。三副跑到甲板裂缝处，察看了一下，没发现什么异常，就急忙向船首跑。船长用喇叭喊他，让他多观察一会儿，可正好顶风，三副根本听不到。船长霎时变得歇斯底里起来。

三副从甲板上转了一圈，回到驾驶台。船长厉声问他："为什么不多检查一会儿？你跑船头干什么去了？！"

"我去看看那里的救生筏是否绑得结实。"三副解释说。

"我用喇叭叫你，你没听见？！"船长越说越火。

"没听见。"

"都什么时候了，还去管你的救生筏！"船长吼道。

船长太激动了，或许也太紧张了，每到这时他总要发泄出来。三副呆立那里，不再说话。船长更是愤怒，冲过去狠狠地扇一个耳光，还没消火，又抄起对讲机想打三副。三副知道那对讲机的分量，打身上可不是好玩的，急忙躲避。电报主任跑过去拉住船长。船长怒火难消，指着三副骂道："妈的，再去甲板看看！"

三副只好又跑回甲板。他没想到船长会发这么大的火，也没意识到裂缝有这么严重。他蹲在两处裂缝处查看了好久，确信没什么问题，才回到驾驶台。此时船长已完全平静下来，瘫坐在椅子上，像吃了兴奋剂药效刚过一样。三副小心翼翼地说："船长，确实没问题。"

船长叹了口气说："好吧……"

中午吃饭时，船长把排骨夹给三副，满脸堆笑地说："老三，正长身体的时候，多吃点。"

三副只得接过，泪水滴在排骨上。

随后几天风浪都很大。一天下午，二副当班，最大风力达到十级，船速两三迈。船长走上驾驶台，虽然最近风浪持续八级以上，甲板裂缝暂时未出现问题，但他知道这样的风浪，裂缝随时可能出问题。

船长走到驾驶台前，海面上白浪滔天，翻腾跳跃，如数万白色骏马从船边奔过，有些冲向甲板，与舱壁相击，白色泡沫飞溅，直到驾驶台。船横摇二三十度，海水或从甲板一泻千里，重新汇入大海；或从船头飞扑而来，甲板上白浪滚滚，朦胧一片，直奔船尾，海水直打到驾驶台的玻璃。一看到这情景，船长急忙倒退，连呼："吓死了，吓死了！"

二副知道他害怕什么，是心中有鬼，人在危险的境地心理是完全不一样的。他与船长正好相反，风浪小时还会昏头昏脑，而风浪一大就没什么感觉了。有时生活真需要点大风浪，这样才能激发人的斗志，否则可能会一事无成。风浪越大，他越能感受到做海员的豪迈。他现在心里异常平静，若真有因果报应，就是再危险，再可怕，只要他在这条船上，这船就不会沉没。

船长坐了一会儿，又艰难地站起来，走到妈祖神像面前，颤巍巍地点上几炷香，双手合十，口中默默地祈祷。

"啊呀，阵风十一级了，船基本原地不动了。"二副看看风速表说。

"老二，再给我拿点安眠药吧，这几天一直睡不好。"船长有气无力地说。

"不是前几天刚给你了一瓶？"二副有些纳闷地说，他在船上兼职医生。

"开始一天一片就行，现在一次三四片也不管用了。"

"有副作用的，吃多了对身体有害，再说船上储备的安眠药也有限。"

二副说。现在船上最吃紧的有两种药，一是船长用的安眠药，再是水头用的达克宁。

"现在不管那么多了，先睡着觉再说，你不知道失眠的滋味。"船长无奈地说。

"风这么大，大家都睡不好。"二副安慰船长。

又有几个大浪打来，船猛烈地颠了几下。风浪故意与船长作对似的，他不上驾驶台还小点，他一上来似乎更大了。船长紧闭双眼，摇摇手说："太可怕了，太可怕了！不敢看了，我下去了……"

第二天下午，风浪稍微转小。电报主任手拿一张电报在驾驶台来回走，二副问："主任，你总在这里转悠什么？"

"唉，不知道船长睡没睡。这两天一直为送电报的事挨训，有时送过去，他正好睡觉，就训我，这样的电报不能等等？可昨天送过去一个电报，他又说这么重要的电报怎么才送来？现在不知道船长睡没睡，也不知道这电报重不重要。"主任苦笑着说。

"什么内容？我给你分析一下。"

"关于奖励妈祖轮标兵船十万奖金的事。"电报主任偷偷地说，因为任何电报在船长知道之前都要保密。

"这是喜事呀，他睡了也没事。"

主任觉得二副分析的有道理，硬着头皮去找船长，刚欲敲门，就听见里面"砰"地摔碎一个杯子的声音，然后听船长大骂道："滚！"

门打开了，水头满脸尴尬地"滚"了出来，见到主任更加不好意思了，眼角的皱纹堆在一起，挤出一丝苦笑。主任一看这阵势，急忙掉头跑了。

太平洋上的低气压一个接着一个。海况稍好了不到一天，天空又变得灰暗起来。越向前航行越是黑暗，如同黑夜一般。没过多久，闪电夹杂着狂风暴雨向妈祖轮袭来，炸雷紧接着闪电在驾驶台顶炸响，倾盆暴雨被闪电不时照亮。长蛇似的闪电纷纷钻入海水中，船首一条闪电像利剑一样，从天空直插入海水中，久久地停在那里没有消失。

闪电映得驾驶台内忽明忽暗，人脸煞白煞白的，似一张张鬼脸。祥和的妈祖神像在闪电的映照下也变得面目狰狞。船长有些耐不住性地对二副说："昨天吃一个低压，今天又吃一个低压，四十八小时预报，前面还有一个低压……干了这么多年的船，还从来没遇上这么大的雷雨，太可怕了！"

"都是正常的自然现象，没有什么好怕的。"二副安慰船长说。他觉得船长虽是一船之主，其实现在很可怜。

船长自我解嘲地说："我是自己吓唬自己。我每天吃一小把新诺明，压力太大了。我总是担心带弟兄们干不好，对不起大家，现在我们公司上船太难了。老二，你是个好人……是个大好人呀！"

二副知道船长有些后悔了，劝道："船长，过去的就让他过去吧，自责也没有用。"

"这次能争得标兵船，也幸亏了你。如果不是你写的那些报道，还有几篇文章发表在中国远洋报上，这次标兵船根本没戏。全船弟兄们都得感谢你。"

"每个人都很尽力，我也是做了自己能做的。我觉得是水手们干出来的，如果他们不这样干，我也写不出来。"

"如果不报道出来，就是他们都累趴在甲板上也没人知道。我从奖金里给你提取一千元，钱不多，表示一下大家的心意吧。"船长说，"老二，你不知道我在担心什么，主甲板裂缝没完全处理好，我真担心不能带大家回到国内。"船长不怕丢人了，彻底说出心里话。

"船长，你放心，我们船是不会出事的！"二副自信地说，他觉得还有很多事等他去干，不会就这样结束自己的生命。

船长走到驾驶台前，用手撑着栏杆。狂风驱赶着暴雨向玻璃倾泻而来，打得玻璃"啪啪"响。他口里还是不停地念叨："太可怕了，太可怕了……"

一路上风声鹤唳，鬼哭狼嚎。本来到国内只需三十多天的航程，竟跑了四十多天才到日本。从巴拿马到张家港要走大洋航线，过日本津轻海峡，这样航程较近。

正赶上过春节。晚上餐厅里张灯结彩，布置得如洞房一般。加餐，六菜一汤，每人发了三瓶啤酒。除了当班的，大家都尽情地喝，尽情地唱。小杨唱了首《九月九的酒》，还不过瘾，又唱了首《黄土高坡》。船长状态不好，勉强唱了几句《李奎探母》，就再也唱不下去了。

"每逢佳节倍思亲"，二副独自坐在甲板上，望着天上的繁星，长叹一声。如果她也能看到今晚的星空，那该有多好……

"你怎么独自躲在这里了，不进去唱两句。又在想林琳了？"小杨从生活区出来，冲坐在那里的二副说。

"太吵了！"二副笑道。

小杨走上前，诡秘地说："老二，昨天晚上我发现了一个秘密……"

"什么秘密？"

"太可怕了，我不敢说。"小杨故作神秘地说。

"不说就算了，我也不想听。"

"真是没想到呀，我无论如何也想不到……"小杨欲言又止。

"别说！"

"真没想到……"小杨还是反复地说，想吊二副的胃口。

"不说出来你比我还难受，干脆说了吧，别吞吞吐吐的。"

"你猜！"小杨还是不说。

"是不是谁向船长房间送东西？"二副试探着问。

"差不多，只是对象不对。"

"是不是船长向木匠房间送东西？"

小杨兴奋地拍了一下二副的背："果然聪明！昨天晚上我当班下来安全检查，见船长东张西望地抱着一大包东西向木匠房间送，我吓得急忙躲了起来。"小杨停了一会儿，看看四周开玩笑说，"别让他灭口。"

"至于吗？"二副笑道。快到国内了，一向强势的船长突然像变了一个人。大家都知道木匠与几个公司领导关系密切，这次木匠休假回去，肯定没有船长好果子啃。

"大家都说这航次发生的事都是报应。"小杨低声说,"老二,是不是那天晚上你替黑人求情了?"

"过去的事就不要说了。"二副也对接二连三发生那么多事感到很奇怪,先是主机停机,后是主甲板裂缝,又是大副落水,又遇上一个多月的大风浪……是巧合还是报应?如果真是报应,没想到会这么迅速。

一水刚换了班,晚上八到十二点三副与小杨当班。这些天小杨养成一个习惯,一上班就点上三炷香。

"你别烧香了,难闻死了!"三副见小杨又要烧香,想阻止。

"你这个泥匠!我天天替你烧香,求神保佑你千万别出事,你还不领情。"小杨边说边照旧点上香。

"我用不着你替我求神。"

"和你当班我心里没底,千万别在我当班这四小时内出事,如果出事了,我也有百分之三十的责任。"小杨插上香,双手合十,故作虔诚地样子。

通过津轻海峡,两岸灯火通明,过往船只无数,根本分不清哪些是船灯哪些是岸灯。刚接班不久的三副一见这阵势便慌了,自言自语道:"这么多船,怎么走?"

小杨说:"心里没底就叫船长上来。"

三副果然打电话叫船长,船长以为遇上了什么紧迫局面,急忙上来。最近他心脏比较脆弱,根本经不起折腾。他到驾驶台一看根本没什么问题,就把三副狠训了一顿,然后下去了。

"唉,我真是个傻逼!"三副被骂了个狗血喷头,见船长下去,找机会对小杨长长地叹口气说,"小杨,你怎么光操我呀?"

小杨再也忍不住了,笑道:"你这个傻逼就是欠操!"

三副发牢骚说:"没出事就这样训我,如果真出事还不要了我的命?与陆上相比,我们干海员的责任太重了,医生把人治死了都没事,而我们稍微有一点问题就毁了……"

船首有条向右插的小船,不用避让就可以过去。可三副没判断明白,作为驾驶员他最大的困惑就是分不清哪些船该让,哪些船不该让。他让小杨换手操舵向右让,这样正好去截这船的船头,本来依次同行的船被他这一让都乱了。三副眼看向右让不行,又向左让,这一来相向开来的船也乱作一团。三副急忙用高频叫会儿这条船,又叫那条船,让这船向这让,那船向那让。无奈过往的船只太多,根本就不知道他叫哪条。他又插上莫斯灯乱照一气。

三副左冲右突,几个回合下来,眼看就要与横穿的小船撞上了,小杨说:"只指挥我们船就够了!全海上的船你都指挥,累不累?不行就叫船长吧。"

这次三副学聪明了,没敢叫船长而是打电话把二副叫了上来。二副到驾驶台时,小船正好停在船头,近在咫尺。他急忙建议三副说:"左满舵吧!"

"好,好……左满舵!"三副早就慌了。

小杨打左满舵,船头让过去了。小船马上到了船中,仅距几米。二副又提醒说:"右满舵,避开船尾。"

"好,右满舵!"三副重复说。

船尾让过,小船远去了。三副吓坏了,向来反对烧香的他急忙点上三炷香。真是平时不烧香,急来抱佛脚。或许人情急时都希望真有神存在,而多数时间却漠视,甚至不希望神的存在。

因为用舵角太大,主机异常的声音和船体的晃动把本来就不放心的船长惊动了。他从房间窗子向前一看,一条船被撞上了,顿觉嗓子一阵发甜,差一点咽过气去。最后见船让过去了,急忙跑到驾驶台,质问三副为什么离小船那么近,又问明小杨刚才的情况,训三副说:"你该让的不让,不该让的非让让试试!"

如果在平时,船长早就发作了。可能今天过年,再加上马上就休假了,他表现得出奇地平静。他见妈祖前的香炉中燃着香,就说:"我们这船全靠妈祖娘娘保佑,今天过年,都要拜一下,每人磕几个头。"

船长又点上三炷香,小心翼翼地插进香炉,跪在地上,磕了三个头,然后双手合十,默默地跪在那里好久……

船长拜完，又让小杨与三副拜，然后硬拉二副拜。二副只好跪下，默默思念着林琳，新年马上就要到了，当她端起热气腾腾的饺子时，是否也能想起远方的他？新年到来之际，祝福她又长大一岁……

妈祖轮在张家港卸完货后，进船厂对主甲板裂缝做了永久性修理。二副休假回家，公司接连发了几次调令让他到公司协助调查。木匠与三副也多次给他打电话，让他向公司反映船长的问题，二副却迟迟没去。他觉得船长已经受到应有的惩罚，没必要再落井下石。实际上船长也是只替罪羊。

后来船长、大副被公司开除，原因是发生主甲板裂缝没及时向公司报告。二副不久被任命为大副，数年后与林琳"有情人终成眷属"。

病　毒

01

郝志扫视一遍大厅内的四个船代外勤。蒋鸣感觉身上像被刺猬扎过一样，唯恐这目光停留自己身上太久。郝志阴着脸说："这条船到底谁做？遇上点问题就一个个推三阻四的。"

永顺轮从东南亚运载三万方木材归国途中，老轨（轮机长的俗称）突然染病去世。该轮不久前曾挂靠过 MERS 病毒染疫地区，且与老轨密切接触过的机工长开航前留在当地就医，初步诊断为 MERS，也就是中东呼吸综合征。当地政府已通报世界卫生组织，世界卫生组织又通知我国家卫计委，卫计委通知质检总局，质检总局通知省出入境检验检疫局……层层通知下来，各级领导都亲自挂帅，唯恐稍有差失。

MERS 与 SARS 相对应，称"新非典"，能引起严重的急性呼吸道传染病。蒋鸣对 MERS 并不了解，但是 SARS，他有切身感受，那年他恰好去深圳出差，一路上层层设防、处处消毒，回来还隔离了十多天。

公司除了蒋鸣，还有三个外勤。老宋老资格，老油条，基本不跑船了，就是跑这船也别指望他。另俩外勤，一个恰好回老家结婚了，一个孩子出生还没满月，出海都不合适。但是这种情况谁合适？自己还没结婚，晚上还计划与女朋友沈莹约会，一想到沈莹娇媚的样子，他就更不想舍身取义了。

两个怯生生的女人走进办公室:"请问你们是永顺轮代理吗?"

"您是?"蒋鸣悄然站起来,从她们年龄与长相上他断定这是母女俩。

"我们是永顺轮老轨的家属。"女孩搀扶着她妈说。

听说是永顺轮老轨的家属,办公室十多个人都停下手中的活计,不约而同地望向这母女俩,脸上显出或默然或怜悯的表情。只有老宋从她俩一进门,就一直张大嘴巴紧盯着女孩,显出他一见到漂亮女孩子就惯有的表情。

蒋鸣早就猜到她们是老轨家属,但仍感到吃惊,因为船东特别强调不让通知死者家属,没想到船还没到她们就到了。

"我们怎么遇上这样的事?我从来没想过会这样,这让我娘俩怎么活呀?"年过五十的母亲,泪眼婆娑,风韵犹存的身躯被黑汗衫紧裹着,无力地前倾着,眼看站立不住的样子。

蒋鸣示意她俩坐下,走到饮水机旁,抽出两个纸杯,倒一杯水递给母亲。她站起来两手牢牢抓住他的手腕,声音沙哑地说:"你说,俺怎么会遇上这样的事?"

从母亲的悲伤程度,蒋鸣能体会到他们夫妻情深。一个原本多么美好的家庭,发生这种变故,瞬间从幸福的云端跌进痛苦的深渊。蒋鸣无可奈何地叹口气,又倒了杯水递给女孩。

"请问领导,我们今天能登轮吗?"女孩接过水杯问。她二十三四岁,皮肤白皙,金丝框眼镜,白T恤衫,白运动裤,大约一米七的身躯凸凹有致,脸上透出靓女特有的自信。

"世界卫生组织怀疑这船染疫了MERS病毒,国家卫计委非常重视,各级领导早等在这里了,下午船一到就要到锚地检疫。"蒋鸣解释说。

"我们可以一块登轮吗?"女孩期待地看着他问。

"这船有染疫的风险,他们肯定不会批准的。"蒋鸣有些纳闷,听说这种病毒比SARS还厉害,自己唯恐避之不及,她们咋还急着登轮呢?

"船马上到了，你们还有没有点担当意识？"郝志厉声质问。

"检疫局要求公司领导陪同，你作为分公司经理，为什么不亲自去？"忙着炒股的老宋喝了口茶，清清嗓子说。

"小蒋，我这两天有点头疼，还是你与小费出海检疫吧。"郝志用商量的口吻说。

坐在蒋鸣对面的小费夸张地睁大眼睛，脸色一下变灰了，然后由灰变红，由红变白，激动地站起来说："我不去！"头也不回地走了。

小费是90后，通过关系进公司，跟着蒋鸣实习。他到公司来不是奉献的，而是混饭的，郝志可能没弄明白这点。但遇到这种拿生命冒险的情况，小费还是坚持自己原则的。

"只是头疼？有没有发热？恶心？肌肉酸痛？有的话你早点说，让我们有个准备。"老宋故作担忧而又嘲讽地问郝志，他对MERS的知识倒是了解一些。

郝志没理他，他俩是死对头。原本老宋是经理，后来工作出现失误，据说郝志也起了不少作用，最终把他替换下来，名义上负责维护客户，其实没什么具体业务，每天上班后先满满泡好一杯茶，然后开始上网，坐累了再站起来，伸伸懒腰，义正词严地发一顿牢骚。郝志这种临阵脱逃的做法恰好给他提供了机会。

"我网上查了，这种病毒传染性比较低。再说船上其他船员都很健康，也不一定是MERS。"

尽管船员体温正常，但老轨的去世时间是5月30日，而该病毒潜伏期是2至14天。蒋鸣对照一下日历，今天才是6月9号，也就是还没出潜伏期。MERS不像当年SARS那样全国肆虐，让每个中国人都有深切感受。传染性到底多低？蒋鸣弄不明白，如果真低，韩国也不至于让两千多所学校停课，郝志也不会放弃这么好的表现机会。他虽然身为经理，偶尔也像外勤一样跑船，自称知识更新，但都是外快多或能表现自己的船。他总会利用一切机会表现，这就是老宋自愧不如的地方。

女孩用期待的眼光看着蒋鸣，他觉得不能像小费那样撂摊子，就坚定地说:"我去!这条船也没什么可学的,小费不用去了。"

众人拍手叫好。蒋鸣反而不好意思起来。

这些年,每隔几年,世界的某个角落,总会突然冒出某种病毒,并且不断升级,让人应接不暇。据说由于全球气温升高,冰川中古老的病毒随时会重新面世,人类对这些病毒根本没有抗体。每每暴发一种新病毒,没有特效药之前,人类只能采取最原始的办法,那就是隔离。这在和平年代还好控制,如果发生在战乱年代将是多么可怕!

现在科技发达,交通便捷,病毒也全球化了。MERS本来远在天边,好似离中国很遥远,根本没有多少人关心,可是谁也没想到,转眼间就来了。几天来公司员工人心惶惶。但是船并不会因为大家的担忧、恐慌而有丝毫停滞,仍日夜兼程,渐渐迫近。

"领导,安排我们第一时间登轮好吗?"女孩忧伤而坚定地请求。

蒋鸣不忍心拒绝这悲伤的母女俩,但他明白这是不可能的,于是递给女孩便签和笔说:"还是检疫完再说吧。你们留个电话,没事先回去等着,这是我的名片。"

女孩写下她的名字与电话。蒋鸣接过便签,见字体清秀有力,不由得赞叹:"柴璐,好字!"

柴璐羞涩地低下头,眼睛里布满鲜红的血丝。

蒋鸣忙着打电话向各部门汇报船舶动态,无暇再顾及这母女俩。她俩又默默地坐了一会儿,母亲才吃力地站起来,虚弱地说:"领导,您先忙,我们下午再过来。"

"下午我比较忙,等我电话吧。"蒋鸣把母女俩送至梯口,柴璐回头赞赏地看着公司标语"人性化代理,管家式服务"。

蒋鸣向来欣赏公司大气的深蓝色标语,没想到竟也引起柴璐的共鸣,让他倍感自豪。

午后,港池上方蔚蓝的天空如水洗一般,不见一朵云彩,太阳蒸烤着拖轮码头的海水,仿佛马上能析出盐来。蒋鸣从凉爽的办公室出来,如进蒸笼一般,他的心里更是烦躁,因为他不知道这次出海等待他的是什么。除了船东吴康一直拖延,迟迟没到,检疫局和卫生局的官员都到齐了。检疫人员都着白色制服,一个个表情凝重,像来参加什么仪式。柴璐也在其中,正恳求一个年龄较大、面色黝黑的官员。那官员表情严肃,连连摆手,头摇得像拨浪鼓似的。

轮驳公司派出最大的拖轮,港口集团张副总经理亲自上阵。他面膛宽阔,额头高隆,和蔼地询问蒋鸣是哪个船代公司,叫什么名字。蒋鸣一一作答。

蒋鸣听大家称呼那个面色黝黑的官员为郑局长,知道他是这次行动的总指挥。两点钟,郑局长看了看表,像指挥战役的将领似的,大手一挥命令道:"登轮!"

十八条好汉陆续登轮。蒋鸣刚欲上去,柴璐叫住他说:"蒋代理,发现船上有什么情况回来告诉我,我……"柴璐欲言又止,好似对他还是不够信任。

"好的,你随小费回去吧。"蒋鸣安慰道,觉得她对自己的不信任完全有道理,不是他不愿意帮她,是这种病毒太恐怖,哪怕有万分之一的机会留在拖轮上,他就决不登大船,更别指望他了解什么情况了。

登上拖轮,蒋鸣与郑局长走进驾驶台。烈日炎炎,波澜不惊,狭小的室内拥挤而又憋闷。蒋鸣扯了扯被汗水湿透的天蓝色短袖工作服,胡乱摸起拖轮单当扇子扇风,天热固然让人烦闷,但内心的焦虑更让人难受。

拖轮开动了,窗口总算流入一丝风。驾驶员按照蒋鸣提供的锚位用雷达锁定目标。拖轮披风斩浪,大约航行一小时,远远看到永顺轮,黑色的船壳,干舷很低,甲板上堆满黑乎乎的木材,白色的生活区油漆有些褪色,驾驶台顶上挂的黄旗迎风飘扬。做外勤这几年,蒋鸣看惯了黄旗,但这是他第一次认识到黄旗的真正意义:我轮需要检疫。蒋鸣的心更加揪紧了,胸口憋闷,解开一个衣扣说:"到了……"郑局长举头张望,狂扇记事本的手突然停了下来。

拖轮从上风舷驶近大船。甲板上的木材堆积如丘,上面有千万只蜻蜓来回乱窜，不时发出翅膀击打震颤的声音。像无数飞机在对一个重要高地进行轮番轰炸。蒋鸣弄不明白这么多蜻蜓突然从哪儿飞来的，这里离岸有二三十海里，它们是怎么得到消息的？是从装港带来的？该有多少飞虫才能吸引这么多蜻蜓？该有多少病毒隐藏在这可怕的船上？

拖轮甲板上，几个人帮着本地检疫局金科长穿防护服，带头罩、穿靴子……他将率先登轮。郑局长下到甲板，指挥拖轮慢慢靠近大船早已放下的舷梯。从上风舷登轮比较困难，没有大船船体的庇护，涌浪很大，拖轮加大马力顶紧大船，以便减小拖轮的晃动。金科长一身洁白，背着喷药器，被众人拥至拖轮前首。他先向舷梯上喷药消毒，喷得又仔细又均匀，喷过几遍，他才试探着用左手抓住栏杆上的扶绳，小心翼翼地迈上舷梯，这一步简直比人类登上月球迈出的那一步还重要，紧接着另一脚也迈上舷梯。拖轮像离弦之箭弹射出去，操纵之灵活，动作之迅速令人叹服，眨眼工夫，驰出一百多米。站在拖轮甲板的郑局长这才反应过来，不满地瞅向驾驶台，完全没想到没有他的命令，拖轮竟敢擅离职守。他的眼睛迅速眨动几下，想到拖轮上的人员也顾及个人安危，就没有发作，转而平和地说："拖轮要顶住，一会儿消毒完了，我们这些人都要上去。"

蒋鸣知道肯定包括自己，觉得这个决定有些草率，也缺少最起码的常识。这种病毒潜伏期2到14天，从航行时间看还没超出潜伏期。这么多人浩浩荡荡地登轮安全吗？万一感染上病毒，隔离不麻烦吗？这纯粹是一项冒险行动，又不是组织敢死队与敌人搏杀，没必要表现得多么英勇，谁登轮就是英雄了？

金科长登上甲板，几个戴口罩的船员站立梯口。郑局长要求拖轮靠回去，让医生登轮，他本打算让医生与金科长同时登轮，但因为拖轮反应太快，医生没跟上。

矮胖的医生身穿白色防护服，带着急救箱立在拖轮船首，等拖轮靠上大船，敏捷地跳上舷梯，走到舷梯中间，潇洒地转回头，向拖轮上的人挥手致意，不知是再见还是召唤。

拖轮又驶离大船，这次没有第一次那么迅速，但离得更远了。拖轮上的人员陷入漫长的等待中,一个多小时后,金科长才打回电话。郑局长让拖轮再靠回去,吩咐检疫和卫生人员全部登轮。每个人都发了手套、口罩。领导下达命令,检疫人员都顺从地登上舷梯,卫生人员也不甘落后,随后上去。这好似在战场上,大家都往前冲,也就顾虑不了那么多了。

拖轮上只剩下蒋鸣、郑局长和一个摄影记者,还有六个准备向船上搬运熏蒸器材的熏蒸人员。蒋鸣站在舷梯旁僵持着,舷梯上的栏杆锈迹斑斑,原本黄色的扶绳有些黑了,不知有多少人摸过,也不知上面布满多少病毒。这么短的时间就消完毒了?说不定死神还潜伏在船上某个角落,随时会扑向登轮的某个人。

蒋鸣仍在犹豫,郑局长本来就黑的脸沉下来,显得更黑了,用他一贯发号施令的口吻命令蒋鸣:"你是代理,必须上去!船东没来,一会儿记者采访,你要代替船东说几句!"

蒋鸣总算明白,来这么多人,一个个表现英勇原来是为了采访。他们当官的喜欢这些,自己作为代理有什么表现的?为了替他们说几句有必要冒险吗?

他突然想到柴璐,那双期待的目光,美丽而忧伤,这么年轻,就突然遭遇这么大的不幸,真替她难过,自己确实该帮她做点什么,既然她希望自己登轮了解一下情况,那就上去吧。

02

空气中充斥着原木树皮腐败的气味,令人恶心欲吐。深蓝色的海水撞击着黑色的船壳在舷梯下回荡。蒋鸣走在不时晃动的舷梯上,尽量不去扶梯子的扶绳,参加工作四年了,第一次感到舷梯竟这么难走,就是第一次登轮实习时也没这样。看着脚下翡翠般回旋的海水,他突然感到一种生命即将终结的晕眩。

船员们三三两两地聚在甲板上，或窃窃私语，或摇头叹息。他们都佩戴白色口罩，只露出眼睛，眼神中充满无助的表情，这是困守在这狭窄的染疫的孤岛，历经恐惧、焦虑，甚至崩溃，最终归结成的一种表情。

穿白工作服的三副把蒋鸣带到一楼办公室，官员们大多聚集在这里。一个头发花白、面容沧桑、又高又瘦的船员一一回答官员们的询问。蒋鸣凭经验知道他是船长，急忙找出备好的单据让他签署。

医生把测温仪放在船长耳朵上，"滴"的一声，说温度正常，记下。然后又测三副，也正常。船长吩咐三副广播，召集船员前来测温。三副年龄不大，脸红扑扑的，广播时带着颤音。他不时瞅瞅船长，谨慎地聆听、履行着船长的每一个吩咐，显然刚晋升三副不久。船长面色威严，蒋鸣发现他眼睛布满血丝，含有不知是恼怒、怨恨抑或凶狠的神情，好似刚与谁争吵过，但在官员们面前尽量克制着。

船员们体温都正常，但有两名船员没来测，三副广播了几遍也没见人。郑局长狐疑起来，催促船长派人找，半小时后才找来。医生先测又矮又胖的水头，顺口报出："37.2！"白净的脸顿时红了，下意识地向外猛摆测温仪。黑脸的郑局长也瞪大了眼睛。蒋鸣顿觉脊背渗出一阵冷汗，以为船长故意把他俩藏起来的。医生最先冷静下来，用对待病人惯用的语气温和地问："你什么时候开始发烧的？"那船员满脸无辜地说："不知道呀，我刚从船头干活回来。"另一位船员体温37.4度，也偏高。医生略为放心地安慰大家："他俩可能因为剧烈活动，才导致体温升高的。等会儿再测测看。"

郑局长故作轻松地与大家交谈。蒋鸣故作镇定地坐一边听，其实他什么也没听到，随时准备拔腿跑。郑局长原想让他说几句的，不知怎么把这事忘了。蒋鸣如坐针毡，无所事事，乘大家不注意溜出办公室，来到梯口。这里通风好，心情总算舒畅些。

本来风和日丽，不知何时起了雾，丝丝缕缕，并逐渐加重。熏蒸人员齐心协力地向木材堆拉黑色的塑料篷布，覆盖甲板上的木材，以便投药熏蒸，杀灭虫害。他们动作敏捷，配合默契，都想尽快结束这场没有硝烟的战斗。

蒋鸣对这种除害方法一直持怀疑态度，树皮那么厚，药剂能熏透并全部杀死害虫吗？若有害虫残余仍会繁衍，不久又重新壮大。即使把成虫全部杀死，还有虫卵，过一段时间还会生出虫子。其实这些木材在装港也除害了，有证书，但是到了这里不还是有虫子吗？除非掌握害虫的生长周期，分期分批地消杀。或者放在海水中长时间浸泡，或者像从北美洲进口木材那样，把树皮全部除掉。仅靠一次性熏舱消杀是不能根除害虫的，否则这些年国内也不至于进入那么多虫害：花蚊子、白蚁、美国白蛾……

拖轮远远地停泊在上风舷，没有停车，这样会耗费许多燃油。两个检疫官员出来，说刚才虚惊一场，俩船员体温都正常。

熏蒸还没结束，官员们陆续出来，大家都清楚大船不是久留之地。郑局长同意先到拖轮上等。蒋鸣赶紧向拖轮招手，让靠过来。许久，拖轮才缓缓地向这边驶来。还没靠妥，大家都抢先往舷梯下了。

跳上拖轮，蒋鸣就急奔驾驶台。永顺轮船上的黄旗仍迎风招展，表明检疫还没通过，人员不能随意上下。刚走上一层楼梯，蒋鸣就被一个水手礼貌地拦住了。他这才明白，自己成"传染源"了。太阳隐于雾霭中，光线不强，蒋鸣索性坐在干净的甲板上。

六点返航，海雾更加浓密，拖轮撒欢似的向回跑，螺旋桨击打着海水，发出巨大的轰鸣声，船尾形成一条由泡沫构成的白色丝带。海风吹打着蒋鸣，雨渗渗的，虽然坐甲板上让他觉得踏实，但是单薄的短袖工作服抵挡不住海风，冻得直打哆嗦。实在坚持不住了，他只好走到官员们休息的办公室门口，顺便了解些情况。郑局长一眼看到他，向他招手，让他进去。他停留船上时间最短，都成"传染源"了，这些人更久，该算"超级传染源"。蒋鸣不情愿地进去，郑局长示意他坐对面，问道："这条船最快什么时间靠泊？"

"应该用不了多久，现在港口只有几条木材船。"蒋鸣回答道。

郑局长沉思了一会儿，好似在计算时间，然后吩咐几个本地检疫人员说:"明天晚上熏蒸结束……后天上午吧,你们与港口协调一下,把船靠进来,先把尸体处理下去。经过这次全面彻底地消毒,风险基本可控,我们这些人也没必要隔离了。"

听了郑局长的话,蒋鸣总算放心,小心地问道:"靠泊后,可不可以正常作业?"

"靠泊前,先让船员测一下体温,都正常才能靠。靠妥后,及时通知我们,再登轮测体温一次,确定正常,才可以降黄旗。作业时,工人禁进生活区,船员禁止下地。"

"就是逼着工人进生活区,估计也没人敢进。"矮胖的医生开玩笑说。

"老轨的家属想登轮怎么办?"蒋鸣想起柴璐。

"家属可以登轮收拾死者的遗物,但最好不要靠近尸体,建议尸体就地火化。"郑局长吩咐道。

将至码头,蒋鸣隐约见一个头戴太阳帽、身穿白T恤衫的女孩伫立码头,凝视海面,像一尊面海的雕塑。蒋鸣估计是柴璐,近了看,果然是她。柴璐也认出站在甲板上的蒋鸣,向他挥手致意。

登上码头,柴璐迎向郑局长,礼貌地问:"我爸爸到底什么病?"郑局长抱歉地说:"等检验结果出来再答复你吧。"然后急忙上车走了。柴璐转向蒋鸣,头发湿湿的,显然等在码头上好久了。蒋鸣怜惜地说:"这么晚了,你怎么还等在这里?"

"在宾馆没事,到这里透透气,没想到起雾了。"柴璐穿得单薄,下意识地抱紧胳膊,脸上充满忧伤与无助。

蒋鸣催促道:"赶快上车吧!"

打开车门,蒋鸣顿时惊呆了。小费戴着洁白的口罩,坐驾驶位上岿然不动,脸上没有丝毫神情。蒋鸣哭笑不得,怀疑小费是误以为来接老轨的。

俩人上了车,车门关上。小费发动马达,起步、转向、加速……一路无言,车内空气像凝固一样,比船上还沉闷。直到楼下,小费停下车,交给蒋鸣车钥匙,苦笑说:"晚上我到同学家,不回宿舍了。"

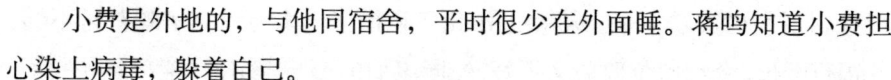

　　小费是外地的,与他同宿舍,平时很少在外面睡。蒋鸣知道小费担心染上病毒,躲着自己。

　　小费走后,蒋鸣问柴璐:"晚上我有事,送你回宾馆吗?"

　　"好吧。"她说,"你有没有听到船员谈论我爸爸?"

　　"生病去世了呗。"

　　"我们什么时候可以登轮?"

　　"船靠上后,就可以上船收拾物品,不过你爸爸的尸体在冰库,你们不能靠近。"

　　"我爸爸他……多冷呀!"柴璐身体猛地抽搐一下。

　　一直送至宾馆,柴璐仍抽泣不止,蒋鸣安慰说:"我知道你难过,但要注意身体,没事多陪陪你妈。明天熏蒸才结束,锚地还有几条木材船,不一定先靠我们的。"

　　蒋鸣昨晚值班,靠离了一条化工船,这种船货量少,卸得快,上半夜靠,下半夜离,一晚上根本没合眼。本来说好今晚与沈莹约会的,一想到小费这样防他,也担心自己会感染病毒,为安全起见,决定取消约会,就打电话给沈莹谎称晚上靠船。原本兴致勃勃的沈莹顿时不高兴了。蒋鸣心想反正为了她好,出了病毒潜伏期,再与她解释吧。

　　蒋鸣先在路边店吃了饭,然后从超市买了瓶84消毒液,回到宿舍,把衣服全脱下浸在消毒液中。然后洗澡,打了几次香皂,还觉得不够,又用水桶兑了点消毒液,全身消毒,又冲洗几次……

　　打开电脑,蒋鸣搜索关于MERS的信息:韩国MERS确诊病例新增8例,共95例,死亡增至7例;一名韩国男子,5月26日抵达香港,经深圳入境抵达惠州。该男子坐过大巴,住过酒店,参加过会议,密切接触者基本隔离,但仍有十几人没找到……

　　搜过MERS信息,蒋鸣又查看股票,最近股指连涨,沪指涨到5000多点,饭店、超市、办公室到处都在谈论股市,有的甚至把房子卖了炒股。可是从今年公司船代业务量下滑幅度看,实际经济没什么起色,股市这样疯长,不正常。但是不正常也得炒,房价二十多年前就都说高了,可直到现在也没跌下来。蒋鸣工作几年积攒了十多万元，房款首付不够，放银行贬值，今年单位效益又不好，受同事们的影响，都让沈莹帮着炒股了，本想只挣点零花钱，没想到收益还不错。

最近医药板块涨得厉害，永顺轮出事后，老宋首先发现这个问题。蒋鸣分析主要还是大盘涨势好，加上韩国MERS病毒肆虐，有可能进入惠州，许多股民预计这种病毒会像当年SARS那样引起全国恐慌，所以才看好医药股。老宋发现医药股的优势，完全是因为永顺轮的疫情，希望这条船能为他的股票带来新契机。蒋鸣本身就是他希望的一部分。

03

次日，蒋鸣起床较晚。室外晨雾密布，风驱赶着浓雾，像波涛一样在空中流动，四周但闻人声，不见人影。蒋鸣知道这么大的雾肯定封港了，走到小区门口，顺便到胖婶的摊位上买肉夹馍。胖婶满脸喜气，眯缝着小眼递上肉夹馍问："小伙子，这两天红光满面，股票买对了吧？"

"婶子，你也炒股？"

"不瞒你说，我选的两只股票这两天都涨停了。这不，我还得抓紧收摊回去看盘呢，再这么涨下去，这肉夹馍我就不卖了。"

蒋鸣还没到办公室，一股刺鼻的气味迎面袭来。这种久违的气味蒋鸣知道是什么。非典那年教室里经常嗅到，他进公司那年冬天，禽流感横行，办公室也曾弥漫过这种气味，这是醋蒸汽的味道。现在一没非典二没禽流感，蒋鸣知道这是专门为他准备的。

办公室里，几个女同事不约而同地戴着口罩。蒋鸣由衷地"敬佩"她们，她们向来比男同事更顾家，更有责任，也更珍惜生命。

早等在那里的柴璐礼貌地站起来。蒋鸣心想都是因为她，昨天自己才一时心软上了船，让同事们像防瘟神一样，就没好气地说："这么大的雾，又不能靠船，你过来干吗？"

柴璐抱歉地说："我妈这几天嘴上满是疮，所以……"

蒋鸣昨晚冲洗时间太久，有点受凉，再加醋蒸汽刺激，鼻子直发痒，强忍着没打喷嚏，否则准会吓跑几个女同事。

港口调度通知，永顺轮是重点船，能见度一旦转好，明天优先靠泊。蒋鸣向相关方报告完船舶动态，就清闲下来。往常代理本国船员的船舶事情特别多：家属上船，公司来人，上伙食，供物料……尤其船员家属，船到几天前就打电话，天南海北，三教九流，不胜其烦。这条船却好，到目前为止，只有这两个家属。船东代表吴康昨天就说能到，至今没见人影。检修主机的一个工程师昨天倒是真到了，得知该轮的实情后，又一溜烟儿跑了。

一个五十多岁，中等身材，衣着齐整，头发油光，满脸傲然的人走进来。郝志热情地迎上去，握紧手摇晃着说："吴总好！吴总辛苦了。"

吴康慢条斯理地说："郝总，不好意思，昨天有事耽误了。请问哪位负责永顺轮？"

蒋鸣迎上去。吴康客气地伸出手，握住蒋鸣的两根指头晃了晃，掏出一个精致的名片夹，抽出一张烫金名片。蒋鸣接过，放一边，递上自己印制粗糙的名片。吴康接过，伸长脖子读道："哦，蒋鸣，永顺轮现在什么情况？"

"昨天已出海，如果天气许可，计划明天靠泊。"

"我是问老轨的情况。"吴康稍微加重语气说。

"尸体已消毒，靠泊后，可以卸下就地火化。"

"哦，哦，那很好，很好！"吴康满意地说。

"不能火化！"柴璐突然站起来，涨红脸说。

"这是谁？"吴康吃惊地问。

"这是老轨的家属。"郝志解释道。

"老轨的家属？"吴康紧皱眉头，用疑惑的眼光看了眼蒋鸣，慢条斯理地问柴璐，"谁通知你们的？"

"你们以为不通知,我们就不知道了?"柴璐胸脯剧烈地起伏着。

"发生这样的事,公司顾及家属情绪,不利于事情处理,所以暂时没通知,没有别的意思。靠泊后保险公司马上会派人来,赔偿的事保证没问题。"吴康一副胸有成竹、掌控全局的样子。

"我们不要赔偿,我要爸爸!"柴璐悲痛地蜷蹲在地上,嘤嘤地泣哭起来。

吴康轻叹一口气,无可奈何地摇摇头,走进郝志的办公室。

原本昨晚电视台报道永顺轮的,不知为何没有播报,这让老宋受损不少,否则医药股肯定大涨。股市还没开盘,老宋站起来,伸了个懒腰,意味深长地对蒋鸣说:"小蒋,昨天出海辛苦了!"一句话让蒋鸣心里热乎乎的,总算还有人理解自己为公司做出的牺牲。没等他落下热泪,老宋接着说:"你看今天船也靠不了,没事你就回宿舍休息吧,别弄得大家怪紧张的。"

蒋鸣顿觉不好意思,股票到底能不能大涨那是后话,老宋目前最关心的并不是股票,而是病毒,否则医药股涨得再凶,对他也没意义了。蒋鸣知道老宋说话痛快,他的意见具有广泛代表性。既然自己为医药股的升值已尽到应有的责任,也该急流勇退了。同事们如临大敌,好似他已确诊。本来有点感冒的他,竟真觉得头热起来。他也感到害怕,难道真中招了?没那么倒霉吧?真感染也不至于发病这么快呀。

"好吧,我先回去,电话联系。"蒋鸣爽快地说着,收拾好东西,赶紧离开办公室。

柴璐随后跟上。老宋夸张地吆喝:"孩子,你千万别跟他走呀!"

蒋鸣感觉老宋的玩笑有些过分,柴璐爸爸刚去世,却对她没有一点同情心。谁的一生不经历七灾八难呢?

柴璐边下楼边喃喃地安慰蒋鸣:"你也是为了工作呀。"

"我不怪他们,之前我也害怕,不仅怕自己感染,也担心家人。"蒋鸣说,"这么大的雾,你想去哪?"

"你去哪?我有话要对你说。"

"我回宿舍，隔离！"

"那我陪你吧。"

"别人都怕我，你为什么不怕？"

"都是因为我爸爸，真是抱歉。"

"这是我的工作。听检疫人员说，周五就出潜伏期了，到时候如果船员全部健康，我也就解放了。"蒋鸣故作轻松地说。其实被同事们赶出办公室，他窝了一肚子火。

进了宿舍，蒋鸣不好意思地说："有些乱。"

她打量了一下宿舍的摆设说："比我想象得好。"

柴璐看出蒋鸣不高兴，可后面还有许多事需要他协助，想讨好他又没有什么办法。站那里束手无策，突然看到泡在水中的衣服，急忙上去动手洗。

"别动！我自己来。"蒋鸣急忙制止说，为了彻底消毒，内裤也泡在水里。他没想到平时肯定养尊处优的柴璐竟会主动做这事。

"你们同事这样对你不公平！"柴璐还是大方地动起手来。

"他们也不纯粹为了自己，也可能担心家人，这种病毒谁不怕？"蒋鸣急忙把内裤从洗衣盆中拽出来说，"其实我也是挺小心的。"

"我爸爸可能不是感染 MERS 病毒。"

"机工长基本确诊了，你爸爸作为他的领导，肯定密切接触过。"蒋鸣边搓洗内裤边说。

"如果真是这种病，为什么这么久了，其他船员都还健康？还有，到现在船东也没正式通知我们，为什么瞒着我们？"

"你们怎么知道这事的？"

"这条船经常回国内，每次回来，我妈都约三轨家属一齐上船。这次船快到时，我妈又联系她，无意中得知这个消息。"

蒋鸣疑惑地说："这事真没必要保密，按程序赔偿就是了。难道真有什么事？"

"你相信亲人之间的感应吧？出事之前，我就梦到我爸爸躺一辆车上，全身盖着白布，把我吓醒了……"

"心灵感应，之前我也听说过。"

"前几天我整理我爸爸的衣物，把他的风衣挂在衣架上，然后出去了会儿，回去后，猛然以为我爸爸又回来了……我爸爸常年出海在外，收入较高，家境还好。他每次回家都给我带好多礼物。从小到大我一直生活在别人的羡慕中。他是我家的顶梁柱，突然没了，简直让人不敢相信，直到现在我还以为在梦中。"柴璐边洗衣服边哭诉，"我感到自己一夜之间长大了。我伤心，我妈更伤心。我难过，我妈更难过。我要坚强，顶起这个家。这几天我妈一直哭，嗓子哑了，眼泪干了……"

"节哀顺变！"蒋鸣给她几张抽纸，安慰说，"船一靠好，我就给你们办登轮证。但愿明天云开雾散。"

柴璐充满信任地看着他，她长发披肩，面容姣好，身材颀长丰满，浑身充满青春活力。谁知灾难竟会降临到这么漂亮的女孩头上。

"对了，你们的身份证带了没有？我先把介绍信做好，再让船长盖个章就行了。"

柴璐拭干眼泪，急忙掏出证件递给他。他先看了看她的身份证，一个内陆城市，1992年出生。就问她："你还在校读书吧？"

"正好今年毕业，形势不好，找工作比较困难。"

"什么专业的？"

"国际贸易，前几年比较热门，听说今年贸易很难做。"

"国际贸易要到沿海来呀。"

"海边确实不错，蓝天、碧海、空气新鲜……可以考虑。"

洗完衣服，俩人坐在沙发上看电视。恰好播放"东方之星"客轮沉船的最新消息。6月1日深夜，该轮在长江中游航行时遭遇龙卷风倾覆，虽然过去十天了，但全国人甚至全世界的人都在关注着事态的进展。蒋鸣心想，这条船出事又要影响多少家庭呀，像柴璐这样的家属该有多少！

柴璐想请蒋鸣吃午饭，蒋鸣推辞说："你还是回去陪你妈妈吧。"

"我姑、我姨都在宾馆，我妈妈有他们陪就行了。"柴璐一边说一边拿起手机给她妈打电话。

蒋鸣一看这架势肯定脱不了，顺水推舟说："要不我请你吧，附近有个海鲜馆做得不错。"

"我正想吃海鲜呢，不过我请你。"

雾稍微淡了。俩人步行向海鲜馆走去，看门的老人因为经常抽蒋鸣从船上带给他的烟，所以与蒋鸣熟悉，见他带着这么漂亮的美女，以为他换女朋友了，羡慕地直伸大拇指。柴璐知道他误会了，脸颊顿时变得绯红。

"原先我以为只有你母女俩过来。"蒋鸣边走边说。

"我奶奶还不知道呢，"柴璐叹口气说，"一旦知道不知会多么难过……"

吃过午饭，蒋鸣抢着结了账。柴璐又随他回到宿舍。蒋鸣暗自高兴，有这么个美女陪聊，多隔离几天也无所谓。

聊天过程中，柴璐不时怅然若失地叹气。特别一不小心谈到她爸爸，就会潸然泪下。遭遇这么大的不幸，她孤独、无助，也需要向人倾诉。他其实也在陪她，陪她度过这段痛苦难熬的时期。

时间过得飞快，若不是沈莹打电话他还不知道下班了。沈莹在电话中调皮地问："你知道今天是什么日子？"

蒋鸣的大脑飞快地转了几秒钟，没想起来，就开玩笑说："记不清了，你总是问这些愚蠢的问题。"

与沈莹相处一年多，各种纪念日也多了：情人节、三八、中国七七……各种节日和她的生日都是理所当然的，但是第一次见面、第一次吃饭、第一次握手、第一次拥抱、第一次接吻的时间……各种第一次，对她来说都很重要，总担心他忘了，所以经常考他。

"你再好好想想。"沈莹还是热切地等他回答。显然这个问题对她很重要，如果回答不上来，后果不堪设想。

蒋鸣绞尽脑汁地想：情人节、三八都过了，她的生日也刚过，七七还没到，肯定不是这些容易回答的日子。那就是"第一次"了，可想想也不对，就无奈地说："我真的想不起来。"

沈莹又耐心地提醒："我前些日子和你说过。"

"什么时候说的？"

"我妈的生日！"她果然发作了，"你根本就没放心上！"

"噢，对对……这两天忙晕了。"蒋鸣急忙解释。

"你给我妈准备什么礼物？"

"我，我今晚还要值班，回不去。"蒋鸣瞥了眼柴璐说，"你看中什么买就行，我给你报销。"

"今晚又值班？干什么？"

"靠船。"蒋鸣继续撒谎道。

"这么大的雾，靠什么船？你是不是对我妈有意见？你就说回不回来吧？"沈莹厉声问。

与沈莹交往一年多，没想到她对船代业务这么精通了。不过蒋鸣还是不想与她说实话，仍强调自己真的有事。

沈莹那边早把电话挂了，蒋鸣吓得面如土色，无可奈何地垂下头。柴璐涨红脸，一直紧张地盯着他的脸庞，焦急地说："你为什么不实话实说？"

"我怕她担心。"

"要不我打个电话解释一下？"

"你一解释更乱。"

"要不你晚上回去吧，应该没事的。"

"一般没什么事，不过她妈今晚过生日，万一有个三长两短，还不后悔死。既然撒谎了，以后再解释吧，反正也是为了她们好。"

"你这样替别人着想，受了委屈还不解释，能遇上你这样的人，嫂子真有福气。唉，都是因为我们连累了你。"柴璐抱歉地说。

"准嫂子。"蒋鸣更正道，"说实话她都不相信，更别说假话了。除非我说与美女在一起她才会相信。"

"怎么会这样？"

"她虽有些大小姐脾气，人还是不错的，虽没你漂亮，还算顺眼。"
柴璐白净的脸又变得绯红。

04

晚上，柴璐执意请蒋鸣吃烧烤，闲聊至九点，蒋鸣才回宿舍。小费这两天一直在外面打游击，真难为他了。蒋鸣睡得倒是踏实，醒来神清气爽，觉得感冒也好了。

凌晨时分，淅沥下起小雨，雾散了。永顺轮十点靠妥码头。由于单据早已备妥，蒋鸣不需登轮，直接到"联办"办理进口手续。检疫、边防、海关、海事都在这里设有窗口，联合办公，大大地缩减了办手续时间。蒋鸣每到一个窗口，值班人员都办事效率神速，顺便好奇地询问永顺轮的情况。海事这边值班的"冷美人"，又瘦又白，看到她那张脸，竟让蒋鸣想到老轨，他在冰库中的脸也该是这般毫无血色。蒋鸣恭敬地把单据递上，她照常冷漠地接过去，用那双冰冷的目光扫视一遍，手突然像触电一样抽了回去，尖叫道："啊！永顺轮！"

她不是抒情，而是吓坏了，蒋鸣急忙解释："这些单据大部分是我做的，船长只是在上面签字盖章。"

单据被扔了出来，她气恼地责怪："怎么不早说？整理好再给我！"

单据本来整理好的，她刚才一惊一乍，弄乱了。蒋鸣知道与她没法理论，重新整理好递给她。她对折一张白纸，夹住单据，小心翼翼地放入档案袋，然后拿起那张纸跑向洗手间，海关值班人员好奇地回头看她，以为她有急事。

这条船除了"冷美人"这边出了点插曲，其他部门有老轨的"威风"保驾护航，进口手续一路绿灯。

如果不是给柴璐母女办登轮证，蒋鸣本可不登轮了。如果可能，他永远也不想再登这条船了。可不管从道义上还是责任上,他都感觉应该帮她们,公司经营方针就是"人性化代理,管家式服务"。

蒋鸣开车来到码头,远远看到船头白漆的"永顺"两个大字,不由又头疼起来。它像一只巨大的黑色病猫趴在泊位上,笼罩着一层死气沉沉的雾霭。码头上没有往日船刚靠好时工人们忙碌喧嚣的场面,只有忠于职守的边防战士。蒋鸣快到舷梯时,战士跑过来礼貌地敬礼,查看证件,核对无误后,又敬了个军礼,转身小跑回去。

驾驶台顶上传来一阵索具击打的声响,黄旗缓缓降下,蒋鸣知道检疫通过了。检疫局金科长走下舷梯指示道:"可以作业了,船员暂时不能下地。"

舷梯上锈迹斑斑的栏杆让蒋鸣触目惊心,只上了一次船,就让同事们礼貌地隔离了,一之为甚,岂可再乎?蒋鸣犹豫着抬起一只脚,刚要落到舷梯踏板,就听三副突然高喊:"代理,等一下!船长说马上下去。"蒋鸣急忙收脚,差点掉海里去。但是仍心存感激,还是船长体谅人,急忙嘱咐三副:"让船长带着印章下来!"

没过多久,船长戴着口罩下来,恭敬地站在舷梯最下面的踏板上。他的目光柔和了许多,凌乱的白发被风吹起,蒋鸣突然心生怜悯。这些海员为了生活,背井离乡,家有急事回不去,人有急病治不了,有的竟像老轨这样客死他乡。他们上船前都需体检,肯定是健康的,但上帝的选择是任意的,让人难以琢磨,厄运说不定降到谁头上。原先蒋鸣眼里每个船员的命运都一样,从没想到每一个船员背后都有一个家庭,有那么多人牵挂。见了柴璐母女后,才更深切地体会到这些家属也是有血、有肉、有感情、有思想,活生生的人。

蒋鸣递给船长早已准备好的登轮申请,船长接过去一看,果断地还给蒋鸣:"老轨家属不能登轮!"船长目光恼怒,呼吸粗重,反应过激,好似真感染了MERS病毒。

蒋鸣出乎意料地问:"船员死了,家属不能上船吗?"

"上船干什么?她们为了什么?会影响船员情绪。"船长变得更加激动，眼中又显出那种怨恨、愤怒的神情。

"可能为了做个了结吧。"

"这个申请我不能签字！还有别的事吗？没事我就回船了。"船长把申请书硬塞给蒋鸣，头也不回地走上船。

蒋鸣只好先回公司。办公室内，柴璐妈激动地抓着吴康的胳膊，她身穿白底蓝花的衬衣，声音嘶哑，上唇和嘴角结了几处新疤，刚来时的悲伤似乎全部转化为力量。吴康挣脱不掉，满脸无辜地说："船长不让登轮，我也没办法。再说登轮也于事无补，老轨马上就抬下来了。"

"我们必须登轮。否则别想把人运走！"柴璐妈激动地说，"为什么不让我们登轮？你们是不是以为我们孤儿寡母好欺负？"

"能不能登轮我真说了不算。"吴康擦了擦额头渗出的汗珠。

"是不是船上把老轨害死了？"柴璐妈厉声质问。

"可不能胡说！警察也要来的。出了这事，我们也难过。这种病就是在陆上也没办法，据我所知，船上已尽力了，同舟共济，怎么会害他？"吴康尽量耐着性子说，"这不，外勤回来了，是船长不让登轮吧？我已安排好了，保险公司的人马上到了，他们一定会全额赔偿。"

蒋鸣放下背包说："金科长说尸体暂时不能运下来。"

"估计很快就可以了，否则早让船靠进来干吗？"吴康安慰母女俩说，额上的汗珠直冒。这活的不能上，死的不能下，确实棘手。

蒋鸣感觉吴康压根就没让她们上船的意思。第一次见到吴康，就感觉他心机重重，虽说话不多，却句句深思熟虑，好似总担心会说漏什么。

吴康几次欲挣脱胳膊，柴璐妈嘴唇颤抖地说："不让我们上船，你别想走！"

"我与你们理论不清。这也不是我的事。"吴康猛地甩开胳膊，头发凌乱，斯文尽失。

"这里是办公场所。"郝志向外推着柴璐母女说："这事确实与吴总没什么关系，你们先回去吧，不要影响我们办公！"

股市停盘了，老宋志得意满地走过来，从他轻飘飘的走法看，今天股票又涨得不错，他用平时分析股票那种腔调说："现在的形势，你们肯定要先回宾馆观望。马上下班了，有事下午再说。"

柴璐见蒋鸣忙，也不方便帮她们说话，无助地扶起母亲踉踉跄跄地向外走。蒋鸣无可奈何地摇摇头。

下午柴璐母女没来办公室。郝志走出来，满脸严肃地叮嘱蒋鸣："吴总刚才打电话说，家属下午去码头了，想登轮闹事，幸亏让边防战士拦住了。吴总要求务必不能给她们办登轮证，否则后果自负。"

"为什么不让家属登轮？这样更引起家属的怀疑。"蒋鸣疑惑地问。

"不要问为什么，我们是船东代理，什么事都要听船东的。吴总的船每年来几十艘次，是我们的大客户，我们得罪不起。"

"人性化代理，管家式服务。"标语赫然张贴在墙上，蒋鸣眼前又浮现出母女俩满脸无助的样子，心里像塞了团棉花，感到这蓝色的大字标语简直是莫大的讽刺。

蒋鸣对船长的做法无法理解，人家亲人死了，为什么不让登轮？虽然不能见尸体，收拾一下遗物也行呀，一味地阻止她们登轮，这样能解决问题吗？

同事们都偷偷炒股，只有老宋光明正大，他资格老，也不忌讳别人说什么，同事们不被他数落就算烧高香了，谁还去惹这个刺头。据老宋自己说这几天发了大财，走起路来轻飘飘的，简直要飞起来了。

蒋鸣担心老宋飘得太高，笑着提醒他说："我们办公室不适合炒股。"

"为什么？"老宋心不在焉地问，他向来对蒋鸣说话客气，不像对其他同事那样咋咋呼呼的。

"太高了！"蒋鸣从微信上得知有人重仓炒中车股，结果赔钱跳楼了。

"呵呵，你小子吃不到葡萄就说葡萄酸吧？"老宋心情好，也不在乎蒋鸣取笑他。

正值牛市，只只股涨，人人赚钱，沈莹肯定也赚了不少。老宋对自己的医药股充满信心，其他偷偷炒股的同事也都对自己的判断感到神奇，蒋鸣能从他们压抑不住的兴奋表情感受到。大家热情高涨，摩拳擦掌，谁也不会相信厄运会降临在自己头上。他们都疯了，他这个"传染源"也被忽视了，口罩都不戴了，只有他为了确保大家安全还坚持戴着。

次日，浓雾弥漫，又封港了。上班路上，蒋鸣又想到胖婶那边买肉夹馍。摊位处冷冷清清，胖婶不见了，不知因为有事，还是雾太大，还是真的专门炒股去了。蒋鸣最不希望她去炒股，否则就再也吃不到她煎得香喷喷的肉夹馍了。蒋鸣见时间尚早，就到早餐店喝了碗豆浆，吃了几根油条。

蒋鸣走进办公室。老宋好似突然发现少了什么，问道："小蒋，柴璐今天怎么没来？"

"来干什么？你又不给人家办登轮证。"蒋鸣也感到郁闷，柴璐没给他打电话，可能不想为难他。但是沈莹不打电话，也不接电话，让他心里没底。

机工长彻底痊愈归国了，隔离期也结束了，该与沈莹解释了，蒋鸣发短信给她说："前几天我担心自己会感染MERS，所以没敢见你。"

"能不能编个靠谱的理由？"沈莹终于回短信了。

"真的，我怕你担心，没与你说实话。"蒋鸣又回去短信，却如石沉大海。

不到九点钟，柴璐来办公室对蒋鸣说："我刚才去边防检查站了，他们说情况特殊，只用你们代理介绍信也行。"

"我们的介绍信也开不了，船东不同意。"蒋鸣无奈地说。

"那我们怎么办？"柴璐无助地问。

蒋鸣边倒水边偷偷建议："要不你问问我们郝总吧。"

股票刚开盘，老宋突然发出一阵尖叫，他选的那只医药股大幅高开，紧接着一路上涨，没多久就涨停了。他决定在这只股上重仓，其余几只股票虽还没涨停，但也涨势良好。

柴璐去郝志办公室约半个小时，才被郝志推出来，一直推到梯口。郝志满脸怒气地回到办公室："为什么让她找我？"

"我与她说，她不相信。"蒋鸣解释道。

"她们自己能去找边防，自己去办就是了，我们不能得罪船东。"郝志怒气未消。

"不让家属登轮根本不人道，也解决不了问题。"

"我还是那句话，我们是船东的代理，什么事要听船东的，人道不人道不是我们的事！如果她们上了船，吴总怪罪下来，和我们取消长期合作协议，这么多人喝西北风去？"

"不能怕得罪船东就忘了我们的服务宗旨，这还叫人性化服务吗？"

"谁砸我的饭碗，我就砸谁的饭碗！"郝志阴沉着脸说。

蒋鸣不再作声，他知道饭碗砸了不是闹着玩的，沈莹妈就是因为看重他这饭碗才同意闺女"下嫁"他的。

05

浓雾，阴雨，数日来蒋鸣的心情也如天气一样灰暗。周五才见到久违的太阳，路旁花草娇艳欲滴，羞答答地沐浴在朝阳的光泽中。胖婶的摊位空空如也，蒋鸣知道她果真炒股去了。女人炒股或许更有优势，她们更注重风险，沈莹就是炒股高手，所以让她操盘蒋鸣很放心。但愿她能让自己那十多万翻番，凑够房款首付。

老轨的死亡结论终于出来了：急性肺炎。检疫局出具了"尸体入境许可证"和"尸体移运许可证"，同时也允许船员下地了。

连日来，家属不能上船，尸体不能下船，天天等，再这样持续下去，不但家属，就是蒋鸣也快急疯了。如果不是吴康警告过，他真想马上告诉柴璐这个好消息。

吴康是郝志敬若神明的大客户，蒋鸣不想节外生枝，先打电话通知吴康。吴康还是那副慢条斯理掌控全局的语气，还是叮嘱蒋鸣暂时不能告诉家属。

蒋鸣知道吴康想偷偷运走尸体，这样也好，多一事不如少一事。柴璐登轮无非是找船员们了解情况，如今船员也能下地了，完全可以在船下问他们。

晚上，蒋鸣总算约到沈莹共进晚餐。还没下班，吴康又打来电话，让送他去码头。蒋鸣不敢怠慢，急忙去宾馆接他。吴康这些日子连船边也没到过，船停在哪个泊位都不知道。

船边停着一辆样式奇特的深棕色车。蒋鸣断定是殡仪馆的车。两个船员抬着盖着白布的担架从舷梯下来，前头那个又高又瘦的身影，蒋鸣特别熟悉，是船长，他亲自为老轨下来"送行"，当然这差事也没人争。后面那个又矮又胖的船员，就是锚地检疫那天体温偏高的水头。

担架放在码头上，工作人员又重新消毒，然后打开一个深蓝色的长袋，把冒着白气硬挺挺的老轨放进去，装上车。这车后有个与驾驶室完全隔开的抽屉，长袋正好放进去。蒋鸣对这样的设置很满意，他一直担心尸体处置不当，会影响到本来就涨疯的医药股，再飘升许多，让老宋心脏承受不了，他现在已经受不了了。

白布揭开，露出冷冻过的老轨，吴康像中风一样，嘴角机械地抽搐几下，喃喃地说："作孽呀！"

车走了，船长呆立码头，是默哀？是沉思？是惺惺相惜？还是庆幸卸下这个包袱？蒋鸣远远告诉他船员可以下地了，他才回过神来。船长想过来与吴康打招呼，吴康急忙摆手让他停下，像躲马蜂似的催蒋鸣抓紧开车走。吴康仰面蜷缩在车座上，沉默良久才黯然说："通知家属吧。"蒋鸣知道此时通知家属准自讨没趣，只顾开车。吴康只好亲自打电话，通知家属到殡仪馆。

老轨被送走了，蒋鸣本应该松口气的，但不知为什么，心头总有一种空落落的感觉。本来约好晚上与沈莹吃饭，又错过了时间，打电话给她，她没好气地说："是不是又加班？"

"刚忙完，我马上过来。"

"我已经走了！"沈莹大小姐脾气又来了。

"你听我解释……马上会真相大白的。"蒋鸣恳求道,沈莹父母都是机关干部,她是独生女,在国企办公室上班,关键是不会耽误炒股。

蒋鸣找到沈莹。她粉嫩雪白的脸蛋上挂着泪珠,蒋鸣一拉她胳膊,她就机械性地扭向一边,黑亮的马尾辫轻巧地甩动,委屈的泪水如山泉般流下。不过她还是认真地倾听蒋鸣的解释。关于永顺轮的疫情,他说得越精彩她越不相信,情急之下,他掏出老轨的"许可证"。她总算相信了,娇嗔地说:"不管怎么说,我母亲的生日你没参加,她非常生气。"

"今晚我去当面赔礼道歉。"

"还是算了吧,既然你说的这些都是真的,还是过些日子吧,别把病毒带到我家。"她破涕为笑道。

沈莹这几天炒股果然收益不少,赚了五万多,心情颇佳,这点小误会根本算不了什么。挣钱固然高兴,但蒋鸣仍然担忧地说:"卖肉夹馍的都炒股了,太疯狂了,还是小心为妙。"

"你放心吧,这次冲到6000点保证没问题。"

俩人刚和好如初,蒋鸣不好败了沈莹的兴致。

周六,小雨,因树皮着雨太滑,作业危险,停卸。蒋鸣本来可以休息,吴康恰好又安排接班的老轨与机工长上船。蒋鸣只好等在办公室,无所事事,突然收到柴璐的短信:"你在哪?"

这短信竟让他有些莫名地紧张与兴奋,他犹豫了一下,回复道:"办公室,有事吗?"

"我马上到,有事找你。"

"来吧。"蒋鸣眼前又浮现出身着白T恤,白运动裤,面容清丽的柴璐。

很快,柴璐手持滴水的雨伞走进来,白色短袖衫,蓝色牛仔裤,声音沙哑,眼睛红肿。蒋鸣隐隐感到一丝歉意,说:"不好意思,昨天没能及时通知你……"

"你是个好人,我们全家感谢你!我妈昨天哭死过去好几次,我的心都碎了……他们这样防范我们,肯定有问题。我们不能上船,麻烦你上去帮我们打听一下,我爸爸到底怎么死的。"柴璐恳求说。

"船员可以下地了，你可以拦住他们问问。"

"我在码头边等了很久也没见到一个船员。"柴璐气馁地说。

"正好接班船员上船，我顺便上去问一下吧。"蒋鸣表现出一种明知山有虎，偏向虎山行的气概。好在已证明不是MERS病毒了，急性肺炎虽然也传染，但没那么可怕。

"谢谢您！"柴璐感激地说。

十点钟，蒋鸣给新来船员办好手续，送他们上船。路上，新来的老轨问道："听说柴老轨有病早下船了？"

蒋鸣支吾着没回答，暗想吴康太狡猾了，竟没与这个老轨说实话，但一味地这样遮掩能行吗？

因为有柴璐的重托在身，蒋鸣冒着小雨亲自帮老轨提行李上船。那担架仍横放在梯口，上面裹着粉色床单，被雨水打湿了。蒋鸣感觉上面满是病毒，头皮隐隐发麻，急忙把头偏向一边，屏住呼吸一直跑至舷梯边，向海水中吐了口唾沫。

见蒋鸣突然上船，三副急忙用高频向船长报告。蒋鸣在梯口记录簿上登记时，顺便问："可以下地了，你们为什么不下去？"

"船长说检疫局不让下。"

"为什么不让下？"老轨莫名其妙。

三副支支吾吾地憋得脸通红。等新老轨走进生活区，蒋鸣故作糊涂地问三副："老轨的事没让这个老轨知道？"

三副急忙示意小声点："船长让暂时保密。"

"哦……"蒋鸣点点头说，"老轨到底怎么死的？"

三副顿时警惕起来："当然是病死的了。"

"那为什么不让家属上船？"

"船长担心她们上来闹事。"

蒋鸣知道问不出什么，只好去船长房间。船长见到蒋鸣，急忙起来让座，取出一听可乐给他，然后拘谨地与蒋鸣对面坐下，好似准备受审一样。蒋鸣放下可乐说："船长，昨天我说船员能下地了，你没听到？"

"听到了,他们没事,都不想下。"

"船长,麻烦派人挪开梯口的担架吧,上下人员不方便。"

"好的!"船长抓起高频喊,"三副,让水头把担架挪开。"

船长谈吐小心,不时警惕地观察蒋鸣的表情。蒋鸣琢磨着如何完成柴璐交给他的使命。为了拖延时间,他不惜冒着更大风险打开可乐,象征性地吮吸一口。

一个提黑色大塑料袋的船员闯进来,白色工作服上沾满一块块没洗净的油迹,懵懵懂懂,显然刚从睡梦中醒来。

船长诧异地问:"三轨,你想干什么?"

三轨放下袋子说:"代理,这是老轨的遗物,麻烦转交给家属吧。"

"老轨临终有没有遗言什么的?"蒋鸣问到。黑色的塑料袋上挽成一个扎实的结,这让他放心。

三轨瞅瞅船长。船长叹口气说:"最后几天老轨一直高烧不退,什么话也没留下。"

"船长,没事我先下去了。"三轨小心地说,然后老鼠躲猫般"哧溜"跑了。

蒋鸣又与船长闲谈几句,只好告辞了。走到三轨房间,轻敲了几下。三轨探出头看看走廊,慌忙把蒋鸣让进去。蒋鸣直奔主题问道:"老轨的死有什么问题?"

"老轨待我们机舱人员如亲人一般。机工长有病,他送水、送饭,连续伺候几天,最后机工长病情加重转到当地医院,听说现在康复了。没想到老轨却走了。他本来也能活的……"三轨说到这里声音突然变小了。

"嗵、嗵、嗵!"一阵敲门声,让蒋鸣心惊肉跳。三轨急忙开门,门前站着三副,小声说:"老三,船长有事找你。"

"代理你先等一下,遗物清单我回来给你。"三轨故意大声说。

蒋鸣等了半小时,没见三轨回来,只好不辞而别了。蒋鸣回到办公室,把塑料袋放地上说:"这是你爸爸的。"

柴璐毫不犹豫地奔上去。蒋鸣急忙制止,脱下手套递给她。她感激地戴上，小心翼翼地打开袋子：笔记本电脑、手机、钱包……柴璐拿出一个镶着精美木框的相片，一张全家福。老轨戴着金色眼镜，面色白净，气质儒雅，蒋鸣感觉他不像海员，更像学者。相片上的老轨看上去英俊潇洒。柴璐妈面带笑容，完全陶醉在幸福之中。柴璐两手搂在父母的肩上，像一只愉快的小燕子。

柴璐抚摸着照片，泪水潸然而下："爸爸，我们约好这次回来去黄山玩的，可你怎么就这么走了……"

蒋鸣急忙递给她纸巾，安慰道："生死无常，别难过了。"

柴璐还是不停地诉说："爸爸，我都这么大了，您总是对我放心不下，只要您在家，每次上学都要送我到车站，车走出好远，您还站在那里。以后我再出远门，谁送我呀……爸爸，你怎么就这样狠心撇下我呀？爸爸，我真的再也见不到你了吗？"

柴璐头抵相框，跪在地上，如泣如诉，压抑了这么多天，总算彻底宣泄出来。受她感染，蒋鸣鼻子竟然也酸酸的，不知不觉也流出泪水。蒋鸣上前扶她起来，她的腿软绵绵的，几乎支撑不住自己，无力地靠他身上，胸脯剧烈地起伏着。父亲是她的靠山，失去靠山的她竟如此柔弱，这些天在母亲面前表现的坚强其实是她装出来的。

突然，手机响了，蒋鸣犹豫着接起来。只听郝志训斥道："我和你说过，做好我们代理该做的就行了！你是怎么干的？是不是不想干了？船长说你服务态度不好，对船员有成见，要求换外勤。你到船上到底想干什么？这条船以后你不要再上了，出口手续交给小费！"

没等蒋鸣解释，郝志已挂断电话。蒋鸣被训斥一顿，气得脸色铁青，愤怒地把一摞单据摔在桌子上说："什么人性化代理，我受够了！"

柴璐怔在那里，不知所措。

蒋鸣说："这船长太嚣张、太欺负人了，我给你们办登轮证，你们自己上去吧！"

"郝总都发火了，我们再想想别的办法吧。你真丢了工作就麻烦了，现在工作很难找的。"

柴璐越是这样说，越激起蒋鸣的英雄气概："没事，我有办法，你们尽管登轮，找找三轨，他肯定知道点什么。"

"好吧，如果我爸爸真有冤情，我们马上报案。"

"遇上这样的船长，我也服了。"蒋鸣毅然决然地说。

办完登轮证，蒋鸣又送柴璐母女到码头，然后在车里等她们。边防战士验过登轮证，放她们上去。她们一直走到舷梯口，又被值班的三副拦下了。双方僵持不下。蒋鸣只好下车，冲上舷梯，对三副生气地说："你怎么这样对待家属？如果你老婆孩子登轮，也受到这样对待，你会什么感受？"

"我也没办法，船长说不让她们上船，我只能执行命令。"三副解释道。

接班老轨闻讯过来，让柴璐母女这一闹，总算弄明白过来，一把拉住蒋鸣，让他抓紧办理手续回家。

船长一直没露面，又有几个围观的船员愤愤不平，纷纷指责船长做事过分，一起声讨三副。三副招架不住，报告船长，船长只好走下来。柴璐妈冲上去厉声质问："你为什么不让我们上来？老轨是不是你害死的？"

船长解释道："老轨确实是得病死的，船上医疗条件有限，我们已经尽力了。"

"我不相信你！你有良心赶快放我们进去，我找机舱人员说话。"柴璐妈愤怒地说。

船长自觉理屈，只好放她们上船，然后愤愤地对蒋鸣说："我们船不欢迎你！"

三轨躲在机舱集控室角落里拼命地抽烟，脸色青灰，手指不住地抖动，见到老轨家属，狠狠地把烟头摁灭在烟灰缸中说："你们走吧，我什么也不知道！"

机舱人员闻讯而来，一位快言快语的机工说："本来老轨可以中途下船治疗，陆上条件肯定好些，可是船长不同意。"

有的说:"老轨有病那几天,痛苦地跪在床上,望着天花板,我们心痛呀……人心都是肉长的,都是活生生的人,如果换作自己会怎样?船长心太黑了,我们机舱的兄弟求他靠沿途港口,都给他跪下了,可他就是不同意,一直说老轨能坚持住,结果……"

还有的说:"这样的船我们再也不能干了,赶快休假,命都保不住了,还干什么?!"

三轨见大家情绪激动,又点了支烟,猛吸一口说:"嫂子,老轨生前对我挺好,我也咽不下这口气!船长也太过分了,虽然平时与老轨工作上有些摩擦,但也不至于这样折磨人呀。"

听说船长耽误了治疗,柴璐母女找到他房间,房门关得紧紧的,拍打不开。柴璐妈哭喊着痛骂道:"你这个杀人犯,你给我们偿命!"

蒋鸣手机响了,又是郝志,索性没接,原先悦耳的铃声今天格外刺耳,他的心怦怦直跳。铃声过后,他才发现郝志已打过五次电话了,刚才太吵,没听见,就是听见,他也不想接。

母女俩又哭又骂,声嘶力竭,蒋鸣好容易才劝她们下船。走到梯口,接班的老轨提着行李箱早等那里了,执意下船。蒋鸣客气地说:"这条船我已经不负责了,不过没有船东的指令,我们不会给你办理下船手续的。"

"怎么能这样?"老轨无奈地摊手说,眼瞅着蒋鸣走下舷梯。

06

办公室的窗台、地板都打扫好了,早来值日的老宋,调侃满头大汗的蒋鸣:"睡莽撞了?今天是周一呀。"

蒋鸣默然,心里有股酸楚的滋味。

"今天有些反常。"老宋用手摸摸蒋鸣的额头说,"真感染病毒了?"

蒋鸣没理会他，继续整理同事们的办公桌。所有办公桌都整理完后，蒋鸣才坐下来审核永顺轮的出口单据，确认无误，然后呆呆地盯着单据，轻叹了口气。

九点半，股市刚开盘，老宋就发出一声尖叫，这些日子，股票大幅上涨，大家对他的一惊一乍已习以为常。谁知他接着骂娘，原来他重仓的股票一开盘就跌去一百点，在他的接连惊呼中又跌去一百点。

蒋鸣知道这只股票与"MERS"密切相关。永顺轮直到今天也没能给他带来效益，蒋鸣感到非常惭愧。

郝志一直在办公室打电话，蒋鸣隐约感觉与自己有关。十点钟郝志果然叫他过去。蒋鸣以为郝志准会大发雷霆，没想到他和颜悦色地站起来，十分惋惜地说："小蒋，大家对你工作反映都不错，本来你在公司很有前途的。可你为什么这么糊涂？吴康向总公司投诉我们了，公司领导非常恼火，你的处分马上就下来了，我也保不了你了，你写个辞职报告吧。"

"辞职报告我早写好了。这次对公司造成这么大的损失我很抱歉。"蒋鸣知道就是郝志能保也不一定保他。

郝志接过辞职报告，怔怔地看着蒋鸣说："你是不是早就不想干了？你这不是害我吗！"

"我很热爱这份工作，也很感谢公司对我几年来的培养，我从来没想过有一天会辞职。但是我知道这次给公司造成了无可挽回的损失。"

"从个人角度讲，我非常佩服你的人品。从工作方面讲，你太任性，太感情用事。"

"这样没良心的船东，不合作也罢。"

"虽然吴康这样处理不妥，但他是大客户。只有客户选择我们，我们没权力选择客户！"郝志加重语气说。

蒋鸣回到办公室收拾个人物品，同事们都感到奇怪。老宋的股票下跌厉害，脸都黑了，但他还是抽出时间问蒋鸣："怎么回事？"

"被开除了。"

"你干得好好的干吗开除？"老宋更觉得奇怪了，在他看来，包括他在内，公司有许多急需开除的，怎么也轮不到蒋鸣。

同事们议论纷纷，想到蒋鸣平日工作勤奋、热心服务、协助同事的许多好处，对蒋鸣的离去，既不舍又不解。

郝志听到办公室人员骚动，走过来说："蒋鸣因个人原因辞职，永顺轮后面由小费接手。"

"永顺轮这么多事，我接不了！"小费对蒋鸣的离去也感到突然。

"要不这样吧，蒋鸣协助小费把这条船干完，工资发到月底。"郝志顺水推舟，这点权力他还是有的。

蒋鸣没找到新工作，当然乐意这样，再说突然离开熟悉的办公室，离开共事了四年的同事还真有些不舍。

晚上，蒋鸣打电话给沈莹，开玩笑说："晚上请你吃饭庆贺一下吧。"

"什么喜事？"

"我辞职了。"

"什么？你发什么神经？"沈莹不解地问。

"干得不顺心，想换换工作。"

"这个工作不是很好嘛？你除了工作还有什么？我真不明白！"沈莹气愤地挂了电话。

蒋鸣回到宿舍，一种莫名的沮丧涌上心头。当初给柴璐母女办登轮证的豪情一点没有了，他不知为什么会这样。沈莹对他这份工作的看重出乎他意料。早知沈莹会这样，当初应该与她商量一下，但是商量了，就不给柴璐母女办登轮证了？她们那么无助，谁能帮助她们？唉！为什么偏偏让自己遇上这个难题？蒋鸣越想越郁闷，有种想发泄一下的想法，就打电话给老宋，晚上请他吃烧烤。老宋爽快地答应了。见面后才知道老宋的股票下午跌停了，也正郁闷。难兄难弟，俩人开怀畅饮，大醉而归。

17号凌晨，永顺轮完货，本来可以顺利开航，结果主机故障，无法开航。这个航次从装港开航主机就无缘无故地停机。船员们私下议论，主机出事，老轨不利。果然这航次老轨死了。

MERS风波过后，吴康再三敦促逃跑的修船师回来修了主机，如今不得不再次请他回来，结果主机根本没问题，而是接班老轨的问题。上贼船容易，下贼船难。吴康哄他上船，他想走走不了，临时住进一个闲置的房间，成立机舱指挥部。机舱人员在他领导下，团结一致，集体要求休假。

吴康对船员的要求向来不屑一顾，起初并没重视，本想完货后强行开航就没事了，没想到船员罢工。他只好承诺涨工资，但他们还是不开航。老轨的去世让他们心寒，他是机舱的最高领导，级别仅次于船长，生病尚且如此，如果是普通船员肯定更惨了。

双方仍僵持不下，吴康焦急万分，这一分一秒逝去的都是钱呀，不但损失船期，还因占用码头，影响港口生产，港口收取非生产性泊位占用费，每小时每米30元，187米的船，每天13万多。如今航运市场不好，无疑是天文数字。如果确实因为主机故障，保险公司可以赔，但是因为船员罢工，保险公司会拒赔，所有损失都将由船东承担。

同时更换这么多船员一时来不及，吴康只好恳求老轨先把船移至锚地，然后安排换班，可机舱人员仍拒不服从。为了平息众怒，吴康只好答应撤换船长，但接班船长要过完端午节才来。

蒋鸣并没幸灾乐祸，而是急于甩掉这个包袱。沈莹这两天一直没理他，但她QQ显示不是"损失惨重"就是"彻底套牢"，这更让蒋鸣郁闷。

19日下午，总公司对蒋鸣的开除通报下来了。同事们一个个表情凝重，满脸悲情，蒋鸣深受感动。老宋无限感慨地说："公司开除蒋鸣，天怒人怨，损失巨大。从15号他要走，股票就一路下跌，今天处分下来，沪指大跌6%，创七年来单日最大跌幅。"

蒋鸣这才明白，他们一个个这么悲情，原来是因为股票。自15号老宋的医药股大跌拉开这轮股票下跌的序幕，接连几天沪指连续下跌。老宋的医药股连续三天跌停。除了蒋鸣没亲自炒，小费刚毕业没钱炒外，同事们或多或少都炒股，大盘下跌，都损失惨重。但是只有老宋把股市大跌与蒋鸣辞职联系起来。他一说出来，大家才感觉竟然这么巧合。

"端午节，是用来祭祀的。"小费幸灾乐祸地说。自从接手永顺轮后，工作马上转正了,他是这几天内唯一受益者。

晚上,蒋鸣给沈莹打电话,还是没接。他索性开车去她家,刚到楼下,就见身穿白汗衫、头甩马尾辫、线条优美的沈莹,他曾一度熟悉的沈莹,竟手挽着一个与他差不多高、差不多帅的男孩,大摇大摆地向她家走。蒋鸣仿佛做错了什么,顿觉脸上一阵滚烫,急忙刹车。原先他听沈莹说有个同事一直追她,她父母都满意,可她没感觉。他以为是她杜撰的,即使不是杜撰的也是过去式了,没想到却一直真实存在。这才明白自己其实只是沈莹的备胎,原先因为她的坚持,他们才一直交往,现在他工作没了,她似乎也没必要坚持了。蒋鸣感慨万端,真是患难见真情,他暗骂沈莹势利眼,全家势利眼,但是骂完也就算完了,有什么办法?谁让自己丢了工作,她全家看重的恰是工作。遇上这条永顺轮,倒霉透顶,损失惨重,比 MERS 病毒还厉害。工作没了,女朋友分手了,自己到底做错了什么?

老宋家对门的老太太六十九岁,又改嫁了别人,老宋打趣说"女人不到七十岁不是自己的"。如今女人观念变了,别说恋爱、睡觉,就是生下孩子,也拴不住她。

端午节,放假三天,头一天端午节,第二天父亲节,第三天夏至。每一天都有意义。蒋鸣无官一身轻,本打算回老家过节,可是工作没了,女朋友吹了,不知怎样面对父母,就怵于回家了。

假期三天,蒋鸣完全沉浸在沮丧之中,除了上网找工作,就在宿舍睡觉。有时竟然想起柴璐,不知她爸爸的事处理得怎样了?这个假期她在哪里度过?没有父亲的父亲节她会多么难过!

父亲节这天,蒋鸣突然接到船长的电话,邀请他到船上。蒋鸣对这个船长向来没好感,对待柴璐母女不近人情不说,还向吴康告他的黑状,害得他落到今天这步田地。到现在船长还想指手画脚,凭什么?蒋鸣没好气地挂了电话。没想到船长又打过来,希望他不计前嫌。

蒋鸣知道船长在船上不得人心,马上休假了。再加上刚收到沈莹分手的短信,正在郁闷,也想上船数落数落船长,消遣一番。

船长的行李早收拾好了，随时准备下船，茶几上摆了两听可乐，好似专门为蒋鸣准备的。蒋鸣一坐下，船长就客气地递给他一听，他眼中没有了原先那种不知是恼怒、怨恨还是凶狠的神情，代之的是颓丧和伤感。

"听说你被公司开除了？我没想到结果会这样。当初我只是想阻止她们上船。"船长自责地说。

蒋鸣看出他的态度诚恳，就爽快地说："这没什么，你有什么事？"

"吴康让我休假，答应多发我三个月工资。我这两天翻来覆去想，如果当替罪羊，把这罪名担下了，以后我还怎么在船上混？船员有病不全力抢救，这么残酷无情的船长谁敢跟着干？"他沉默了一会儿，又痛心疾首地说，"或许当初不听吴康指示，就近靠岸治疗，就不是这种局面，但是一个小小的船长不听船东的行吗？今天收到我女儿的短信，才知道是父亲节，我的女儿很幸运，她父亲还活着，可是老轨的孩子，该是什么心情？前些日子我还与老轨朝夕相处，转眼间说没就没了……如果当初有病的不是老轨，而是我，真是不敢想。"

"为什么机舱人员那么恨你？"

"他们都以为我与老轨有矛盾，故意拖延时间，可是再大的矛盾也不至于害死人。我与老轨除了工作上有些分歧，没有什么过节。都是吴康指示的，船员有保险，出事保险公司赔，船东不用多花钱。如果中途让老轨下船治疗，会额外产生许多费用。所以吴康坚持让到国内治疗，我有他发的报文。"船长找出一页报文递给蒋鸣说，"麻烦你转交老轨家属，或许对她们有用，她们想告就告吧，反正我也逃脱不了干系，如果有必要我可以出庭作证。"

蒋鸣总算明白了，难怪吴康当初拼命阻止家属上船。蒋鸣急忙给柴璐打电话告诉她这个消息，自从丢了工作，他不想再主动联系她。

柴璐仍住原先的宾馆。蒋鸣在楼下交给她报文，她非常感激，显然这是她最需要的。蒋鸣大致问了一下她们的近况，就匆匆告辞了，他最担心柴璐会问起他的工作。好在柴璐忙着与律师联系，根本无暇顾及他。

假期过去了，机舱人员丝毫没有改变想法。三天时间，40多万泊位占用费又白白打了水漂。接班船长终于到了，吴康以为大功告成，没想到休假的情绪像病毒一样在船上漫延，不但机舱人员坚持休假，甲板部人员也纷纷要求休假。

最近船舶集中到港，永顺轮长期占用码头，严重影响港口生产。港务局多次通牒，几度欲强行移锚地。吴康再三哀求，才延迟到接班人员到齐。可休假船员又要求，必须结清所有工资才同意下船。

折腾了一番，十多天又过去了，耽误船期每天上万美元不说，仅非生产性泊位占用费就120万。由于数额太大，郝志要求必须预付费用再开航。吴康先说财务有事，后说资金紧张，一拖再拖。直至29日，收到所有预计港使费，蒋鸣才办理出口手续，永顺轮得以开航。

蒋鸣到财务部结算完工资，把名片夹、手机卡、办公室钥匙……统统上交，只暂时保留宿舍钥匙，等租到住处再交回。

蒋鸣刚欲离开办公室，郝志叫住他说："吴总马上过来，要见你。"

没多久，吴康满脸憔悴、头发凌乱地走进来，紧握蒋鸣的手满脸歉意道："都怪我一时冲动，我马上通知你们总公司解除对你的处分。"

接二连三的变故完全超出吴康的掌控，此时已六神无主，方寸大乱。或许因为遭受巨大损失才有所感悟，蒋鸣豪爽地说："希望你们船东以后一定把船员当人看，每个船员后面都有一个家庭，关系很多人的幸福。"

"是的，是的，盲目投资，入不敷出，以至于此。这次连加油款也挪用了，这还没完……你也知道如今揽货不容易，租家船期催得紧，根本没有宽裕时间绕航给老轨治病。没想到会这样，都怪我一时糊涂，酿成大错，现在说什么也晚了。"吴康悔恨地说，"我想与家属和解，只要她们撤诉，除了保险公司赔偿外，我再额外补偿她们50万元。我也咨询律师了，她们很难举证，船上已经尽力了，就是当时把老轨送到陆地也不一定能治好。希望你替我劝劝家属，让她们撤诉吧，免得两败俱伤。"

"前些年航运市场好时，你们没挣到钱？"

"那几年，船就像摇钱树，一条船不到一年就能挣回来，大家都疯了，疯狂买船、造船，所有的钱都投进去了。谁想市场会急转直下，运价跌了，船价跌了，这谁能受了？"

蒋鸣感觉吴康主要后悔这次赔钱太多，如果保险公司能全部赔偿，他也就没什么后悔的了。

钱多的玩船，钱少的玩股票。不管科技多么发达，总有两样东西难以控制，日新月异的病毒和渴求金钱的欲望。

工作固然重要，但想到悲痛欲绝的家属，蒋鸣心绪难平，不由推辞道："自从被公司开除以后，我就不想过问这条船的事了，也没再与家属联系，你还是直接找她们吧。"

"她们太不理智了。人死不能复生，不都是为了钱吗？通过法律途径解决，如果她们败了，我这 50 万首先没了，就算万一她们胜了，也不如这样获赔多。这样闹下去，大家都没什么好处！"

"钱对有些人来说很重要，可她们看重的不是钱。"蒋鸣义无反顾地离开办公室。

07

每个中国股民都知道七月初的 A 股保卫战。各部委纷纷出招，先是央行降息、定向降准，再是国资委要求央企不得减持，人社部酝酿养老金入市，国务院召开救市会议……各种举措均没奏效。直至公安部高调救市，严查恶意做空行为，这才暂时挽救了局面。

病毒虽没能蔓延到国人的身躯，却蔓延到每个人的心上。借钱炒股、贷款买船……处处"加杠杆"。经过三个多星期股市大跌的洗礼，举国上下，遍地哀鸿。股民们不再狂热，变得异常冷静，股市如潮涨潮落，潮水退后，可能让人一丝不挂。航运市场一跌再跌，船东入不敷出，纷纷破产。

9 日这天，股市大涨。蒋鸣正在网上搜索招聘信息。突然接到一个显示为港口号码的电话,声音厚重,原来是港口集团张总,让蒋鸣到他办公室。蒋鸣匆匆去了。张总对永顺轮的事了如指掌,先是对蒋鸣大加赞赏,最后说为了港口更好地服务客户,港务局将成立港联船代,希望蒋鸣能出任副总,主持工作,这几天来深受找工作困苦的蒋鸣顿时眼泪盈眶。

从张总办公室出来,碧空如洗,炽日高照。蒋鸣暗想,如果老宋知道这个消息,准以为今天股市大涨与他找到工作有关。蒋鸣非常佩服老宋的总结,他的离职确实与股市行情密切相关。

蒋鸣回宿舍冲了个澡,没事顺手打开电视看。这个宿舍他已住四年多了,虽然不大,甚至有些凌乱,但马上要离开了,竟然有些不舍。

突然有人敲门,这时小费还不该回来。他从猫眼向外看,一个戴金色眼镜的女孩,长发披肩,黄棕色太阳帽,竟是他此时最想见到的柴璐,这些日子他仿佛一直期待着她的出现。他慌忙穿好上衣,匆匆整理一下房间,才开门。

柴璐身穿洁白的汗衫,黑色短裤下露出白皙的双腿,比前段时间更增添了些许女人的韵味。她悲伤的表情褪去了,面带微笑地玉立门口,优雅地问:"可以进来吗?"

"当然。"蒋鸣急忙把她让进房间。

"你说过有办法对付他们?你的办法呢?"柴璐还没坐下就调皮地问。

"我的办法?辞职嘛!"蒋鸣不好意思地摸摸头说。

"我还以为你真有什么好办法呢。你怎么换号了?"

"公司规定离职前手机号要交回公司。"蒋鸣通知朋友新号码时,故意没通知柴璐,他感觉当初狼狈的样子通知她也没什么意思。

"为什么不告诉我你的新号?"

"我觉得没必要了。"他不好意思地说,"不过我记住你的号码了。"

"与你女朋友解释清楚了吧?"

"什么事?噢,她妈过生日的事?解释清楚了,她们也理解了,不过最后还是分手了。"蒋鸣笑道,"你爸爸的事处理好了?"

柴璐有些伤感地说:"在走法律程序,船东想多赔我们钱私了,我们不同意,这样黑心的船东不能轻饶了他。"

蒋鸣愤愤地附和道:"对,也替我出出气!你怎么找到这里来的?"

"我去你单位,他们说你辞职了,老宋说你可能在宿舍。"她模仿着老宋的语气说,"你这孩子,可把我们小蒋害苦了。工作没了,女朋友也吹了,你看怎么补偿人家吧。"

"这个事不怪你。都是我自愿的,在这样的公司做真的没什么意思。"

"以后怎么办?"

"待业吧。"

"我在这里找到工作了。"

"什么公司?"

"振华贸易。"

"这家公司挺大的,与我们公司合作过。晚上请你客,给你祝贺一下。"

"我妈妈说你许多方面像我爸爸,她特意让我回来感谢你的。"柴璐亲切地注视着他,眼中让他读出些什么。

"还是我请你吧,我也找到新工作了。"

"烦人,为什么不说实话?"柴璐娇嗔地拍了他一下。

蒋鸣不好意思地摸摸头说:"给你个惊喜嘛。"

"那你请我吧,将功补过。"

俩人步行出去,天空云霞绚丽,凉风拂面。门卫处的老人,又微笑着冲他俩伸出拇指。柴璐索性调皮地一下挎住蒋鸣的胳膊。蒋鸣像绅士一样微笑着转过头,满意地与她对望一眼,然后高昂起头,挽着她的胳膊向前走去……

门口久不见面的胖婶,又在她的摊位上招徕生意。

跋

深情而持久的文学情怀与使命意识

徐璧如

文学是人学,借素笔抒写反映人类的生活,追寻真善美,呈现人文关怀,不失为一种文学创作的主体思考和创作意旨。由于作家的生命体验和文化氛围有所差异,使得文学呈现多元化格局。对于有过多年航海和贸易经验的山来东来说,从其作品的气息和结构可以看出,在他的文学世界里,海洋、轮船、贸易等具有与他生命一样的价值。他在长期的文学创作中,力求把这方面题材写透写实,无论是他获得泰山文艺奖(文学创作奖)的长篇小说《彼岸》,还是其他中短篇小说,大都与航海事业的发展、海员的酸甜苦辣、人性的本质紧密联系在一起,带有自身强烈的生命印记,从而形成了属于岁月的恒久温度与特殊情怀。

航海文学,在中国文学的版图上是个相对崭新的符号。轮船作为浮动的国土,关系到国家荣誉、民族尊严,她们游弋在大洋上,历经的各类风险、喜怒哀乐、恩怨情仇,恰是陆地上的读者渴望得知的。而《逃离纳利德卡》小说集的大部分内容皆与航海有关。该集厚重而奇异,带给人以多重阅读感受,是一部值得深入细致解读的书。这部中篇小说集由《逃离纳利德卡》《浮生梦》《凌日》《妈祖》《病毒》五篇小说组成,其中涉及航海、海员、贸易等具有新奇色彩的叙述空间,讲述了关于轮船遇险、人性本质、情感世界的多个故事,大体可以获得共识。

每个作家都有自己的使命,都有自己熟悉的创作领域,承载着各自的文学初衷与创作情怀。对于山来东而言,他的文学创作领域皆与航海和贸易有关。这类题材跟他自己目前的文学追求有诸多契合之处。作为一种文学实践的方式方法,他关注的是航贸中最现实的问题,以此弘扬航海精神,宣传航海文化,营造全社会共同关心、支持航海事业的良好氛围。他借助于熟悉的场景、熟悉的人物、熟悉的味道,透析人性的善恶美丑,巧妙地展示出航贸方面的知识,不仅拓宽了个人文学实践的可能,更体现出较强的认知优势与使命意识。

在新时代发展进程中,人们思想意识逐渐提升,有很多振奋人心的东西,同时也有令人焦虑的东西。面对这类现象,山来东有着自己的文学思索。小说《逃离纳利德卡》围绕着东方轮失事前后展开描绘,折射出人性的本质。小说写出了主人公杨志远的正直、刚毅,更写出了漂泊在外的游子对祖国对家乡的归属感。值得指出的是,我们都有国家归属,国家在我们心目中的分量是最重的,特别是当遇到重大事件危及生命安全之际,祖国更是我们最坚实的靠山。而该小说恰写出了这方面的深层内涵。东方轮遇险后,在中国政府的强烈要求和关切下,经过多方交涉,东方轮的三名获救船员得以顺利返回祖国怀抱。诚如小说主人公杨志远所说:"只有远离祖国,才真正理解祖国的含义。第一次感到祖国母亲离自己这么近。作为一名中国人,我们感到自豪和骄傲!"作者以此结尾,令读者从中感受到一种震撼。

东方轮为什么要逃离纳利德卡港?是因为船东为了节省各种额外费用,在未办离港手续的情况下,擅自强令船长离港。正是这一不负责任的决定,导致外国军舰前堵后截,险情频出。事实上,这场惨痛的经验教训带来一种反思与警示,那就是——珍视生命,进而呈现出作者对生命的尊重与敬畏,折射出通透的、超越性的生命意识。小说中,船长软弱、无奈,大厨蛮横霸道,这与杨志远的正直、刚毅形成强烈对照,使这场人性的大搏斗,在滔天巨浪的衬托下,显得格外荡气回肠,动人心魄。

对一个作家来讲,要真诚而生动地呈现生活,这样才可能把真实的东西贡献给读者。随着山来东的笔触，我们增进了对人性本质的认知，同时也和他一样逐渐注重起人类思想上的病毒。小说《病毒》是一个刺眼的题目，作者独辟蹊径，围绕船舶疑似感染中东呼吸综合征病毒、相关人员上船检疫等一系列事件，前前后后，一通扫描，给我们展现出生动的人物群像。船东的见财忘义，船代公司经理的重财轻人，船长的目光短浅、唯上是从，船代外勤蒋鸣的正义在胸、乐于助人，一个个人物形象鲜明，跃然纸上。作者不仅诠释了真善美，还点出了病毒不仅是肉体上的，还是思想深处的。中产阶层重仓炒股，船东拼命买船、造船，贪婪的人性似病毒一样四处蔓延，这才是需要全人类共同防御的，也是这篇小说给我们的启示。

　　人性的品格和力量，始终是作家笔下激励人心、带有标志性的标的，无时不折射出耀眼的光芒，这是文学的本质所在，也是作品穿透力、纵深感的由来。尽管收入在这部小说集的五篇作品，写的都是最普通的人：海员、教师、公司职员……他们不是什么大人物，但这并不意味着他们没有生活，也有着不同寻常的动人故事。《妈祖》是篇典型的航海小说，"妈祖"，即是人们对海上女神的亲切称呼，又恰是这艘远航的轮船名。该船在远洋航行中，危险频现，惊心动魄，读者的神经几乎被绞断。开始冲舱时，意外发现船尖舱有俩偷渡客，船长一下懵了。在二副的再三劝说下，船长同意用木板和空油桶做个筏子，在离岸近的地方放下去。妈祖在船上，人性在内心。而在小说《逃离纳利德卡》中，东方轮在遭受外国军舰炮击被迫弃船之际，杨志远急忙把一直被大厨关在笼子里的鸽子放生，虽然仅一个小小举动，却是内心善良的缩影。

　　而在《浮生梦》这部海员爱情小说里，貌似水到渠成的爱情，在作者的笔下浪生波起，峰回路转；像坐过山车一样，这边刚惊魂甫定，成功在握，忽又坠入谷底，顿生波澜……乡镇教师韩瑜患有重病，本想找个对象照顾自己，但她不想拖累男朋友海涛，情到深处却主动选择了分手。她最后的决绝，愈显她人格的高大，爱的深沉。看似无情却有情，她最终成了海涛心中的幻影。这种爱而不得的爱更让人痛入心扉。也许，这就是爱的真谛。值得指出的是，该文中有个空谷传音，千里对应的情节，那就是俩人相识不久，韩瑜就把《浮生六记》一书赠送给海涛。我们知道这本书被誉为"晚清小红楼梦"。沈复与芸娘生死不渝、伉俪情深，把生活过成了诗，可至真至情的芸娘因病早逝，令人扼腕叹息。兰心蕙质、聪明多情的韩瑜，早就用芸娘的命运预告了这将是一曲爱的悲歌。事实上，浮生梦的隐喻，是作者的独辟蹊径，匠心所在，也更衬托出韩瑜的冰雪情怀。作者心痛，读者也心痛，痛中有善，这善让我们更好地体味人生。善和痛，是文学的两极，也是让人刻骨铭心之所在。

山来东的写作有一种波澜不惊的从容。《凌日》表面讲述的是一种天文现象，金星凌日，即金星运行到太阳和地球之间，三者成一条直线时，金星挡住部分日面而形成。而实则象征着一段感情纠葛。其更深层的含义是揭露了贸易公司与银行相互勾结，对地方经济产生的负面影响。小说题目中的"日"与城市的名字不无关系。姜晓萱在一家国际贸易公司实习，她和客户许建相约看金星凌日，发生了婚外情。许建很纠结，如果把妻子程琳比作太阳，那么姜晓萱就是金星……至此，故事的情节与金星凌日吻合起来。小说还揭示了诸多商业内幕，银行、贸易、工厂之间的种种潜规则，这就是生活的真相。作者那驰骋宇宙的想象力，让宏大的天文现象赋予了文学色彩；把风马牛不相及的东西，拉在一起，让人浮想联翩。

海员是丈量世界并联通全世界的使者。有时轮船一两个月靠不到岸，孤独和坚韧成了海员的精神底色。正如郑智化的《水手》所唱："总是幻想海洋的尽头有另一个世界，总是以为勇敢的水手是真正的男儿……"水手象征勇敢、力量。山来东深谙其中的酸甜苦辣，以同情之心和敬畏之意，俯视大洋深层的暗涌，向人们揭开了海员神秘的面纱。这些搏风击浪、勇立潮头的男儿，要战胜内心的怯懦，人性的幽暗。大海培育出了山来东独特的气质，他带来一股清新的海风，还有那晶莹璀璨的浪花。海员的广阔视野，海员的独特个性，已融进他的内在，形成了典型的沉稳老成与勇于挑战的海洋人格。在创作过程中，山来东力求体现海员的亲情、友情和爱情。包括老何对患病儿子的牵肠挂肚，杨志远与外国女孩的真情相依，海涛对韩瑜的情真意切……实质上，作者笔下也寄托着一种亲历过的孤独无奈的乡愁，以及一种珍惜时间、珍视身边人的领悟。看得出，他在创作过程中不断地回望，向曾经的自己追问些什么，思索些什么……

很自然地，这一次，山来东借助一种看似虚构的形式，进入了航海和贸易场景的内部，描绘那些他曾经熟悉的工作、生活状态以及人物情感。这部中篇小说集，写出了生活的本质与多义，无论人物还是故事，都带有明显的写实性，只是在某些地方借用了小说的技巧。不难看出，这是一次游走在虚构与非虚构之间的成功尝试。作品引导着我们进入一个思想跨越体系，引发有关文化、社会、心灵等多个层面的思考，让我们更加清醒地认识现实，既保持着对生活的美好憧憬，又深思熟虑地生存于这个星球。这样的创作，不失为一种诚恳的情怀和使命，亦是一场富有生命力的文学创造。

（徐璧如，山东省作家协会会员，日照市作协原副主席，原日照广播电视报总编，高级编辑。曾获日照文艺奖等奖项。）